DEPOIS DAS BRASAS

ALY MARTINEZ

DEPOIS DAS BRASAS

Tradução
STEFFANY DIAS

parela

Copyright © 2021 by Aly Martinez

A Editora Paralela é uma divisão da Editora Schwarcz S.A.

Grafia atualizada segundo o Acordo Ortográfico da Língua Portuguesa de 1990, que entrou em vigor no Brasil em 2009.

TÍTULO ORIGINAL From the Embers

CAPA Hang Le

PREPARAÇÃO Talita Gonçalves de Almeida

REVISÃO Marise Leal e Valquíria Della Pozza

Dados Internacionais de Catalogação na Publicação (CIP)
(Câmara Brasileira do Livro, SP, Brasil)

Martinez, Aly
    Depois das brasas / Aly Martinez ; tradução Steffany Dias
— 1ª ed. — São Paulo : Paralela, 2023.

    Título original: From the Embers.
    ISBN 978-85-8439-348-0

    1. Ficção norte-americana I. Título.

23-160052   CDD-813

Índice para catálogo sistemático:
1. Ficção : Literatura norte-americana   813

Cibele Maria Dias – Bibliotecária – CRB-8/9427

Todos os direitos desta edição reservados à
EDITORA SCHWARCZ S.A.
Rua Bandeira Paulista, 702, cj. 32
04532-002 — São Paulo — SP
Telefone: (11) 3707-3500
editoraparalela.com.br
atendimentoaoleitor@editoraparalela.com.br
facebook.com/editoraparalela
instagram.com/editoraparalela
twitter.com/editoraparalela

Para Mo Mabie
Obrigada por sugestões brilhantes como botas com bico de aço.
E por garantir que eu nunca as escrevesse.
E
Para Corinne Michaels
Por todas as coisas boas que eu fiz, das quais você nunca
se lembra.

Um

EASON

— Oi — eu sussurrei, pegando no braço de Jessica enquanto ela saía de mansinho do quarto da bebê.

— Para, Eason. Não estou a fim.

Ela nunca estava a fim. E eu não me refiro àquilo que se faz no quarto. Mas, por coincidência, ela nunca estava a fim disso também.

Apertei o braço dela de leve.

— Vem cá. Você tem que conversar comigo.

— Não tenho, não! — ela gritou, voltando o rosto para me encarar.

Eu me preparei para a batalha — e também para a derrota — e, sem fazer barulho, fechei a porta do quarto da nossa filha.

— Fala baixo, senão vai acordá-la.

— Não precisa me avisar. *Fui eu* quem a colocou para dormir, enquanto você estava na garagem bancando o Billy Joel naquela porra de piano.

É, ela tinha toda a razão. Mas na verdade eu estava bancando o Eason Maxwell mesmo, forçando uma melodia sangrenta com as pontas dos dedos para tocar um som que poderia nos impedir de perder a casa por não pagar a hipoteca.

— Eu não vejo saída, Jess. Se eu passar o dia tentando criar nem que seja a música mais porcaria que for pra deixar a gente seguro por alguns meses, você vai me odiar por trabalhar o tempo todo. Se eu parar de trabalhar pra te ajudar com a bebê, nós perdemos a casa, e você vai me odiar. O que eu posso fazer?

Seus olhos se arregalaram, e as sobrancelhas escuras se arquearam. Depois de três anos de casamento, eu tinha experiência suficiente para saber que ela ia dizer exatamente o que estava pensando. E que ia doer pra cacete.

— Você devia ser capaz de sustentar sua família!

É. Nocaute técnico.

Para acalmar meus ânimos, fechei os olhos e me concentrei apenas no som de sua respiração pesada — esfacelada e áspera, como o nosso casamento.

— Estou tentando.

— Quando é que *tentar* parou de ser suficiente?

Meus olhos se arregalaram quando li nas entrelinhas. Não era apenas uma crítica à minha carreira. Aquela pancada tinha tanto a ver com o nosso casamento quanto com a minha situação profissional.

Eu cerrei os dentes e avisei:

— Não diga algo de que possa se arrepender.

Nós havíamos prometido nunca usar o divórcio como uma ameaça e, na maior parte das vezes, tínhamos feito um ótimo trabalho. Mas, nesses seis meses desde o nascimento de Luna, essa palavra terrível pairava em seus lábios quase diariamente. Isso me deixava arrasado sempre, mas fazia tanto tempo que eu estava pisando em ovos com ela que já não sabia como agir de outra forma.

As lágrimas cintilavam em seus olhos azuis.

— Você prometeu, Eason. No dia em que vimos as duas linhas cor--de-rosa no teste de gravidez. Você sabe como foi a minha infância e jurou pra mim que a nossa bebê não passaria pelo mesmo.

Ela tinha razão.

Mas, embora eu estivesse com dificuldade para proporcionar a Jessica a vida com a qual sonhei quando a recebi no altar, com o véu rendado cobrindo um sorriso enorme, a nossa realidade era bem diferente da casa rural em ruínas onde ela cresceu.

— Isso não é justo.

Intencionalmente, passei um olhar incrédulo em torno da nossa casa de três quartos, dois banheiros e cento e oitenta e cinco metros quadrados, que chamávamos de "mansão Maxwell". Ficava mais longe da cidade de Atlanta do que Jessica queria, mas era um dos poucos lugares com um porão para acomodar um estúdio e que cabiam no nosso orçamento. Um estúdio que nunca conseguimos construir porque... bem, a vida aconteceu.

Para ser mais preciso, Luna Jade Maxwell aconteceu.

Ainda não planejávamos ter filhos. Jessica e eu tínhamos muito que viver antes de começar uma família. Sabe aquilo que dizem sobre planejar demais? A tinta do meu contrato com a gravadora nem tinha secado quando encontrei Jessica de joelhos no nosso banheiro, com lágrimas escorrendo pelo rosto, segurando um teste positivo de gravidez.

Era o momento certo? Não mesmo. Principalmente quando, alguns meses depois, a gravadora cancelou meu álbum e me dispensou.

Se Luna, com todo aquele espesso cabelo castanho e aqueles olhos cor de mel tão únicos que é como se aquela cor tivesse sido criada para ela, era a coisa mais fantástica que já tinha acontecido comigo? Sem dúvida alguma.

Meus ombros desabaram e eu, exausto, apertei o espaço entre os olhos.

— Olha, será que nós podemos continuar outra hora? Preciso tomar um banho, começar a fazer os aperitivos e, assim que Luna acordar, vou levá-la para a casa de Rob e Bree.

— Ah, certo. Já que não podemos pagar uma babá, temos que nos aproveitar da minha melhor amiga pra sair com eles.

Deixei escapar um suspiro. Nossa, ela não perdia uma oportunidade de me cutucar. Ela agia como se eu fosse o único adulto na casa. Jessica queria ser dona de casa, como Bree. Eu queria isso para ela também. Mas, quando as coisas ficaram difíceis e minhas economias se reduziram a praticamente nada, Jessica nunca perguntou o que poderia fazer ou como ela poderia ajudar nossa família. E sim, eu estava chateado, mas não ficava descontando nela.

Além disso, eu não estava me aproveitando de Bree para merda nenhuma.

Por sorte — ou não, depende da perspectiva —, a melhor amiga de Jessica, Bree, era casada com o meu melhor amigo, Rob. Isso significa que eu liguei para alguém que eu considerava um irmão e perguntei ao *meu* melhor amigo se poderia deixar nossa filha com a babá *dele*.

Claro que ele disse sim. Então, depois de perceber a vergonha e a frustração na minha voz, ele passou os quinze minutos seguintes fazendo um discurso motivacional, lembrando que ele e Bree também tiveram dificuldades depois que o filho mais velho deles nasceu. Do jeito como ele falava, parecia que tudo o que estávamos vivendo era completamente normal. Mas eu tinha a sensação de que a esposa dele não estava dando o mesmo tipo de incentivo para a Jessica.

Poderíamos dizer que Bree não era minha maior fã. Poderíamos dizer também que eu vomitei nos sapatos dela na noite em que nos conhecemos. Mas, bem, o ácido gástrico do passado deve ficar no passado, certo?

Não que fôssemos inimigos mortais. Bree e eu nos dávamos bem — em um contexto superficial. Lá no fundo, ela era um pouco... hã, *difícil*.

E crítica.

E esnobe.

E... bem, exigente.

Eu estava percebendo um pouco disso na minha esposa também.

Estava movendo céus e terras para voltar a ficar de bem com Jessica. E tinha altas esperanças de que uma reunião com os nossos amigos pelo menos traria seu sorriso de volta. Não tinha como pagar um jantar em qualquer restaurante cinco estrelas que Bree considerasse digno de sua presença, então Rob sugeriu que fizéssemos uma noite de jogos. Com as crianças na casa deles, nós quatro poderíamos ficar lá em casa, livres de orelhinhas e de ter de cuidar de criança. Cada um levaria a própria bebida. Eu iria beber o resto do uísque que Rob me deu quando Luna nasceu e compraria para Jessica qualquer garrafa gigante de vinho que encontrasse na promoção. Felizmente, para mim, ela não era exigente quando se tratava de beber para esquecer os problemas.

Apertei a minha nuca, encarei seu olhar gélido.

— Podemos não fazer isso hoje à noite? Por favor. Estou tão cansado de brigar o tempo todo. Você está chateada. Já entendi. Vamos achar um jeito de resolver isso.

Estendi a mão, enganchei meu mindinho no dela e dei um puxão suave.

Ela se aproximou e se deteve antes que seu peito tocasse o meu.

— Faz meses que você está tentando resolver e nada muda. A empresa da hipoteca não para de ligar como se, ao continuarem ligando, eu pudesse, num passe de mágica, fabricar quatro meses de pagamentos. Todas as manhãs, eu acordo com medo de que seja o dia em que finalmente vão desligar a água ou a energia ou... — Sua voz falhou. — Ou... sei lá. *Alguma coisa.*

Senti meu estômago revirar. A gente estava na merda, mas discutir sobre isso o tempo todo não estava adiantando de nada. Só criava uma barreira entre nós.

Eu me aproximei dela e, envolvendo-a em um abraço, beijei o topo de sua cabeça. Não me deixei afetar pela rigidez de seu corpo.

— Não vou deixar que desliguem a água. Ou a energia. Ou qualquer outra coisa que você possa imaginar.

— Como? — ela resmungou. Sua falta de fé era tão insultante quanto justificada.

Eu respirei fundo, enchendo o peito dolorosamente. Droga. Estava na hora. Não podia adiar mais. Não por orgulho. Ou por alguma probabilidade. Nem por todos aqueles "talvez um dia". Era nossa única saída. Eu era um pai e um marido com responsabilidades que não diziam respeito à busca de um sonho.

— Vou separar as músicas do álbum — sussurrei.

— Eason — ela disse, arfando, inclinando a cabeça para trás e apoiando o queixo no meu peito. A alegria que saltava de seus olhos era tanta que parecia um soco no estômago.

Eu estava fora dos holofotes, mas sabia vender música. Comecei como compositor. Foi assim que paguei o nosso primeiro encontro, o anel de noivado de Jessica e a entrada que demos na nossa casa. No momento, meus royalties cada vez menores pagavam as contas — isso quando conseguíamos pagar. Quando ouvi uma de minhas músicas na rádio pela primeira vez, liguei para todas as pessoas que conhecia, ao mesmo tempo rindo e tentando controlar a emoção. Eu estava orgulhoso das minhas realizações, só que meu objetivo nunca foi apenas escrever músicas incríveis, mas também cantá-las.

Com a mistura característica de pop descontraído e soul, *Solstice in the '92* deveria me levar para o topo das paradas. Nas treze canções do álbum, derramei meu coração e alma, e cada uma delas representava um estágio diferente da minha vida, desde crescer sem pai, passando pela minha fase de farra como solteiro, até o nascimento da minha filha. Eram letras ousadas. Ásperas. Eram Eason Maxwell. Vender aquelas canções para alguém seria como ter meus membros arrancados, um por um.

Mas isso pagaria as contas.

Talvez até pudesse trazer de volta, e permanentemente, a luz nos olhos da minha esposa, a paixão no nosso casamento e permitir que eu mantivesse minha família unida. Não havia nada que eu não sacrificasse — esperanças e sonhos — para ser o homem que Jessica e Luna mereciam.

Só por essa razão eu consegui sorrir para ela.

— É a coisa certa a fazer, amor. Por você. Por Luna. Droga, talvez até por mim. Um novo começo não seria ruim, né?

Ela passou os braços em volta do meu pescoço — o primeiro contato físico que ela iniciou em semanas.

— Quanto tempo você acha que levará para vendê-las?

— Difícil dizer, vou fazer algumas ligações na segunda-feira.

Ela soltou uma risadinha que momentaneamente sufocou a queimação na minha garganta.

— "Turning Pages" é incrível. Aposto que algum famoso vai querer.

Ah, ótimo! Exatamente o que eu sempre quis: uma estrelinha egocêntrica cantando sobre meu relacionamento tumultuado com minha mãe narcisista.

Lancei para Jessica outro sorriso tenso.

— Seria incrível.

Sua voz tinha uma leveza renovada que eu não ouvia havia meses.

— Temos que comemorar. Traga uma garrafa de champanhe quando voltar. — Ela fez uma pausa. — Não, pode deixar. Vou pedir pra Bree. Ela vai trazer uma bebida boa.

Ah, claro. Eu acabei de arrancar o coração e pôr aos pés da minha esposa, mas quem salvaria o dia seria Bree.

Aquilo era botar sal na minha ferida, mas, como em boa parte do meu casamento, continuei sorrindo.

— Perfeito.

Dois

BREE

— Ele vai vender '92? — eu sussurrei ao telefone, totalmente surpresa.

Do outro lado da linha, Jessica deixou escapar um suspiro exasperado.

— Bem, ele disse que vai. A questão é se ele vai mesmo cumprir com o que disse.

Eu dei uma espiada no corredor da cozinha para me certificar de que Rob não estava por perto. Meu marido odiava quando Jessica e eu falávamos do melhor amigo dele. Rob sempre achava que estávamos confabulando contra o pobre coitado, mas era minha obrigação me certificar de que Eason cuidasse bem da minha melhor amiga. Minhas preocupações eram mais do que justificadas, já que nos últimos anos ele estava falhando miseravelmente nessa tarefa.

Quando tive certeza de que Rob ainda estava na garagem, provavelmente fazendo juras de amor eterno ao seu precioso Porsche, fui até o forno para checar o jantar das crianças.

— Mas, desta vez, foi ele quem sugeriu vender o álbum, né? Isso quer dizer alguma coisa.

Ela riu com desprezo.

— É, significa que ele tá cansado de dormir no sofá e de não transar.

— Bem, seja lá o que for. Contanto que isso impeça você e Luna de irem morar na rua, por mim tudo bem. — Fiquei em silêncio e mordi o lábio inferior. — Você sabe que, se precisar de alguma coisa até ele vender...

— Não. Nem vem. Isso não é problema seu.

Soltei um suspiro. Jessica e eu éramos amigas desde a época da faculdade, quando trabalhávamos juntas como garçonetes. Ela era tão teimosa, tão cabeça-dura e cheia de orgulho que não aceitaria ajuda nem se não tivesse onde cair morta. O que não era muito diferente de sua situação atual.

— Jess, pare com isso. Deixa eu ajudar com...

— Champanhe — ela concluiu a minha frase. — A única coisa que aceito de você é champanhe. Vamos celebrar hoje à noite.

— É tecnicamente a minha primeira noite fora sem as crianças desde que a Madison nasceu.

— Nossa, seu primeiro vale-night vai ser na porcaria da minha sala. Sortuda!

— Só de não precisar trocar fralda já me sinto feliz. — Isso não era bem verdade. Eu tinha passado a semana estressada com a ideia de ter que deixar as crianças com outra pessoa.

Rob já estava arrancando os cabelos porque, por quase dez meses, eu cancelei todos os nossos encontros. Havia uma ótima babá na vizinhança, Evelyn. Ela era incrivelmente afetuosa e paciente e já tinha criado quatro meninos, hoje adolescentes. Rob e eu confiávamos Asher a ela, mas era diferente com Madison. Ela nasceu prematura e passou mais de um mês na UTI neonatal. Agora ela tinha dez meses e estava se desenvolvendo bem, mas, para mim, sempre seria aquela bebezinha de um quilo e meio, coberta de cabos, lutando para respirar.

Bom, estava na hora de isso mudar. Tanto mentalmente quanto emocionalmente, a mãe aqui precisava de uma folga.

— Que baboseira — Jessica deu risada. — Você passou o dia todo andando de um lado pro outro pela casa, não foi?

Pela sexta vez em alguns minutos, eu olhei pela janela da cozinha para espiar Evelyn e Madison brincando em um cobertor na grama.

— O quê? Não. Eu, não.

— Mentirosa.

Um movimento na porta da garagem chamou minha atenção. Os olhos castanhos e profundos de Rob imediatamente encontraram os meus e um sorriso malicioso surgiu em seu rosto. Era assim que ele me olhava — com êxtase e provocação.

Minhas bochechas esquentaram conforme ele caminhava na minha direção; seu olhar deslizando pelo meu corpo, se demorando em todos os lugares certos.

— Jess, preciso desligar.

— Tá, mas o Eason deve estar chegando aí com a Luna. O Rob provavelmente sabe sobre o álbum, mas não comenta com nenhum dos dois que eu contei pra você.

— Uhum — cantarolei, mordendo o lábio. Meu marido aproximou de mim seu corpo musculoso, de maneira predatória. — Vejo você mais tarde. — Não consegui dizer tchau antes de desligar a chamada.

Rob tirou o telefone da minha mão e o pôs no balcão. Então passou o braço em volta dos meus quadris para me puxar para ele.

— Uau — ele sussurrou, sua respiração roçando nos meus lábios. — Você está maravilhosa.

— Não exagera. É só um vestido de verão — respondi, sorrindo em sua boca. Para ser mais específica, era o vestido de verão que eu menos gostava de usar. O floral amarelo e marrom nunca me valorizou, mas eu ainda estava na longa jornada para perder os últimos cinco quilos da gravidez de Madison, então era um dos poucos vestidos que cabiam em mim.

Muito tempo atrás eu fui uma mulher de negócios — meu guarda-roupa era praticamente composto de saias lápis e blazers. Agora, eu era dona de casa, mãe de dois. Em um dia bom, usava uma calça com cós.

Rob passou a mão por baixo do meu vestido e pegou na minha bunda.

— Você nesse vestido e a palavra *sozinha* nunca deveriam estar na mesma frase.

— Acho que você gostou...

— Mamãe! — Asher gritou do andar de cima.

Rob soltou um resmungo e inclinou a cabeça para trás a fim de olhar para o teto.

— Eu juro que esse garoto tem algum sexto sentido pra saber quando estou tentando dar uns pegas na mãe dele.

— Isso é o que você ganha por criar um mini-Rob. Ele sabe quando você tá aprontando.

Rob abriu um sorriso de tirar o fôlego.

— Ah, teria sido bom, Bree. Muito bom.

— É o que você sempre diz. Mas seu caso ainda está sendo julgado.

Ele abriu a boca fingindo que estava ofendido, mas, por causa daquele brilho em seus olhos, eu sabia que teríamos uma noite muito, muito longa depois que chegássemos em casa.

Ainda rindo, respondi a Asher:

— Oi, filho.

— O jantar tá quase pronto? Deixar crianças com fome é ilegal, sabia?

É. Esse era o meu filho. Aos cinco anos, ficava mal-humorado quando estava com fome, igualzinho à mãe.

— Só mais dois minutos! — gritei em resposta, e a campainha tocou. Rob arqueou a sobrancelha.

— Meu Deus, ele chamou reforço?

— Deve ser o Eason. A Jessica disse que ele tava a caminho.

Seu sorriso voltou, e ele me puxou para outro beijo.

— Nesse caso, ele pode esperar. Agora, onde estávamos?

Eu desviei de seu beijo.

— Você abre a porta para o seu bebezão, e eu vou alimentar o *nosso* filho antes que ele chame a polícia.

— Ei — Rob repreendeu. — Seja legal hoje à noite. O Eason tá planejando isso faz tempo.

— O quê? Eu sou sempre legal.

Ele franziu a testa e saiu da cozinha, dizendo:

— Certo. É claro. Chamá-lo de bebezão é o ápice da bondade. Seu convite para a canonização provavelmente já tá no correio.

Eu revirei os olhos, mesmo que uma pequena semente de culpa tenha brotado no meu estômago.

Está bem. Não. Eu nem sempre pegava leve com Eason. Mas eu não o odiava. Ele era um cara bacana, do tipo que abria a porta para você e fazia questão de incluir todo mundo em qualquer conversa que ele estivesse dominando animadamente. Com aquele cabelo loiro areia, os olhos castanhos calorosos e um sorriso de esguelha malicioso que fazia as mulheres perderem a cabeça, ele hipnotizou Jessica logo de cara. Jessica era linda, tinha uma inteligência afiada, então Eason se apaixonou de primeira.

Em teoria, sua melhor amiga se casar com o melhor amigo de seu marido seria o sonho de toda adolescente.

Mas não era o caso.

Jessica havia tido uma vida dura e a pessoa que estivesse destinada a ficar com Eason teria um futuro ainda mais difícil enquanto ele tentava perseguir uma carreira quase impossível. A princípio, a vida dos dois se resumia a risadas, olhares de sedução e noites selvagens. Mas um teste de gravidez positivo e o colapso da carreira de Eason os deixaram numa situação bem delicada — o que eu sempre soube que aconteceria.

No entanto, o relacionamento deles não era da minha conta — pelo menos, era o que o meu marido adorava dizer.

Usando uma luva de cozinha, retirei do forno os nuggets caseiros em formato de coração e apoiei a assadeira em um descanso de panela para esfriar.

— O jantar está pronto — eu gritei para Asher. — Lava as mãos antes de descer.

Presumi que tivesse me ouvido quando uma pancada deixou claro que ele tinha pulado da cama exatamente como eu disse a ele para não fazer oitenta e sete milhões de vezes. Estimativa aproximada, é claro.

Eason entrou calmamente na cozinha, com um enorme sorriso no rosto e minha segunda garotinha favorita no colo.

— E aí, Bree — ele cumprimentou, me puxando para seu abraço habitual, e não seria Eason se ele não terminasse com um aperto forte e prolongado. — Como você está?

— Bem — eu disse, meio desajeitada tentando me livrar daquele abraço.

Voltando a atenção para minha afilhada, bati palmas e estendi as mãos em sua direção. — Venha cá, meu amor.

Eason a entregou para mim com um orgulho paternal brilhando nos olhos. Apesar das dificuldades profissionais e financeiras, ele amava muito a filha.

— Que belezinha! Essa roupa é nova? — perguntei a Luna, ajeitando o babado na manga de sua roupinha rosa com um monograma. Estremeci só de pensar no cartão de crédito estourado que Jessica deve ter usado para comprá-la.

Eason alisou a parte da frente de sua camiseta Henley cinza.

— Ah, caramba, Bree. Obrigado por notar. E você também está bonita. Esse vestido é da Jessica?

— Não. É o meu vestido que a Jessica pegou emprestado, e foi uma verdadeira missão impossível fazer ela me devolver na semana passada. Sua esposa é uma ladra de roupas, mas eu peguei essas sandálias dela quando estive lá, então ficou por isso mesmo.

Com uma risadinha, Eason pegou um nugget da bandeja e o enfiou na boca. Não fiz grandes esforços para avisá-lo de que ainda estava quente. Sim, minha canonização estava definitivamente a caminho.

— Merda, merda, merda — ele disse ofegante, mastigando com a boca aberta.

Achando graça, eu balancei Luna no meu quadril e observei a cena.

— Quer mais um?

— Mmm. Obrigado, mas acho que vou dispensar os nuggets de frango de lava derretida.

— São nuggets vegetarianos.

Ele curvou o lábio.

— Isso explica o gosto de grama.

Eu balancei a cabeça porque, sinceramente, era o que dava para fazer com ele na maioria das vezes.

— Tio Eason! — Asher pulou os últimos três degraus da escada, provocando o meu ataque cardíaco do dia.

— E aí, rapazinho? — Eason perguntou, agachando.

Depois do elaborado aperto de mão que vinham aprimorando desde que meu filho tinha três dias, eles terminaram com um "toca aqui" de costas.

— Adivinha? — Asher perguntou.

Eason não hesitou.

— Você encontrou um fóssil no quintal que revelou uma nova espécie de dinossauro. Sem dentes, esse dinossauro até pode ter sido amigável, por isso os cientistas decidiram usar o DNA dele pra trazê-lo de volta à vida com a esperança de domesticá-lo e usá-lo como uma nova forma de transporte, poupando assim nossos preciosos... bem, combustíveis fósseis.

Asher enrugou o nariz sardento de maneira adorável.

— O quê? Não!

— Poxa — Eason suspirou com uma expressão de fascínio enquanto olhava para longe. — Eu queria tanto andar num Asherossauro.

Meu filho gargalhou, uma reação comum quando seu favorito e único "tio" estava por perto. Eason riu com ele, fazendo a versão abreviada do aperto de mão secreto deles.

— Tá bom, vocês dois — eu interrompi. — Vá se sentar à mesa, Ash.

— Não vai — Eason sussurrou com o canto da boca. — São nuggets vegetarianos que podem ou não ter recheio de grama.

— Simmm! Eu adoro nuggets vegetarianos.

Eason lançou um olhar de canto para ele.

— Rapaz, você tá com um parafuso a menos. Já chega. Amanhã, quando eu pegar a Luna, vou trazer pra você o clássico McNugget de Frango do Mickey. Nunca vai crescer pelo no seu peito se continuar comendo essa coisa vegetariana aí.

Asher, que tinha os cabelos e os olhos quase pretos como os do pai, protestou:

— Eca. Não quero ter pelos no peito!

— Um dia você vai querer.

— Não vou, não. Papai não tem pelos no peito.

— Bem. Isso é estranho. Todo homem tem pelos no corpo. Dá uma olhada na bunda dele na próxima vez que ele estiver tomando banho.

— Ecaaaaaaa! — Asher gritou, fazendo Luna saltar nos meus braços.

— Ceeerto — eu disse devagar, devolvendo a Eason sua filha. — Já chega dessa conversa de pelo e bunda por hoje... e possivelmente pra sempre. — Peguei um prato do armário e gritei: — Rob! Por favor, vem me resgatar!

Eason fez a clássica dancinha para acalmar o bebê, um-dois-balança, e usou a mão livre para puxar a gola da camisa para baixo, revelando os pelos do peito bem aparados. Então balbuciou para Asher:

— McNuggets.

Bem na hora, Rob entrou na cozinha e deu um tapa nas costas do melhor amigo.

— Para de dar em cima da minha esposa. — Ele também pegou um nugget da bandeja. Ainda estava quente. Então ele também ficou sem ar e curvou os lábios.

— Meu Deus, que porcaria é essa?

— São legumes, querido. Cuidado senão seu corpo entrará em choque.

Depois de preparar o prato de Asher com nuggets, algumas cenouras e meia banana, eu o entreguei a Rob.

Ele levou o prato até a mesa.

— Tá, eu coloquei o berço portátil da Luna no quarto de hóspedes. Eu me sinto mal. Não é melhor deixá-la com a Madison pra ela não se sentir sozinha?

— Não se você quiser que elas durmam. — Apoiei o quadril no balcão. — As duas bebês e futuras melhores amigas não vão dormir nunca se ficarem no mesmo quarto.

Ele se postou na frente de Eason e fez cócegas na barriga de Luna.

— Tem certeza de que a Jessica ficará bem em deixá-la aqui esta noite?

Eason riu.

— Se ela não ficar, então foi à toa que empacotou as vinte e sete peças de roupas, os babadores, as mamadeiras e um casaco de inverno mesmo a gente estando em meados de maio. — Ele olhou para o relógio. — Falando nisso, eu preciso ir. Ainda tenho que comprar algumas coisas.

Depois de beijar a cabeça de Luna mais ou menos uma dúzia de vezes, ele, com relutância, a entregou a Rob e então olhou para mim.

— A Jess me disse para pegar um champanhe *bom* com você.

O constrangimento em seu tom de voz era evidente para todos ali.

E, caramba, aquela semente de culpa no meu estômago cresceu.

— Ah é. Certo. Eu só vou pegar...

— Pegue o Dom — Rob interrompeu.

Eason riu.

— Não vou levar isso para a nossa noite de jogos. Guarde para...

Rob inclinou a cabeça em tom desafiador.

— Eu disse para pegar o P3 Rosé. Ah, o Bollinger também.

Meus olhos se arregalaram. Puta merda. Tudo junto devia custar uns três mil dólares.

Nossa situação financeira, minha e de Rob, era boa — ótima, para ser sincera. Na faculdade, eu confeccionava edredons personalizados para as garotas do dormitório e fazia uma grana extra para a cerveja, e esse pequeno negócio emplacou logo depois da formatura. Eu me formei em administração e renomeei a Bree Cobertores como Prisma Roupas de

Cama, e iniciei uma produção em massa e a distribuição para lojas de departamentos em todo o país. Eu amava o que fazia, mas, assim que vi meu filho pela primeira vez, meu coração abandonou o trabalho. Resolvemos manter o negócio na família, então Rob assumiu o cargo de CEO e, pouco tempo depois, conseguiu um contrato exclusivo de oito dígitos com a maior rede de hotéis da América do Norte para fornecer roupas de cama para todas as cinco mil filiais. Naquela noite, nós comemoramos em uma cobertura em Las Vegas com uma garrafa de Dom e uma de Bollinger.

No entanto, a menos que Jessica tivesse deixado de fora detalhes muito importantes sobre a celebração que faríamos para Eason, eu não tinha certeza se Dom e Bollinger eram necessários.

Presumi que Eason compartilhava meus pensamentos quando quase se engasgou com a língua.

— Você enlouqueceu?

Meu marido balançou a cabeça.

— O meu melhor amigo é um gênio musical que decidiu agraciar os maiores artistas do mundo com suas canções antes de, finalmente, escrever mais e dominar toda a indústria como artista solo. Não passei um verão com você em uma van Ford Aerostar 1992 tomando dois banhos por semana, um pra cada, pra comemorar seu sucesso futuro com champanhe vagabundo. Sem mais discussão. — Com isso, ele deu um tapinha no ombro de Eason e levou Luna pela porta dos fundos até Evelyn.

— Meu Deus — Eason suspirou, apertando o espaço entre os olhos. — Como se não bastasse pegar champanhe com vocês, agora tenho que adicionar meio milhão de dólares em espumante à minha dívida infinita.

Eu ofereci a ele um sorriso tenso.

— Não é tão caro assim, mas, se você se tornar o maior artista da história moderna, do jeito que ele está esperando, ficaremos felizes em aceitar meio milhão de dólares como reembolso.

Eason riu.

— Eu não contaria com isso.

Eu não contava, mas, se Rob tinha toda essa fé nele, o mínimo que eu poderia fazer era ir até a adega e pegar o champanhe.

Três

EASON

Eu estava despejando os últimos salgadinhos na tigela quando a campainha tocou.

— Jess?

— Tá, eu atendo.

Enxuguei as mãos em uma toalha ao lado da pia e examinei minha façanha. Tortilhas com molho caseiro e um queijo qualquer, que, segundo a moça do mercado, daria uma deliciosa combinação com uns biscoitos de grã-fino, tanto um quanto o outro parecendo tão apetitosos quanto um pedaço de papelão. Não estava perfeito. Tudo tinha custado menos de vinte dólares. Mas parecia de boa qualidade, e isso era mais do que suficiente para agradar à minha esposa.

— Tudo bem? — perguntou Rob, ao entrar carregando uma garrafa de vinho, como se o champanhe não fosse humilhante o suficiente.

— O que é isso?

— Um presente para os nossos anfitriões.

Eu o encarei com rispidez.

— Sério mesmo?

Rob riu e balançou a cabeça.

— Nem vem reclamar. Foi a Bree quem insistiu. Além disso, um pouco mais de vinho não faz mal a ninguém. — Ele arqueou a sobrancelha e lançou um olhar aguçado para as nossas esposas, que já estavam se aproximando da mesinha do sofá que eu havia transformado em um bar improvisado.

Jessica estava com um sorriso gigantesco, então desisti de ficar irritado com a generosidade gratuita do meu melhor amigo, peguei o vinho e o guardei na geladeira.

— Posso te servir um uísque?

Ele arqueou aquela sobrancelha escura.

— Vai querer que eu jogue Pictionary hoje?

Eu ri e fui em direção às bebidas.

— Entendi. Vou fazer um uísque duplo.

Nós caminhamos juntos até as esposas, e eu cumprimentei Bree com um abraço.

— Oi, há quanto tempo. — Como de costume, o abraço dela era breve e rígido, mas eu já tinha desistido de tentar compreendê-la. — Como estavam as crianças quando vocês saíram?

Rob tossiu.

— Não. — Outra tosse. — Fala. — Ele limpou a garganta. — Das crianças.

Ele sorriu para a Bree.

— Champanhe ou vinho, querida?

Bree revirou os olhos.

— Estou bem. Para de dar tanta importância a isso.

— Claro que tá, meu amor — Rob sussurrou, piscando para mim. — Champanhe?

Depois do estouro de uma rolha que custou mais do que minha hipoteca e um rápido brinde a mim com algumas baboseiras sobre novos começos e um futuro brilhante, nós migramos em direções diferentes. Jessica levou Bree até o quarto de Luna para mostrar a ela o letreiro que nós penduramos sobre o berço. Rob e eu fomos para o relicário de solidão que eu compartilhava com o carro de Jessica: a garagem.

Muito antes de Rob vestir ternos Dolce e Gabbana e começar a dirigir um Porsche, ele e eu crescemos juntos, jogávamos basquete no parque enquanto nossos pais trabalhavam até tarde para pôr comida na mesa. Ele zombou de mim quando, no ensino médio, encontrei um teclado velho em um bazar de garagem e fiquei horas aprendendo a tocá-lo sozinho. Também me encheu o saco quando passei a escrever e cantar minhas próprias canções. Mas, quando comecei a me apresentar na faculdade, ele se tornou meu maior fã.

No verão, depois do nosso segundo ano na Universidade da Georgia, Rob pegou emprestada a decrépita minivan de 1992 da avó e organizou a minha primeira turnê. Tá, a "turnê" consistia em quinze noites de apresentações em bares em todo o estado, em muitas das quais Rob e o barman eram os únicos rostos na plateia. Caramba, naquele verão eu descobri o que de fato queria fazer com o resto da minha vida.

Não muito tempo depois, abandonei a faculdade e resolvi compor e tocar em qualquer lugar que pudesse, e assim nasceu meu álbum *Solstice in the '92*.

Rob sempre acreditou em mim, mesmo quando eu estava prestes a desistir de tudo. Por isso, depois que ele terminou de reclamar de um novo funcionário que contratou na Prisma, não contei a verdade quando ele perguntou:

— Então, como você tá se sentindo com essa ideia de vender as músicas?

Eu evitei o olhar dele e girei o uísque no meu copo.

— Vai ser bom pra minha família.

— E quanto ao que é bom pra você?

Eu dei de ombros.

— Eu já tive muitas coisas boas nos últimos anos. Minha vez acabou.

Seus lábios se estreitaram. Na ponta da sua língua, sem dúvida, havia um discurso motivacional. Eu não estava a fim disso. Era para ser uma noite de diversão e tranquilidade. Algumas horas de risadas para nos distrair da realidade.

Ou, no meu caso, para afogar as mágoas na bebida.

— Vamos encontrar as patroas. Jess e eu temos um jogo para ganhar.

Ele soltou uma risada, obviamente compreendendo a minha evasão. Mas, como era típico de Rob, não me questionou.

Assim como no jogo da vida, Jessica e eu perdemos a primeira rodada. Eu tive a forte suspeita de que Bree estava trapaceando ou então que havia se tornado telepata. Ela não tinha como entender "colheita de maçãs" daquele desenho de Rob, uma porcaria de árvore que, sendo bem sincero, parecia mais um arbusto, sem uma única fruta. Isso rendeu uma boa zoação, como nos velhos tempos, e aumentou a aposta para a segunda rodada, então deixei passar.

— Andar. Flutuar. Fazer mágica! — Jessica gritou.

— Não. Isso aqui. — Eu acertei o marcador no desenho impecável do meu boneco pulando corda.

No sofá, Bree soltou uma risadinha quando minha esposa, desafiada pelo jogo, lançou as mãos para o alto.

— Não sei! Desenha outra coisa.

Eu agarrei o braço de Jessica e a arrastei para mais perto do quadro, como se a distância de um metro entre nós estivesse de alguma forma distorcendo sua visão.

— Olha isso. Esta coisa aqui — Apontei para a corda de pular.

— Sem falação! — Rob repreendeu, segurando a pequena ampulheta perto do rosto, com um sorriso vitorioso, esperando o último grão cair.

Eu o ignorei e varri a frustração da minha voz.

— Linda, querida, meu amor, *olha* para a...

Foi tudo o que consegui dizer antes que o tempo acabasse para todos nós.

Com um estrondo ensurdecedor, a casa inteira explodiu.

Não me lembrava de ter caído, mas, quando dei por mim, eu estava no chão, coberto de escombros. Meus ouvidos zumbiam e minha visão ficou embaçada enquanto eu tentava me orientar, nada fazia sentido. Quando rolei de costas, vi o teto escancarado, o isolamento térmico e os cabos pendurados. As chamas cobriam as vigas de suporte como um raio riscando o céu.

— Merda — murmurei, segurando a cabeça como se pudesse usar as mãos para desacelerar meus pensamentos. — Jes... — Eu tossi, a fumaça abria um caminho abrasador na minha garganta.

— Jessica.

De repente, um único pensamento aterrorizante penetrou meu cérebro nebuloso. "Luna!" Me sentei bem rápido.

Não. Calma.

Eu balancei a cabeça outra vez e as memórias inundaram meu subconsciente. Luna não estava lá. Ela estava na... Cacete.

— Rob! Bree!

O silêncio era tenebroso.

Sem súplicas.

Ou gritos.

Ou pedidos de ajuda.

E, naquele momento, era provavelmente o mais aterrador de todos os sons.

O desespero invadiu minhas veias com uma onda de adrenalina. Com um gemido de esforço, eu consegui me levantar. O calor lambeu o meu rosto enquanto eu cambaleava para recuperar o equilíbrio entre os destroços. De alguma forma, estava escuro e, ainda assim, havia um brilho ofuscante. Nas sombras das chamas dançantes, consegui identificar o espaço vazio onde antes ficava o sofá em que Bree e Rob estavam sentados.

Não estava mais lá.

Não tinha mais porra nenhuma lá.

— Jessica! — eu urrei para o nada. Ela estava parada bem na minha frente. Não podia ter caído muito longe. Devorado pelo pânico, caí de joelhos e comecei a cavar freneticamente entre os escombros. Das minhas mãos, o sangue jorrava pelos pedaços quebrados de Deus sabe o quê que cortavam minha pele.

Eu tinha que encontrar Jessica e tirá-la de lá e depois voltar e encontrar Rob e Bree e de alguma forma resgatá-los também.

Naquele primeiro momento, tudo parecia possível. Eu ainda não conseguia entender o que tinha acontecido. A situação era ruim, mas perder as pessoas que eu amava não parecia um cenário realista. Mas meu medo crescia conforme o fogo se alastrava.

A fumaça invadiu minha visão e comecei a procurar cegamente, tateando com fúria pelo chão onde pensei que ela poderia estar.

Onde eu *rezei* para ela estar.

Onde eu *precisava* muito que ela estivesse.

Uma onda de alívio me atingiu como um tsunami, quase me derrubando, quando finalmente senti a mão dela.

— Jessica! — eu engasguei, tossindo sufocado.

Não tinha ideia se ela estava ferida ou se ainda respirava, mas eu a tinha encontrado. Agora, eu precisava tirá-la de lá. Com um movimento instintivo, peguei-a nos braços e corri em direção à porta, abrindo caminho apenas de memória por entre os pedaços de uma casa que já não existia.

Estávamos chegando à porta da frente quando tropecei em alguma coisa, e quase derrubei Jessica. A pura determinação me manteve de pé.

Um passo adiante, um segundo depois, um movimento em falso, e eu a teria perdido completamente. Seu corpo estava escondido sob uma pilha de móveis quebrados, mas o cabelo escuro se esparramava em cascata pelo chão sujo.

Meu Deus. Bree.

Eu congelei por um instante, fazendo malabarismos com Jessica em meus braços enquanto tentava me agachar para agarrar Bree também. Eu media quase um metro e noventa, era um cara grande, mas já era difícil carregar, às cegas, uma mulher desmaiada por uma casa em chamas; quem diria duas. O pânico começou a tomar conta de mim. A fumaça estava ficando mais espessa a cada segundo. Quanto mais eu tentava e quanto mais ficávamos lá dentro, mais perigoso era para todos nós.

Tudo mudou no instante seguinte.

Minha vida.

A vida de Jessica.

A vida de Bree.

A vida de Rob.

A vida de Luna.

A vida de Asher e Madison.

Uma decisão tomada no meio do inimaginável e o mundo que conhecíamos mudou de maneira irrevogável.

Tudo se resumiu a uma única decisão.

— Já volto — eu disse ofegante.

Usando meu braço para proteger o rosto, prossegui até a porta. A maçaneta escaldou a palma da minha mão quando a puxei para abrir a porta, mas nem senti a dor por causa da adrenalina. O som dos meus pés batendo na calçada ecoava nos meus ouvidos enquanto o fogo crepitava atrás de mim. Nossos vizinhos mais próximos moravam a quase um quilômetro e, com certeza, ouviram a explosão. O corpo de bombeiros chegaria em breve.

Eu resgataria Bree. Eles encontrariam Rob. Todos ficaríamos bem.

— Eason — ela murmurou nos meus braços.

Meus pés ainda se moviam conforme eu corria, mas o tempo parou quando a voz dela permeou os meus sentidos.

Não.

Impossível.

Ela estava coberta de fuligem, meus olhos estavam enrijecidos com cinzas e o que mais tarde eu descobriria ser sangue, mas eu ainda conseguia identificar as grandes flores em seu vestido amarelo...

"Não. É o meu vestido que Jessica pegou emprestado, e foi uma verdadeira missão impossível fazer ela me devolver na semana passada."

Meu Deus.

Eu continuei correndo até que o vento mudou de direção, dissipando a fumaça. Com o coração na garganta, rezei para que meus ouvidos, ainda zumbindo, tivessem me enganado. Então eu a pus no chão e limpei meu rosto com a parte de dentro da camisa.

— Eason — ela resmungou.

Mas, mais uma vez, *ela* não era minha esposa.

— Meu Deus — eu disse baixinho, observando enquanto ela se levantava com as pernas cambaleantes. As lágrimas esculpiam rios idênticos nas cinzas em suas bochechas.

— O que aconteceu? — Bree perguntou, com olhos verdes cravados no inferno de chamas atrás de mim.

Fui consumido pelo amargor da culpa.

— Eu...

Salvei a mulher errada.

Deixei a mãe da minha filha em uma casa em chamas. A última promessa quebrada para a mulher a quem jurei fidelidade para sempre foi: "Já volto".

A bile subiu pela minha garganta.

— Não sei.

Olhei de volta para a casa, o calor do fogo crepitante ainda me queimava mesmo a metros de distância. Uma dor avassaladora me atingiu quando percebi que não havia como voltar para aquelas chamas.

Meu Deus. Jessica.

É estranho o que fica gravado na nossa memória no meio de uma tragédia. Anos depois, eu não saberia dizer quanto tempo os bombeiros levaram para chegar até lá. Eu também não saberia dizer que horas eram ou o que eu estava vestindo. Mas nunca seria capaz de esquecer a devastação absoluta no rosto de Bree quando ela percebeu que nós dois éramos os únicos do lado de fora daquela casa em chamas.

— Onde está o Rob? — ela murmurou, com uma voz que parecia ter viajado mais de um quilômetro antes de sair da garganta. — E Jessica. Onde é que eles estão? — Ela deu um passo apressado na minha direção.

— Eu tentei... — Eu me curvei para a frente, acometido por um acesso de tosse. Talvez tenha sido melhor assim. Eu nunca conseguiria concluir esse pensamento.

Bree me agarrou pela camisa e me empurrou para trás, com uma sacudida forte.

— Eles estão lá dentro?

— Não sei! — eu gritei, e o medo e o fracasso se misturaram a uma emoção de esmagar a alma.

Houve uma pausa. Nenhum de nós respirava. Nós tentamos desesperadamente racionalizar como havíamos escapado. Bree estava inconsciente quando a encontrei. Ela não tinha visto o interior da casa.

A destruição.

A carnificina.

O inferno do qual por pouco nós dois tínhamos escapado.

Não. Bree não tinha passado por nada disso.

E era perceptível porque ela ainda tinha esperança.

— Rob! — ela gritou, passando por mim. Ela escorregou na grama e caiu, e o calor brutal, como um campo de força, a fez parar no meio do caminho.

— Me ajuda, Eason! — ela gritou, desistindo de se pôr de pé. Começou a engatinhar um centímetro de cada vez. — Eason, me ajuda! A gente tem que tirar eles de lá.

Precisei usar a força que eu tinha para segurá-la pelos quadris.

— Bree, para!

Ela afastou meus braços, chutando e se debatendo.

— Me deixa! Tenho que ir buscar os dois. — Sua voz ecoou nas árvores, e cada reverberação me dilacerou completamente.

— Você não pode entrar! — eu disse. — Não vai conseguir sair.

— Então vai você. — Seu peito tremia com respirações fragmentadas. — Você fez isso. Você fez tudo isso. Agora vai lá, salva o meu marido e conserta essa porra.

Eu estava em estado de choque, sustentado somente pela adrenalina. Não sentia as queimaduras de terceiro grau nas mãos ou o corte de quinze centímetros na cabeça, mas aquele golpe verbal me nocauteou.

— O quê?

— Vai! Salva ele! — gritou, e seu rosto vibrava com uma dor tão visceral que estremeceu meus ossos. Sua raiva se transformou em soluços, mas as palavras não eram menos venenosas. — Foi você que deixou ele na casa e agora tem que entrar lá. Ele nunca teria feito isso com você.

Respirei fundo, desesperado pelo oxigênio que não conseguia absorver. Minha mente girou em um milhão de direções diferentes, uma corrida frenética de meus neurônios para dar sentido ao mundo em chamas ao meu redor.

— Eu não fiz isso — disse, olhando por cima do ombro para o inferno imponente, o peso da gravidade de repente era maior do que eu poderia carregar. — Mal consegui tirar você. Achei que você fosse a Jessica. Eu ia voltar para...

Foi tudo o que consegui dizer antes de nossa vida explodir mais uma vez.

Talvez ela estivesse certa e isso fosse de alguma forma minha culpa.

Talvez eu tivesse falhado com os dois.

Mas, enquanto ofuscantes chamas laranja e vermelhas disparavam alto no céu, restava apenas uma pessoa que eu poderia salvar.

— Não! — Bree gritou quando mergulhei em cima dela, prendendo-a na terra. Fragmentos de fogo da minha vida choveram sobre nós, como lâminas enferrujadas cortando o coração no meu peito.

Debaixo de mim, ela lutou. Mordeu e arranhou.

Ela gritou o nome dele e me xingou.

Enquanto as sirenes soavam à distância, ela tinha ar nos pulmões e uma batida no peito.

E, apesar de tudo, não importava quanto eu rezasse para que *ela*, num passe de mágica, se tornasse Jessica. Mas isso nunca aconteceu.

Quatro

BREE

Anestesiada, sozinha e completamente perdida, olhei para o lado dele da cama. Com as mãos sob o travesseiro, inclinei as pernas na direção do espaço onde apenas três dias atrás ele teria soltado um assobio brincalhão, quando meus pés frios tocassem suas panturrilhas. Ele teria me agarrado pelo quadril e me puxado para si com um grunhido:

— Vem cá, mulher.

E então ele teria me abraçado.

Conversado comigo.

Passado a vida comigo.

— Volta — eu sussurrei, apertando os olhos, desesperada para senti-lo outra vez. Eu ainda podia sentir seu cheiro de limão fresco e cedro nos lençóis. Suas roupas sujas ainda estavam no cesto. Depois do dia em que ele se foi, chegou um pacote da lavanderia com suas roupas lavadas a seco. Mas o meu marido, o pai dos meus filhos — *meu Rob* — se foi.

— Por favor, só volta — eu choraminguei, envolta na tristeza inevitável que tinha definido cada momento meu desde o incêndio.

Vai ficar tudo bem. Ouvi a voz dele na minha cabeça. *Você e as crianças. Vocês vão ficar bem. Sejamos sinceros, você sempre foi o motor de quatrocentos cavalos que conduzia esta família. Eu era apenas o enfeite do capô.*

Um soluço borbulhou na minha garganta. Era algo que com certeza Rob diria. Eu juro, o homem podia convencer uma poça de lama de que era um oceano. Ele tinha um jeito tão tranquilo, tão racional, que acalmava minhas inseguranças e ainda me fazia sorrir.

Meu Deus, eu precisava tanto de um sorriso.

Mas, acima de tudo, eu precisava dele.

— Como? — eu implorei. — Como vou fazer isso sem você?

Era aí que as nossas conversas imaginárias terminavam. O fantasma na minha cabeça nunca respondia. Eu não conseguia entender como tinha ido parar nessa situação, muito menos sabia como continuar depois.

Tudo o que aconteceu imediatamente antes e depois de eu acordar nos braços de Eason era um borrão. Eu me lembrava do pânico e da confusão. Da raiva e do ressentimento. Da frustração absoluta de que o mundo continuava girando e o máximo que eu podia fazer era aguentar. Mas eu nunca esqueceria a dor devastadora que senti quando um policial apareceu no meu quarto de hospital para informar que os corpos de Rob e Jessica haviam sido recuperados — ou pelo menos o que restava deles. Ele me fez várias perguntas. Respondi da melhor maneira que pude, mas nada mais parecia real.

O vazio no meu peito.

A dor dilacerante na minha alma.

Nem mesmo a devastação absoluta circundando o meu estômago.

Rob se foi.

Jessica se foi.

E as pessoas esperavam que eu seguisse em frente sem eles.

Permaneci dois dias no hospital, chorando em um estado de vazio absoluto.

Os médicos me diagnosticaram com uma concussão. Precisei de oxigênio para os pulmões, antibióticos para prevenir infecções nas queimaduras dos braços e das pernas e até de sedativo para me ajudar a dormir.

Nada aliviou a dor.

Nada jamais aliviaria.

O incêndio foi um acidente. Enquanto nós quatro estávamos no andar de cima, rindo e bebendo vinho, um cano quebrado encheu o porão com gás suficiente para destruir a casa inteira. A segunda explosão foi do carro de Jessica, que pegou fogo na garagem. De acordo com o bem-intencionado, mas completamente insensível inspetor de incêndio, nós tivemos sorte de sobreviver.

Eu não me sentia com sorte. Talvez Eason se sentisse assim.

Eason.

Meu Deus... Eason.

Nós fomos levados em ambulâncias diferentes para hospitais diferentes e não nos falávamos desde então.

Não havia um manual de comportamento em uma situação de catástrofe. O desespero não vem com cortesia ou com bondade. Ainda assim, não deveria ter vindo com tanta culpa.

Mesmo deitada naquela cama, havia uma parte conflituosa em mim que queria se enfurecer com o mundo pelo que ele havia me tirado. Grande parte dessa raiva era dirigida a Eason.

Ele sempre era o perdedor em meus joguinhos hipotéticos.

E se nós não estivéssemos lá naquela noite?

E se ele não estivesse tentando agradar a Jessica?

E se ele nunca tivesse comprado aquela casa?

De todas as pessoas, por que *ele* tinha que sobreviver?

Por que não foi Rob?

Por que não foi Jessica?

Por que foi... *Eason*?

Mas ele tinha salvado a minha vida. Mesmo com o coração partido, eu sabia que deveria estar de joelhos, agradecendo a ele. Meus filhos ainda tinham a mãe por causa dele. Eu ainda tinha a chance de vê-los crescer — participar de formaturas, casamentos, ter netos.

Por causa de Eason, eu ainda tinha um futuro.

Mas a espiral do luto não me dava muitas oportunidades de focar o lado positivo.

Nossa vizinha Evelyn era uma mulher incrível. Ela havia tirado alguns dias de folga do trabalho para ficar com as três crianças enquanto Eason e eu estávamos no hospital. Nenhum de nós tinha muito apoio familiar. Meus pais tinham morrido havia anos, e a mãe de Rob era idosa e tinha demência. Eason não tinha ninguém. Ele cresceu sem pai, e a mãe havia morrido de câncer de mama alguns anos antes. Na família de Jessica, só havia inúteis. Eles sem dúvida apareceriam no funeral, chorariam de maneira muito dramática sobre o caixão, mas iriam embora antes que ela fosse enterrada.

Nunca tinha sido um problema antes. *Nós* éramos uma família. Eu, Rob, Jessica e Eason.

Mas agora só restávamos nós dois.

Como se meus pensamentos o tivessem invocado, a campainha tocou, e meu estômago deu um nó.

Eu tinha chegado em casa do hospital no dia anterior, e, depois que contei a Asher sobre seu pai e tive um colapso nervoso no quarto, Evelyn insistiu em ficar mais uma noite. Ela era um primor de pessoa. Eu não sabia o que teria feito sem ela.

Durante um melancólico café da manhã, em que Asher, no meu colo, brincava com a comida distraído, e Luna e Madison, cada uma em sua cadeirinha, brincavam de cabo de guerra com um copo de canudinho, Evelyn nos disse que Eason havia recebido alta do hospital. Ela sorriu e fez cócegas na barriga de Luna, dizendo algo sobre como ele estava animado para vir buscar a filhinha.

Foi assim que fui parar no meu quarto, deitada na cama, conversando com meu falecido marido, em vez de resolver a miríade de emoções conflitantes com a ideia de ver Eason.

A campainha tocou outra vez.

— Merda — eu suspirei, rolando para fora da cama, e um misto impactante de culpa e pânico colidiu no meu peito.

O luto era uma emoção complexa. Meu cérebro me dizia que era só Eason. O melhor amigo de Rob. O marido de Jessica. Eu já havia passado vários natais, aniversários e férias de verão com ele. Mas as partes sombrias e amargas dentro do meu coração despedaçado me diziam que ele era o homem que havia sobrevivido enquanto os fragmentos carbonizados do meu marido e da minha melhor amiga jaziam em uma funerária do outro lado da cidade. Sim, ele tinha salvado a minha vida, mas, com isso, condenara os outros dois à morte.

Não era um pensamento justo, não era correto. Mas não se preocupe: eu também me odiava por ter sobrevivido.

Seja legal, ouvi Rob dizer na minha cabeça enquanto descia as escadas.

— Eu sou sempre legal — respondi, plenamente consciente de que, além de mentira, dizer aquilo era desnecessário. Eu não precisava convencer mais ninguém.

Dei um tempo para mascarar as emoções e caminhei lentamente até a porta. Presumi que Evelyn já o havia deixado entrar quando ouvi a voz profunda e rouca de Eason na entrada.

— Oi, filha — ele praticamente cantou. — O papai estava com tanta saudade. — A voz dele falhou no final, e, por mais que eu não quisesse, isso partiu meu coração.

Eason agarrou-se à filha e, com os ombros trêmulos e a mão enfaixada, segurou-lhe a nuca. Assim que meus pés chegaram ao último degrau, seus olhos fundos e avermelhados saltaram para os meus.

Eu congelei; não conseguia nem respirar sob o peso daquele olhar. Eu nunca tinha testemunhado uma desolação tão real. Nem quando me olhava no espelho.

Círculos escuros pendiam sob seus olhos, que mal eram sustentados pelas bochechas encovadas. Eu também não andava me alimentando, mas Eason parecia ter perdido um peso significativo. Se eu não tivesse certeza de que era ele, teria que olhar duas vezes. Seu cabelo loiro claro, geralmente bagunçado no topo, estava raspado, e uma longa linha de pontos começava acima de sua sobrancelha, desaparecendo em algum lugar no topo do crânio. As tatuagens coloridas em seu braço esquerdo estavam cobertas de ataduras, mas cicatrizes e queimaduras eram proeminentes em seu pescoço e no rosto.

Eason sempre foi um tipo impressionante. Mas, ali, no meu hall de entrada, segurando a filha, seu corpo pendia como se fosse demais para seu esqueleto suportar.

— Oi — ele murmurou.

O nó no meu estômago torceu dolorosamente.

— Oi.

Nós nos encaramos por um longo instante, um milhão de palavras pairavam no ar entre nós, mas ambos sabíamos que nenhuma delas mudaria a realidade.

Meu nariz ardia enquanto eu o observava acomodar Luna no quadril.

Ele havia perdido a esposa.

A casa.

O melhor amigo.

Todos os seus bens.

Aquela garotinha em seus braços era tudo o que lhe restava.

Eu estava longe de ser aquela santa sobre a qual meu marido me provocava, mas luto, amargura e devastação à parte, ainda era um ser humano olhando para outro ser humano que estava perdido no desespero. Eu não tinha muito a oferecer em termos de apoio emocional, mas tinha muito mais recursos que Eason.

— Quais são os seus planos? — perguntei, cruzando os braços no peito como se o tremor viesse de fora, e não de dentro de mim.

Ele olhou para o ladrilho do chão.

— Ah, boa pergunta. Um cara com quem eu costumava fazer shows vai nos deixar dormir no quarto de hóspedes por alguns dias. Preciso entrar em contato com a seguradora e ver quais são minhas opções de moradia, mas ainda não consegui. Felizmente, Jessica mandou roupas demais pra Luna ficar aqui, e meu amigo me deu uma sacola de roupas que ele conseguiu coletar.

Ele fez uma pausa e respirou fundo.

— É tipo uma bola de neve, sabe? Eu não tenho minha carteira. O que significa que não tenho meu cartão de débito. Mas eu preciso da minha identidade para tirar dinheiro do banco. Não que o dinheiro seja tão necessário hoje em dia. Sem cartão de crédito, não consigo comprar um celular, que é do que preciso para que a seguradora me ligue de volta. Além disso, não tenho carro, nem como conseguir um carro e, de alguma forma, no meio disso tudo, tenho que arranjar um jeito de enterrar a minha esposa.

Ele deixou escapar um gemido gutural, mais agonizante do que qualquer grito que ele poderia ter produzido. Seu peito arfava quando ele levantou a cabeça e os castanhos e desolados olhos encontraram os meus outra vez.

— Porra, Bree. Como tudo isso pode ser real?

Eu não poderia oferecer uma resposta. Parte de mim ainda esperava que fosse apenas um pesadelo do qual eu um dia acordaria.

— Evelyn — eu chamei, saindo do transe.

Rápido, ela apareceu como se, sabiamente, não tivesse ido muito longe. Procurando permissão no rosto de Eason, peguei Luna de seus braços e a passei para Evelyn.

— Você pode me fazer um favor e levar as crianças lá para fora um pouco?

— Claro — respondeu ela.

— Isso não é necessário — disse ele, estendendo a mão para a filha. — Só preciso pegar as coisas dela para podermos ir embora daqui. Tenho muito que fazer hoje. — Seu tom tornou-se cada vez mais agitado.

— Não tenho tempo pra...

Eu me coloquei entre ele e Evelyn.

— Eason, para.

— Não posso. Não posso parar nada disso — ele retrucou. — Olha, meu amigo está esperando no carro. Só preciso pegar as coisas de Luna.

— Você não vai a lugar algum — eu sussurrei. — Você e Luna vão ficar aqui por um tempo. Na casa da piscina. É o que Rob gostaria.

— É, bem. Rob está morto, não é? Você não precisa fazer isso.

Eu me aprumei. Era um fato, mas, ainda assim, parecia um soco no estômago.

— Isso não é justo.

— O que é justo nisso tudo? — Com um movimento de queixo, sinalizei para Evelyn sair e, sem mais objeções de Eason, ela se apressou para tirar Luna dali.

Ficamos em silêncio até que ouvi a porta dos fundos fechar.

— Você precisa respirar fundo e relaxar. Sei que você tá sofrendo, mas...

— Sofrendo? — ele riu. — Ter meus braços arrancados seria *sofrer* em comparação com a merda que está acontecendo dentro de mim. Não posso fechar os olhos sem que aquelas chamas me consumam outra vez. Não consigo comer, não consigo dormir. — Ele levantou uma mão trêmula. — Eu só fico tremendo o tempo todo, como se minha alma estivesse tentando se libertar do meu corpo. E às vezes eu gostaria que isso acontecesse, mesmo se eu fosse com ela. Aí eu penso na Luna e sei que ela precisa de mim, mas como vou encarar aquela garotinha sabendo que deixei a mãe dela morrer?

Engoli em seco.

— Você não deixou...

— O cacete — ele sibilou. — Não se atreva a fingir que você não me culpa por isso. Rob não teria me deixado naquela casa, não é? Não foi o que você disse? Não foi tudo culpa minha, Bree? — Ele deu um longo passo na minha direção, me encurralando no saguão vazio. — Você disse isso uma vez. Já que não ouvi uma porra de palavra sua desde que tudo aconteceu, não acho que sua opinião tenha mudado muito.

A culpa cresceu no meu peito, mas eu fiquei lá, calada, incapaz de argumentar a verdade.

— Certo — ele sussurrou. — Então não, obrigado. Já me culpo o suficiente sem ficar aqui, sabendo que você me culpa também.

Ele se virou na ponta dos pés e marchou em direção à porta dos fundos.

Meu Deus, o que estava acontecendo?

Rob e Jessica teriam odiado essa nossa discussão.

É fácil se isolar em um momento de tragédia. Afinal de contas, você nem imagina como os outros poderiam compreender o sofrimento pelo qual você está passando.

Mas Eason compreendia. Nós processávamos a dor cada um à sua maneira. Nossos corações passariam pelos estágios do luto de modos diferentes. Mas, gostássemos ou não, durante todo aquele processo, Eason estava ao meu lado naquela viagem infernal.

A percepção de que eu não estava completamente sozinha aliviou a pressão em meu peito de maneiras inimagináveis.

— Você pensou que eu era Jessica — eu disse a ele.

Ele parou de caminhar.

— Eu vi o seu rosto naquela noite. Você ficou arrasado porque era eu quem você tinha resgatado. E, sinceramente, não o culpo por isso.

— Bree — ele sussurrou, virando-se lentamente; seu rosto estava pálido e envergonhado.

— Tudo bem se você me odiar por não ser ela.

— Eu não te odeio. Eu só tô tão...

— Irritado — eu concluí por ele, e uma lágrima escorreu no meu rosto. — Amargo. Aterrorizado. Com o coração partido. Perdido. *Confuso*.

Ele inclinou a cabeça. A dor da compreensão produzia rugas em sua testa.

— É. Tudo isso.

— Eu também. — Um soluço avassalador que eu não conseguia mais conter devastou o meu corpo, mas no instante seguinte eu estava nos braços dele.

— Desculpa — ele sussurrou, me envolvendo com seus braços fortes. — Cacete, me desculpa. Eu queria ter salvado todos vocês.

Ele não tinha do que se desculpar. Racionalmente, eu sabia disso. Chegar a um lugar de aceitação seria um caminho distante. Muito parecido com o que ele trilharia ao encontrar uma maneira de olhar para mim sem o arrependimento daquela noite devorando-o.

Mas eu estava disposta a tentar se ele estivesse também.

— Por favor, fique aqui com a gente — eu disse, chorando em seu peito. — Só até você se ajeitar. Você pode me odiar e eu vou te odiar, mas podemos fazer isso juntos, tá?

— Tá — ele retumbou através de um assomo de emoção. Eason me puxou para mais perto, seu peito vibrava com as lágrimas silenciosas. — Posso fazer isso.

Não dissemos mais nada. Eason e eu ficamos no saguão, chorando juntos pelo que pareceu uma eternidade. Duas pessoas que haviam perdido tudo encontrando consolo na familiaridade.

Quando ele finalmente me soltou, não me senti melhor. Ter companhia no inferno não muda o fato de que você ainda está *vivendo um inferno*.

Por outro lado, eu também não me senti pior. E isso já era um progresso.

Cinco

EASON

Nós enterramos Jessica dez dias depois do incêndio. Mesmo que fossem mil dias depois, eu não estaria pronto. O funeral foi pequeno — apenas cerca de cinquenta presentes. Alguns membros da família dela haviam vindo da Flórida, mas o pai estava perceptivelmente ausente, mesmo eu tendo enviado dinheiro para ele comprar a passagem de avião.

Apesar do buraco em meu peito, fiz o que pude para tornar aquele dia tão especial quanto Jessica merecia. Rosas alaranjadas, iguais às que ela carregou no nosso casamento, cobriam o caixão cor de marfim, e um enorme memorial com as centenas de fotos que eu escolhi meticulosamente com o que tinha armazenado na nuvem dos nossos celulares antigos era o pano de fundo para dizermos adeus à minha esposa.

Um pregador que nunca a conheceu discursou sobre a importância de celebrar sua vida e honrar sua memória.

Bree começou a contar a história de como elas se conheceram, mas desmoronou no meio do caminho e teve que ser acompanhada de volta ao seu assento.

Eu toquei "Wild Horses", dos Rolling Stones, no violão. Deveria haver uma letra acompanhando a melodia, mas o máximo que pude fazer foi tocar os acordes certos.

Nesse ínterim, no canto, Evelyn balançava no colo a minha filha agitada, que nunca se lembraria da mãe.

Eu abracei pessoas que não conhecia.

Vi amigos que não encontrava havia anos.

Consolei familiares que ela odiava.

Bree foi generosa e abriu a casa para o almoço depois do funeral. Foi um gesto gentil e atencioso, principalmente porque o terreno abandonado que um dia tinha sido a minha casa ainda estava restrito com fita de isolamento.

Até que, no final do dia, quando me retirei para a casa da piscina com Luna, eu estava tão exausto, física e emocionalmente, que de alguma forma consegui dormir. E para mim foi ótimo, considerando que na manhã seguinte eu tinha que acordar e fazer tudo de novo.

— O papai tem que usar roupas de trabalho no céu?

Eu estava agachado de frente para Asher. Parei de abotoar sua camisa e o olhei nos olhos.

— O quê?

— Ternos e essas coisas. Ele tem que usar isso ou pode usar roupas de ficar em casa?

Minha garganta se fechou.

— É o céu. Acho que seu pai pode usar o que quiser.

Ele deu um meio-sorriso.

— Ele deve usar roupas de ficar em casa, então. Ele sempre usava uma camisa que tinha um furo debaixo do braço. Mamãe odiava, então ela enfiava o dedo ali e dizia para ele trocar de camisa. — Ele inclinou a cabeça. Tudo, desde seu cabelo castanho-escuro liso até as sobrancelhas expressivas, parecia uma versão mais jovem de Rob. — Será que ele levou aquela camisa?

Uma dor familiar revirou meu estômago. Era diferente com Madison e Luna. Elas eram novas demais para entender o que de fato havia acontecido com Jessica e Rob, mas Asher era uma máquina de fazer perguntas. Ao longo de uma semana, ele passou de uma criança levada a um competidor de um jogo de perguntas preso na categoria *Vida após a Morte*. Mas eu não podia culpá-lo. Se a morte já é um conceito abstrato para os adultos, o que dirá para uma criança de cinco anos.

Eu não sabia como Bree conseguia fazer isso. Eu mal podia falar com Luna sobre Jessica, e, na maioria das nossas conversas, ela me dava um tapinha na cara e cuspia bolhas.

— Acho que não deu pra ele levar nada, amigão. Mas talvez você possa ficar com a camisa e usar sempre que sentir falta dele.

Ele arregalou os olhos de uma maneira cômica.

— É isso que você faz com as roupas da tia Jessica?

A risada brotou da minha garganta antes que meu constante estado de tristeza tivesse a chance de contê-la. Se eu tivesse esperado um segundo para absorver aquilo, teria me atingido como uma bala. Eu não tinha nenhuma roupa de Jessica. Nada a que me agarrar nas noites mais sombrias. Nada para deixar para Luna. Com exceção das fotos que resgatei, nada de nossa vida juntos pôde ser recuperado depois do incêndio.

Mas, naquele instante, enquanto observava um garotinho corajoso se vestindo para o funeral do pai, decidi aproveitar o momento.

— O quê? Você não acha que eu ficaria bem com a roupa dela?

Ele encolheu os ombros.

— Na verdade, não.

— Fique sabendo que fico espetacular de top.

— De quê? — Ele curvou o lábio; de novo, idêntico ao Rob.

Eu me levantei e dei um tapinha na minha barriga.

— De top. É um tipo de camisa que mostra a barriga. Você já deve ter visto o meu tanquinho.

— Não, mas eu vi o seu pelo no peito de nugget de frango.

Dei uma risada que, juro, percorreu todo o meu corpo.

Uau, olá, Endorfinas. Bem-vindas de volta.

— O que está acontecendo aqui? — Bree perguntou.

Eu girei como uma criança flagrada com a mão no pote de biscoitos e a vi ali de pé, vestida em um longo vestido preto. Seu cabelo castanho ondulado estava preso para trás, e a maquiagem estava impecável — mantendo a elegância que era sua marca pessoal.

— Ah, oi — cumprimentei com um sorriso constrangido.

As coisas com Bree ainda estavam, hum, por falta de termos mais precisos, *estranhas pra caralho*. Na maior parte do tempo, eu ficava na minha na casa da piscina. No entanto, as pessoas levavam tanta comida para ela que Bree me convidava para jantar todos os dias. Tá, não era exatamente um convite, e sim uma exigência.

— *O jantar estará pronto às seis. Esteja lá para que eu saiba que você não perdeu a linha e teve um coma alcoólico, me deixando com três crianças com menos de seis anos e outro funeral para planejar.*

A mulher tinha jeito com as palavras. E pensar que o compositor era eu. Mas, enfim, as palavras duras eram apenas a maneira como ela lidava com a dor, e aquela honestidade impetuosa era pelo menos algo normal na minha existência caótica.

Na primeira noite, comemos em silêncio. Bem, comer é um pouco de exagero. Eu dei a mamadeira para Luna enquanto olhava para um prato de macarrão que a secretária de Rob havia levado. Bree estava sentada de frente para a cadeirinha de Madison, alimentando-a com o próprio prato intocado.

Na segunda noite, ela chorou em silêncio durante o jantar, andando de um lado para o outro pela cozinha, dando toda e qualquer desculpa para evitar o olhar atento de Asher. Tentei distraí-lo com perguntas sobre seu aniversário, que seria dali a três meses. Pelo visto, funcionou. Ele queria um bolo do Homem de Ferro e uma *piñata*. Ah, e também queria que o pai voltasse do céu para a festa, e com isso Bree subiu até o quarto para pegar o carregador do celular — por vinte minutos.

Para duas pessoas que ainda não conseguiam decidir se gostavam ou não uma da outra, nós rapidamente nos tornamos uma dupla de experts com as crianças.

Se eu estivesse num dia ruim — como, digamos, quando a mãe de Jessica ligou para perguntar se, no funeral, eu poderia dar a ela um cheque com a metade do seguro de vida da filha (uma apólice que minha esposa não tinha, e mesmo que ela tivesse, eu, com certeza, não daria parte dela para aquela mulher) —, Bree saía e, sem dizer uma palavra, pegava Luna do cobertor na grama, deixando-me praguejar e me enfurecer sozinho.

E, no dia em que a mãe de Rob, que tinha Alzheimer, ligou procurando pelo filho e Bree foi forçada a contar a ela pela quinta vez que ele havia falecido, Bree caminhou até a casa da piscina, deixou lá as crianças sem nem me pedir, e saiu por mais de uma hora. Asher e eu nos dávamos bem, então era fácil, mas Madison não gostava tanto assim do velho tio Eason. Felizmente, as minilascas de chocolate arrancadas de alguns biscoitos pareciam funcionar com ela — contanto que Bree não descobrisse.

Bree abriu um sorriso afetuoso para Asher.

— Tem alguma coisa engraçada?

Ele puxou a gola de sua camisa branca.

— O tio Eason usa um top quando sente falta da tia Jessica.

Suas sobrancelhas subiram quando ela virou um olhar suspeito para mim.

Eu acenei para ele rapidamente.

— Não. A gente estava só brincando. É toda uma história. Você tinha que estar lá pra entender. — Bati em Asher com o quadril, fazendo-o tropeçar para o lado. Ele riu antes de retaliar com um chute no meu tornozelo. Ignorando o "Karatê Kid", olhei para Bree.

— Enfim. Você já tá quase pronta?

Ela não estava sorrindo, mas de alguma forma sua expressão ficou séria.

— Não.

E, assim, a angústia tomou conta de mim outra vez.

— Eu também não.

Respirando fundo, ela jogou os ombros para trás e ergueu o queixo.

— Mas, se a gente não sair logo, vamos nos atrasar.

— Certo, claro.

— Coloque as meias e os sapatos, Ash. Você tem cinco minutos.

— Cinco minutos! — ele choramingou, embora eu não tivesse ideia do porquê. O garoto não tinha noção do tempo. Uma vez ele me disse que odiava purê de batata porque demorava uma hora para mastigá-lo.

Eu me abaixei para pegar as meias azul-marinho do chão e as atirei em Asher antes de seguir Bree pelo corredor.

— Você não tá de gravata — disse ela; era mais uma afirmação do que uma pergunta.

Olhei para o meu terno preto e a camisa branca com o primeiro botão aberto. Minhas opções de indumentária se limitavam ao que eu tinha conseguido comprar quando dei um pulo de duas horas pelo shopping durante a soneca da tarde de Luna. Eu tinha usado exatamente a mesma roupa no funeral de Jessica no dia anterior, e Bree não tinha dito nada sobre a gravata. — Eu não ia usar. Você acha que eu preciso de uma?

— É você quem sabe — ela disse.

— Tá, deixa eu perguntar de novo. *Você* quer que eu use gravata?

— Não. Eu tava só pensando, já que hoje é o dia do Rob, você pode tentar se vestir de forma apropriada, pelo menos uma vez.

Eu pisquei para ela. O que ela queria dizer? Definitivamente, era um insulto — disso não havia dúvidas. Mas, quando fui padrinho do casamento deles, Rob não me pediu para usar gravata. Por que diabos ela pensaria que eu usaria uma agora?

Eu cravei os dentes no lábio inferior, tentando e falhando em desviar do golpe verbal.

— E que forma seria essa? — eu disse, num tom mais seco do que eu pretendia. — Porque, sinceramente, se eu usar uma gravata pela primeira vez em vinte anos, há uma grande possibilidade de Rob levantar do caixão só para ver se eu tive um derrame. — Me arrependi antes mesmo que a última sílaba saísse dos meus lábios. Não só por ter sido rude e insensível — o que era absolutamente verdade. Pelo amor de Deus, a mulher estava enterrando o marido e eu estava fazendo birra, mas me odiei ainda mais quando as lágrimas brotaram em seus olhos.

— Se isso é tudo do que preciso para trazer ele de volta, então talvez eu deva usar uma porra de gravata também. — Ela se virou na ponta dos pés, seus saltos estalando no chão de madeira enquanto se afastava.

Eu tinha opções. Nenhuma delas daria um jeito na minha língua de trapo. E provavelmente ela não se interessava por nenhuma delas.

Eu poderia ir atrás dela e abraçá-la. Funcionou quando ela me abraçou no momento em que eu estava tendo um colapso nervoso. Mas ir ao funeral de Rob com a impressão da palma da mão dela no meu rosto provavelmente levantaria mais perguntas do que eu gostaria de responder.

Eu poderia me desculpar — pela, bem, centésima vez — porque, visivelmente, isso estava funcionando muito bem para mim.

Ou porque, assim como ela, eu estava na merda, tinha a habilidade emocional de um bloco de concreto naquele dia, e poderia deixá-la ir embora, chateada e furiosa.

Mas apenas uma dessas opções me livraria de ser assombrado por Rob pelo resto da minha vida.

— Desculpe! — eu a chamei, correndo para alcançá-la. — Vou vestir uma gravata. Merda, vou pôr três gravatas. Não estou tentando ser um babaca. Só me diz o que vai tornar o dia de hoje mais fácil pra você e juro por Deus que farei isso.

Ela parou e enxugou as lágrimas, com cuidado para não estragar a maquiagem. Eu esperava mais raiva, alguns palavrões e um discurso sobre Deus sabe o quê. Mas, quando ela finalmente abriu a boca, deixou escapar um apelo.

— Então me ajude a descobrir uma maneira de não ter que ir. — Seus olhos verdes desesperados colidiram com os meus. — Não posso fazer isso, Eason. Sei que tenho que ser forte pelas crianças, mas não consigo fazer isso. Eu não sou como você. Você foi incrível ontem. Conversou com todo mundo e agradeceu por terem vindo. Eu não sou assim. Ele era meu *marido*. Se Tommy Fulano-De-Tal, que esteve no jardim de infância com ele e não o via faz trinta anos, vier até mim chorando sobre quanto ele vai sentir falta dele, vou acabar na prisão.

— Tá, não vamos fazer isso.

Ela arrastou um grande diamante em forma de lágrima para a frente e para trás na corrente em seu pescoço.

— Não entendo por que temos que fazer esse circo todo, pra início de conversa. Ele teria odiado isso. Não me interprete mal. Ontem foi lindo. Jessica teria adorado a atenção, mas o Rob não teria durado cinco minutos antes de se esgueirar pelos fundos para encontrar o bar mais próximo. Agora, por causa de uma construção social de merda, tenho que ficar lá sozinha e ouvir um padre que nunca conheceu meu marido falar sobre o ser humano incrível que ele era.

Ela absorveu o ar ofegante e, sempre ciente de que estava perto dos filhos, gritou sussurrando:

— Era! No passado. E depois? Vamos fingir que de alguma forma eu consiga me controlar e não fazer uma loucura do tipo chorar alto demais. Porque Deus sabe que todos vão ficar olhando pra mim. Vamos apenas dizer, hipoteticamente, que não vou mandar todo mundo ir à merda, o que acontece depois? Quando o funeral terminar, o Rob não estará mais aqui. Nunca mais. Eu vou continuar aqui sem ter nenhuma ideia de como fazer isso sem ele. Então, talvez isso faça de mim uma esposa ruim ou simplesmente uma pessoa de todo ruim, mas eu realmente não quero ir. — Quando ela terminou, estava ofegante, com lágrimas pingando do queixo.

— Você não vai estar sozinha — eu jurei, sem saber o que mais dizer.

— Eu sei. Eu sei. Você estará no funeral também. Eu agradeço. De verdade. É que eu tô exausta. — Seus ombros desabaram, como se ela esperasse que eu elaborasse um conselho de sábio, do nada, para magicamente acabar com a sua ansiedade.

Eu não tinha nada para dar ou, com certeza, teria guardado um pouco para mim enquanto desabava no chuveiro naquela manhã.

O papo motivador nunca foi a minha especialidade. Conselhos? Por favor, eu mal conseguia cuidar da minha vida. Agora, se alguém precisava de uma piada, eu era o cara. E, se a situação já estivesse estranha o suficiente e ninguém precisasse de uma piada, infelizmente eu continuava sendo esse cara.

Era a pior coisa que eu poderia dizer. Eu sabia antes mesmo de abrir a boca. Mas, certo ou errado, era melhor do que não dizer nada.

— Ah, eu tava dizendo que você não vai ficar sozinha na cadeia. Tommy Fulano-De-Tal é de longe quem eu menos gosto de todos os amigos do jardim de infância do Rob. Se aquele idiota der um pio sequer, você e eu vamos dividir a cela na prisão.

Ela não riu.

Nem ao menos sorriu.

Mas olhou para mim como se eu tivesse duas cabeças, então encarei isso como um progresso diante da repreensão sobre a gravata.

— Certo — ela murmurou. — Vamos antes que a gente se atrase. — Ela disse, indo embora.

Peguei a mão dela e a puxei de volta.

— Olha. Eu sou um substituto de merda para o Rob ou a Jessica nesta situação. Mas prometo que estou aqui com você hoje. Se ficar sobrecarregada ou sentir que não aguenta mais, diga uma palavra, e eu dirijo o carro de fuga. Não pense nem por um segundo que isso faz de você uma esposa ruim ou má pessoa. O que quer que você faça ou deixe de fazer hoje, quem sabe é o seu coração. O Rob não precisa que você sofra com nenhuma *construção social* para provar quanto você o ama. E isso é *amor*, Bree. No presente.

Ela me encarou por um longo instante, com as bochechas ainda úmidas, mas o mais ínfimo lampejo de luz atingiu seus brilhantes olhos verdes.

— Obrigada — ela sussurrou, usando a outra mão para cobrir a minha no seu antebraço. — Eu precisava ouvir isso.

— Bom. Então vou anotar para usar no futuro, porque acho que esse foi o meu auge.

Ela balançou a cabeça, erguendo o canto da boca quase imperceptivelmente.

— Provavelmente.

— Pelo menos estamos de acordo.

Dessa vez, ela deu uma risada. Era fraca e triste, mas nos dias mais sombrios que se possa imaginar, uma risada ainda era uma risada, independentemente de como fosse.

Diferente do pitoresco funeral de Jessica, o de Rob deixou a catedral no centro da cidade abarrotada, com várias pessoas em pé. Não foi uma surpresa. Qualquer um que já tivesse cruzado o caminho de Rob o considerava um amigo.

Mas ninguém o conhecia como eu.

E ninguém tinha falhado com ele como eu.

Usando uma gravata skinny preta, eu não saí do lado de Bree. Ela havia se subestimado muito naquela manhã. Bree foi fabulosa no funeral. Eu aparecia e mudava o curso das conversas quando parecia que ela estava se abatendo, mas, na maioria das vezes, ela era a epítome da graça e da força. Eu até joguei escondido Pedra, Papel e Tesoura com Asher algumas vezes quando parecia que ele precisava de uma distração. Mas não se engane, a culpa agonizante ainda estava lá, apodrecendo o cerne do meu ser de dentro para fora. Do jeito que eu merecia.

Seis

EASON

— Abra a boca — eu disse fazendo uma catapulta com a colher na frente do meu rosto.

Asher riu com a boca tão aberta que, só por milagre, a mandíbula não se deslocou.

— Pronto?

— Ah ê ô ca — ele disse, em uma linguagem que só os dentistas compreendem, mas presumi que ele disse que sim.

Competitivo como sempre, eu abri as pernas e dobrei os joelhos para centrar meu equilíbrio. Era tudo ou nada naquele arremesso, e de jeito nenhum eu seria o elo fraco.

— Tá bom. Tá bom. Vamos lá. Um, dois, *três*!

O waffle voou pelo ar com uma pontaria quase perfeita, mas é claro, assim como os últimos quatro pedaços que tinha jogado, ricocheteou no nariz dele e caiu no chão.

— Não! — ele gritou, batendo com os punhos na bancada de mármore branco. — Foi quase.

Voltei a cortar em pedaços bem pequenos os famosos waffles de batata-doce e espinafre de Bree. Acredite, usei a palavra "famosos" levianamente. Minhas papilas gustativas quase declararam motim na primeira vez que experimentei um, mas ela fez um monte deles e guardou no freezer para as crianças comerem durante a semana. Quando se tratava de fazer malabarismos com o café da manhã para três crianças, eu adorava o que era rápido e fácil.

Naquele último mês, a vida havia se movido ao mesmo tempo na velocidade da luz e em câmera lenta. Emocionalmente, Bree e eu ainda éramos uns zumbis, nos mobilizando pelo bem das crianças. Não estávamos chegando perto da paz ou da aceitação, mas ficou mais fácil fingir.

O incêndio ainda me assombrava. Ficar obcecado com todas as coisas que eu poderia ter feito de maneira diferente tornou-se um hábito na minha rotina noturna. Eu passava o tempo pensando "Se eu só tivesse..." seguido por complete aqui com qualquer ato heroico ridículo e impossível que minha mente evocava na hora, até que meu cérebro finalmente desistia e me permitia entrar no estado que só poderia ser vagamente descrito como dormir.

Às vezes, eu me enfurecia. Às vezes, eu caía de joelhos e chorava. Às vezes, eu apenas olhava para o nada, resignando-me a uma vida perdida em tristeza.

Mas todas as manhãs, pela minha filha, eu colocava um pé na frente do outro. Aquela garotinha, de olhos castanhos cor de mel e cabelo grosso, era a razão da minha existência.

Comecei a fazer terapia.

Diligentemente tomei o antidepressivo que meu médico me receitou.

E estava lendo meu segundo livro sobre parentalidade para pais viúvos — tudo por Luna.

As pessoas me diziam para cuidar de mim mesmo, e eu achava que de certa forma era o que eu estava fazendo, mas só porque Jessica gostaria que nossa filha tivesse o melhor. Infelizmente, eu duvidava que Jessica, onde quer que estivesse, concordaria que esse "melhor" era eu.

Mesmo assim, eu tentaria.

Eu não acreditava muito no velho ditado de que tudo acontecia por um motivo. Eu nunca seria capaz de aceitar que havia um propósito em Jessica e Rob serem roubados de nós. Mas nada seria capaz de me convencer de que não era um milagre que Luna não estivesse em casa naquela noite. Fosse por hábito ou circunstância, Jessica e eu não saíamos muito. E, desde o dia em que voltou da maternidade, Luna nunca dormiu em outro lugar que não fosse o berço. No quarto dela. Na casa dela.

Até aquela noite. Aquela noite trágica e terrível.

Então, sim, eu ainda tinha dificuldade para respirar na maioria dos dias, mas à noite, quando adormecia olhando para minha filha em um berço portátil ao lado da minha cama, tinha um motivo para acordar. Eu me agarrei a isso mesmo nas horas mais sombrias.

E acredite, havia muitas delas.

— De novo — Asher implorou de seu banquinho na bancada. — Vou pegar desta vez, eu sei.

Eu sorri, coloquei os pedaços de waffle na bandeja da cadeirinha de Madison e olhei para Luna, que brincava no centro de atividades.

— O que você acha? Devo jogar de novo, Lunes?

— Por favor, Luna. Diz que sim, diz que sim! — Asher gritou.

Minha filha quicou duas vezes e me lançou um sorriso banguela babado.

— Tá bem, amigão. Isso parece um sim pra mim! — Cortei a ponta do waffle verde-vômito. — Olha o avião. Entrando em dez, nove, oito...

— Nada disso — disse Bree, entrando na cozinha, com a caneca de café vazia na mão e um sinal de exaustão no rosto.

— Mããe! — Asher choramingou.

Ela deu um beijo no topo da cabeça de Madison e se voltou para o filho.

— Eu sei. A pior mãe do mundo. — Ela fez uma pausa e desviou o olhar para mim. — Isso aí é *calda*?

Merda!

— O quê? Onde? — Peguei o prato de Asher e joguei o conteúdo às pressas na pia.

— Ei! Eu ainda estava comendo.

Estrategicamente, evitando os lasers disparados dos olhos de Bree, passei uma água, lavei o prato por cima e o coloquei na máquina de lavar louça.

— Não, amigão. Esse era o meu prato, não o seu. Você sabe. Com *mel* cem por cento natural. Não tem calda nesta casa. — Deslizei, de maneira não tão sorrateira, a garrafa da calda Hungry Jack para trás de uma lata.

— Não, não. Você despejou a calda no meu prato e disse: "Aqui, Ash, vamos deixar isso comestível. Só não diga à sua..." — Ele fechou a boca tão rápido que pude ouvir seus dentes tilintar. — Opa.

Os lábios de Bree formaram uma linha.

— Quando ele estiver quicando nas paredes e brincando de avião no topo da escada mais tarde, vou mandá-lo para a casa da piscina.

— Justo — eu murmurei encabulado.

Balançando a cabeça de um lado para o outro, ela o ajudou a descer do banco.

— Vai escovar os dentes. Umas seis vezes. E nunca mais coma o que o tio Eason te der.

Prudente como a serpente, ele não discutiu e correu para o andar de cima.

Assim que ele desapareceu, os ombros de Bree cederam, e ela se sentou no banco dele.

— Enche aí, barman.

Coloquei os dois últimos waffles no prato e deslizei para ela.

— Como foi sua reunião com a Prisma?

— Me deu vontade de beber uma taça grande de vinho tinto às oito da manhã.

Usando o apoio para os pés no banquinho, ela se levantou e se inclinou sobre o balcão, pegando o frasco de calda, que não estava tão bem escondido. Então ela começou a encharcar os waffles.

— Amadora. A bebida alcoólica matinal deve ser vodca ou uísque irlandês ou... — Eu parei de falar e abaixei a cabeça antes de deixar escapar a palavra *champanhe*. Eu duvidava que qualquer um de nós tocaria naquela coisa novamente. — Então, a Prisma... — Eu a encorajei a continuar.

— Tá uma bagunça. Um desastre dos grandes. — Ela atacou o café da manhã, deixando escapar um pequeno gemido com a primeira mordida de calda proibida. — É melhor que vinho.

— Por quê? O que está acontecendo?

— Bem, o que posso dizer. — Ela comeu outra garfada do café da manhã e então me respondeu da maneira menos pomposa possível, o que não era típico de Bree. — Por alguma razão imbecil, a Prisma contratou um novo fabricante alguns meses atrás. O tecido não só foi reprovado em nossas inspeções de qualidade como eles enviaram apenas metade do pedido. Enquanto isso, os hotéis estão na nossa cola por produtos que já pagaram e não temos nada para enviar. Ah, exceto as fronhas. Parece que temos dois armazéns lotados delas e nenhum comprador. Aparentemente, a gente tem um funcionário da manutenção, um cara chamado Barton, que não aparece há um mês, nem foi oficialmente demitido. Então, acho que tô pagando aos funcionários pra ficarem em casa. Ah, e a melhor parte é que passei a semana inteira entrando em contato com todas as conexões que já tive e não consigo que ninguém me ligue de volta. E, em uma reviravolta muito interessante, o RH ligou hoje pra me dizer que eu não estaria mais coberta pelo plano de saúde do Rob porque ele não é mais empregado da Prisma, como se eu não fosse a dona da porcaria da empresa.

Eu peguei a cafeteira. Estava na terceira xícara do dia, mas Bree tinha uma rotina matinal rígida. Corrida de três quilômetros, ioga, shake de proteína e só depois disso tudo ela se permitia a porção exata de duzentos gramas de café — nada menos do que preto. No entanto, como ela estava se empanturrando de calda como se bebesse diretamente do rio de chocolate de Willy Wonka, imaginei que, naquela manhã, estávamos abrindo exceções. Eu enchi a caneca, e ela não hesitou em levá-la aos lábios.

— O que tudo isso significa? — perguntei.

— Significa que tenho que ir ao escritório e ver se consigo descobrir o que diabos o Rob tava pensando. Sabia que ele reduziu o tamanho da divisão de edredons a ponto de eu poder literalmente voltar a costurar no meu dormitório e lucrar mais?

— Cacete — murmurei, consciente de que Madison tinha terminado de comer a banana e estava observando a nossa conversa como se assistisse a uma partida de pingue-pongue.

— Exatamente o que eu pensei. — Bree levou à boca outra colherada açucarada e mastigou como se ele tivesse pisado na bola com ela.

— Relaxa. Com certeza ele tinha um plano.

— É. Mas presumo que não fosse morrer e me deixar com uma empresa que nem reconheço mais. — Sua voz falhou, mas ela rapidamente disfarçou com uma tosse antes de se virar para a filha. — Oi, filha. Quer ir para o escritório com a mamãe por algumas horas?

— Por que não deixa as crianças comigo? Não tenho nada importante hoje. — Não acrescentei que esperava que o barulho e a confusão das crianças pudessem me distrair da realidade por um tempo.

Bree riu e se levantou, deslizando a bandeja para fora da cadeirinha antes de tirar a trava de Madison.

53

— Obrigada, mas não precisa. Ela pode brincar com o Asher enquanto eu faço as ligações. Além disso, você não tem uma entrevista esta tarde?

— Não é uma entrevista. O emprego é meu. Só preciso preencher a papelada do novo contrato. — Depois de mais de uma década, estava voltando para o mesmo trabalho de duelos de piano que odiava aos vinte. Mas, assim como naquela época, eu estava desesperado e precisava pagar as contas.

Meu agente tinha algumas pistas sobre a venda das músicas do *Solstice in the '92*, embora fosse levar algum tempo até que me pagassem. Bree foi generosa em deixar Luna e eu ficarmos com ela no último mês, mas já era hora de encontrarmos nosso próprio lugar.

A seguradora estava reformando a casa que Jessica e eu dividimos; mas nada me faria voltar para lá. Se eu tivesse sorte, poderia vendê-la e usar o que restasse depois de pagar a hipoteca para dar entrada em algo pequeno. Antes disso, eu precisava ter uma fonte de renda estável para mostrar a um futuro proprietário.

Eu não tinha ideia do que faria com Luna nas noites em que teria que trabalhar. Não é como se as creches funcionassem às três da manhã. Mas, assim como eu estava fazendo com o resto da minha vida, eu descobriria alguma coisa no caminho.

De alguma forma.

Eu não tinha escolha.

Eu entreguei a Bree um pano úmido para limpar o rosto e as mãos de Madison.

— Vamos. Eu cuidei deles a semana toda enquanto você atendeu as ligações lá em cima.

— É, mas eu tava lá em cima. E desta vez, eu estaria... no escritório.

— Que fica a dez minutos daqui.

Ela riu outra vez.

Me esforcei para não ficar ofendido, mas, sinceramente, essa porra doeu.

— Olha, você sabe tão bem quanto eu que, se a Madison não tirar sua soneca matinal, você não fará nenhuma ligação sem um bebê gritando ao fundo. Além disso, ouvi dizer que alguém que não deve ser identificado deu açúcar a Asher no café da manhã. Quanto trabalho você acha que vai fazer com ele fazendo parkour na mesa?

Ela inclinou a cabeça.

— Você planejou isso?

— Não. Mas eu teria planejado se tivesse pensado nisso com antecedência. Vamos. Me deixa ficar com as crianças por hoje. Você pode pôr a Madison pra dormir antes de ir. Vou fazer Luna dormir também. Então Asher e eu vamos correr pela sala por duas horas. — Estalei o dedo algumas vezes pensando em uma maneira de deixar o negócio mais interessante. — Enquanto a gente decora a tabuada.

Recebi mais um olhar característico de Bree Winters, mas, felizmente, este continha um pouco menos de fúria do que quando ela viu a calda.

— Ele tem cinco anos, Eason. Não sabe multiplicar.

— Bem, ainda não. Você ficaria surpresa com a matemática que existe na música. Há todos aqueles dois e quatro e três e seis. Às vezes, um oito selvagem aqui e ali. — Eu contornei Bree e peguei Madison no colo. Como de costume, ela choramingou e estendeu a mão para a mãe, mas não era nada que um pequeno giro do Super-Homem não pudesse consertar.

Madison riu e que um raio caia na minha cabeça se isso não abriu um raro sorriso no rosto de Bree também.

— Traidora — ela sussurrou para a filha. Tão rapidamente quanto apareceu, a centelha de felicidade foi embora. — Não sei, Eason. Nada contra você. É que, depois de tudo...

Faca.

No coração.

Torcida.

Mas eu continuei sorrindo. Era menos constrangedor assim.

Nosso acordo de *eu te odeio e você me odeia, mas fazemos isso juntos* não tinha rolado com frequência no último mês. E a verdade é que eu não *odiava* Bree.

Eu odiava a mim mesmo. Por não poder salvar Jessica ou Rob. Por não saber do vazamento de gás. E uma miríade de outras coisas que contribuíram para que estivéssemos em casa naquela noite terrível.

Obviamente, meu sorriso não escondia tudo.

— Quer dizer, não é que eu não confie em você — ela se apressou em falar. — Eu confio. É que... eu tenho dificuldade em deixar as crianças com qualquer pessoa.

— Não. Eu entendo. Não precisa explicar. — Fiz cócegas na barriga de Madison. Qualquer coisa para evitar o olhar de Bree.

Ela segurou meu antebraço.

— Mas eu agradeço a oferta.

— É. Claro. — Forcei um sorriso. — Disponha.

Bree estendeu os braços, e Madison quase saltou para ela, e eu fiquei ali, de mãos vazias, me perguntando como consegui me envergonhar e destruir qualquer progresso que tivéssemos feito para coexistir confortavelmente.

— Ei, ah, vou levar a Luna e trocar a roupa dela. Parece que, em vez de comer a banana no café da manhã, ela usou como gel de cabelo. — Passei por Bree, com cuidado para não encostar nela, e tirei Luna do centro de atividades.

— Eason... — Bree parou, pigarreou e então sorriu.

Ela não era tão boa em fingir quanto eu, então parecia mais uma careta.

— Obrigada de novo. Por tudo. Menos pela calda.

Balancei o queixo e pisquei para ela.

— Que calda? — Sem dar tempo para Bree responder, abri a porta dos fundos e deslizei por ela, ao som dos balbucios da minha filha.

Sete

BREE

— Tem certeza de que não posso ajudar em mais nada? — perguntou Jillian, a secretária de Rob, recolhendo as embalagens de salgadinhos e caixas de suco que ela, tal qual Mary Poppins, havia magicamente tirado da gaveta. Acho que ser uma avó de 65 anos de nove crianças significa que você aprendeu um ou outro truque sobre ter uma carta na manga.

Segurei o telefone entre a orelha e o ombro, ofereci a ela um meio-sorriso e menti:

— Não, acho que estamos bem. Obrigada.

Para falar a verdade, eu estava desmoronando. Só pôr os pés no escritório de Rob tinha sido uma tarefa hercúlea. Ele deveria estar lá, sentado atrás da enorme mesa de mogno, nos recebendo com um sorriso... ou, se fosse só eu, sem as crianças, ele me receberia com um brilho malicioso nos olhos castanho-escuros.

Sem ele, o enorme e luxuoso escritório com amplas janelas, estantes de livros e uma área de estar para seis pessoas estava muito vazio. Eu tinha dito a mim mesma que passaria rápido pelo escritório. Eu pegaria o que precisava, levaria para casa e trabalharia à noite, depois que as crianças fossem dormir. Mas encontrar as coisas que eu precisava nos armários bagunçados de Rob não estava sendo nada do que eu imaginava. Por mais organizado e metódico que Rob tivesse sido em praticamente todas as outras áreas de sua vida, seu sistema de arquivamento fez meus olhos tremerem.

Jillian sabia onde estava a maior parte dos contratos de que eu precisava, a maioria deles em formato digital, mas eu ainda não conseguia encontrar alguns pedidos. Então, em vez de dar uma passada rápida no

escritório, como eu planejava, já fazia mais de uma hora que nós estávamos ligando para fornecedores do mundo inteiro.

Jillian assentiu e saiu pela porta, fazendo o piso de madeira ranger
com seus sapatos ortopédicos.

— Bem, se precisar de alguma coisa, é só me chamar.

— Pode deixar — mais uma vez eu menti. Aceitar ajuda ainda era
um conceito estranho para mim.

Rob tinha sido um marido incrível, mas trabalhava demais. Eu não
poderia culpá-lo por tentar cuidar da família. Na maioria das vezes, eu
ficava sozinha com as crianças. Esse era o meu trabalho. Um trabalho que
eu tinha escolhido, que adorava e que deveria fazer sem depender de todos
ao meu redor. Eu compreendia todo o conceito de rede de apoio e, quando
alguém precisava, eu era a primeira a oferecer ajuda. Mas receber ajuda,
para mim, era uma pílula um pouco mais difícil de engolir.

As pessoas tinham boas intenções; eu sabia disso. Mas abrir mão
desse tipo de controle não me dava conforto. Principalmente porque, nas
últimas semanas, parecia que cada parte da minha vida estava suspensa
no ar, flutuando em um estado de aflição. Eu precisava me agarrar a qualquer coisa que pudesse controlá-la. Mesmo que toda a ajuda de que eu
precisasse naquele momento fosse algo tão simples quanto pedir a Eason
ou Jillian para cuidar das crianças por alguns minutos, para que eu
pudesse terminar o que estava fazendo. Eu simplesmente não conseguia.

Com a leve batida da porta, Jillian desapareceu, e me deixou sozinha,
como eu temia que estaria para sempre.

— Asher, pare! — soltei um grito abafado para o meu filho, que
arrastava uma corrente de clipes de papel de quase dois metros pelo chão.

Madison deu um gritinho de alegria engatinhando atrás da corrente
como um bebê olímpico. Usei o pé para tirar a corrente do alcance antes
que minha filha pudesse agarrá-la e, sem dúvida, colocá-la na boca.

— Ei! — Asher objetou, e eu gostaria de ressaltar que seu grito não
foi abafado. Metade dos funcionários da Prisma deve ter ouvido.

— Sr. Winters? — Uma voz masculina finalmente surgiu do outro
lado da linha.

Eu rapidamente mudei o telefone para o outro ouvido e, naquele frenesi, quase o derrubei.

— Sim. Eu estou aqui. Bem, eu não sou o Sr. Winters. Sou a esposa dele. — Meu olhar saltou para Asher. Ele já havia começado a picotar o papel que eu lhe dera para colorir. Maldito Eason com aquela calda. Virei as costas para Asher, como se isso pudesse protegê-lo da verdade, e concluí: — Meu marido faleceu no mês passado. — Meu coração foi cortado com a mesma precisão de sempre.

— Rob? Sério? O que aconteceu?

Não é da sua conta, cacete.

— Um acidente.

— Sinto muito por ouvir isso. Rob era um bom homem. Mas não posso ajudá-la com este pedido, sra. Winters. Preciso falar com alguém da Prisma.

Esse foi o consenso de todos com quem conversei naquele dia. Dei tudo de mim para não perder a cabeça sempre que os ouvia.

Eu tinha construído aquele negócio do zero. Rob assumiu o cargo de CEO, mas não era como se eu tivesse desaparecido da face da Terra nos últimos cinco anos. Eu ainda participava das reuniões do conselho e dava a aprovação final quando se tratava do controle criativo. Claro, a maioria dessas decisões tinha sido tomada durante o jantar ou no sofá com uma taça de vinho à noite, depois que as crianças estavam na cama, mas eu ainda fazia parte da empresa.

— Então você está com sorte. Eu sou a dona. E preciso que os pedidos de compra sejam enviados por e-mail até o fim do dia.

— Hããã... — ele falou, com a voz arrastada.

Mas eu não tive tempo de ilustrar para o homem um fluxograma da equipe de liderança da Prisma. Principalmente quando me virei e vi Madison sentada aos pés de Asher, enquanto ele removia a tampa de um decanter de cristal que Rob deixava no bar de canto ao estilo *Mad Men*.

Estalando os dedos duas vezes para chamar a atenção dele, eu exclamei:

— Largue isso.

Sendo a criança obediente que raramente era, ele imediatamente a pôs no chão — bem na frente da irmã.

— Não! — eu gritei, abandonando o telefone completamente quando ela derrubou o decanter, fazendo-o espatifar no chão de mogno.

Madison gritou enquanto eu corria para ela, mas só quando vi o sangue escorrer da palma da mão da minha bebê a adrenalina me atingiu.

O corte foi pequeno, mas a onda de pânico que me atingiu era enorme. Era demais. Familiar demais. Exaustivo demais.

Um ataque de emoção bruta invadiu meu cérebro. Com as mãos trêmulas, eu segurei Madison e, em seguida, enganchei Asher nos quadris, afastando-o para longe do vidro e então deixei os dois no sofá de couro. Minha cabeça girou quando caí de joelhos diante deles e tentei, sem sucesso, desacelerar a minha respiração.

Três gotas de sangue.

Uma ferida tão pequena que nem precisava de um Band-Aid.

Mas o meu corpo reagiu como se o mundo estivesse acabando de novo.

— Desculpe! Desculpe! — Asher gritou histericamente ao ver a irmã sangrando.

Em meio ao caos, Jillian entrou correndo na sala.

— Tá tudo bem?

Não. Com certeza não estava tudo bem.

Meu marido estava morto. Meu coração tinha sido partido. E eu estava percebendo que, por mais que eu quisesse, nunca seria uma super-heroína.

Naquele momento, apenas uma pessoa poderia me entender.

Limpei a garganta, peguei meus filhos no colo e os segurei como se eles pudessem me ancorar. Tentei desesperadamente resistir às lágrimas para não deixar as crianças mais assustadas do que já estavam e perguntei a ela com a voz trêmula:

— Você poderia, por favor, ligar para Eason Maxwell para mim?

Estava um pouco frio para junho em Atlanta. Puxei o cardigã para cobrir os ombros e me aconcheguei no canto do sofá de vime com o acolchoado que eu personalizei com o meu azul adamascado favorito depois que Rob me surpreendeu com um deque elevado e uma lareira externa com vista para a piscina, transformando nosso quintal no meu próprio oásis privado.

— Para o inverno e para o verão. Já temos tudo de que precisamos — ele disse, sabendo quanto eu adorava passar a noite sob as estrelas.

Às vezes, ele me acompanhava, lendo um livro ou jogando no celular, mas, na maior parte do tempo, eu ficava ali fora sozinha, assimilando meu dia e planejando o próximo.

Naquela noite, eu observava as luzes dançantes na piscina sem conseguir encontrar a paz que tanto desejava.

— Tá a fim de companhia? — Eason perguntou, sentando-se na ponta do sofá, com uma taça de vinho tinto em uma mão e uma cerveja na outra.

Eu não tinha como dizer não. Não depois que ele largou tudo e passou o dia cuidando das crianças, enquanto eu só olhava para o nada como um robô sem bateria.

— Claro — respondi, pegando a taça da mão dele. — Obrigada.

Ele pegou dois monitores de vídeo dos bolsos traseiros e jogou um deles na minha direção. Então se acomodou na outra ponta do sofá.

— As crianças apagaram bem rápido. Ash estava cheio de perguntas sobre Rob no céu, então achei que ele precisava se distrair um pouco. Eu disse que ele podia usar a lanterna para ler um livro até as nove. Ele está lá segurando o livro de cabeça para baixo, mas acho que ler nunca é uma ideia ruim. — Ele tomou um gole da cerveja enquanto puxava a cadeira lateral à sua frente, descansando os pés descalços no assento. — Ahhh — ele gemeu, se espreguiçando entre os dois móveis, seus músculos magros pendiam de exaustão.

Fui atingida em cheio por uma pontada de culpa. É claro que ele estava cansado. Eason já tinha os próprios problemas sem ter que arcar com os meus também.

— Desculpe — sussurrei. — Eu não devia ter te ligado hoje, e aí...

Ele inclinou a cabeça na minha direção, seus calorosos olhos castanhos se fixaram nos meus. — Devia, sim. Você devia ter ligado exatamente pra mim, e fico feliz por ter feito isso.

Meus Deus, por que isso aumentou a minha culpa?

— Não, isso não tá certo. Eu sou mãe solo agora. Vou ter que começar a fazer essas coisas sozinha. Não posso esperar que todos ao meu redor parem o que estão fazendo porque estou entrando em colapso. — Senti o nariz arder, mas tomei um gole de vinho para esconder as lágrimas.

Quando vou parar de ficar chorando o tempo todo?

— Você não teve um colapso, Bree. Você perdeu o marido e a melhor amiga há um mês. Não seja tão dura consigo mesma. Você pode ter um dia ruim. Pode ficar sobrecarregada. Não precisa ser impecável 24 horas por dia, sete dias por semana, só porque tem filhos.

— Mas também não posso descarregar meus problemas em você. Você perdeu a esposa e o amigo também. Tem que dar atenção à sua filha. Eason, você perdeu a reunião do novo emprego hoje por minha causa.

Ele se aprumou de repente, plantando os pés no chão.

— Por falar nisso, obrigado. Passei a semana inteira com receio de aceitar esse trabalho. Quando eu me demiti dez anos atrás, odiava trabalhar lá, e tenho certeza de que não vai ser diferente agora. Para falar a verdade, eu tava tendo pesadelos sobre tocar "Sweet Caroline" novamente.

— O quê? — eu arfei. — Você me disse que estava animado para voltar a tocar piano.

— Bree, eu tenho trinta e quatro anos, moro de graça na casa da piscina do meu melhor amigo — *com a minha filha*. Aquela história de não olhar os dentes do cavalo dado. Eu precisava do emprego.

Apoiei o vinho na beira da lareira e me virei para encará-lo, com a perna na almofada entre nós e a ansiedade se infiltrando em minha voz.

— Certo. E agora você não tem mais o emprego *por minha causa*.

— Eu não perdi o emprego. Ainda posso preencher a papelada amanhã, se quiser. — Ele baixou a cabeça, mas me lançou um olhar de esguelha, um sorriso brincalhão contorcendo o lado da boca. — *Ou* você pode me recompensar por ter enfiado, com muita dificuldade, o pijama em Madison hoje, e não me jogar na rua por mais uma semana, para que eu possa procurar um emprego que não exija que eu toque a música "Pony", de Ginuwine, toda vez que tiver uma despedida de solteira. — Ele concluiu com um sorriso malicioso que de alguma forma desafiou as leis do luto e da culpa e me fez rir.

— Não vou te pôr na rua.

— Mas deveria. Sou um péssimo inquilino, um aproveitador que abriu um buraco na parede do seu banheiro na semana passada.

— O quê? — Eu ri de novo.

Ele deu de ombros e tomou um gole da cerveja antes de responder:

— Aparentemente, os meus dias ruins têm um pouco mais de agressividade do que os seus.

— Mmm. — Assenti em compreensão. — Passo por uns dias assim também. Costumo gritar no travesseiro.

— Vou tentar da próxima vez. Acho que é até mais seguro, considerando que vou precisar das duas mãos pra tocar incessantemente os hinos dos times da Universidade da Georgia e da Georgia Tech.

Eu revirei os olhos.

— Não aceite o emprego, Eason. Encontre alguma coisa que queira fazer. Você e Luna podem ficar aqui o tempo que precisarem. Ou o tempo que quiserem. Ou uma combinação dos dois.

— Sinceramente, não sei como teria sobrevivido ao último mês sem você. — Ele deixou escapar uma respiração irregular. — E as crianças.

— Bem, somos dois. — Meu peito aqueceu quando levantei a taça na direção dele. Ele brindou com um tilintar da cerveja.

Na tela do monitor, Madison se revirou e roubou a minha atenção por um instante. Ela rolou para o lado, agitando-se por um breve segundo antes de voltar a dormir pressionada contra as ripas de madeira. Mas não foi por isso que me inclinei para observar a pequena tela.

Um pijama listrado rosa e branco cobria os braços dela, mas o resto do corpo estava protegido em um saco de dormir. O berço estava sem nada — o cobertor e os dois bichos de pelúcia que eram estritamente para decoração haviam sido removidos, e a luz noturna do castelo de princesa iluminava o canto do quarto. Pelo brilho do umidificador de névoa fria ao lado da cama, eu soube que estava ligado e, com um único clique para aumentar o volume do monitor, pude ouvir o zumbido da caixa de som ao fundo.

Eu não tinha dito a Eason para fazer nada disso. Nem uma vez eu mencionei que ela se despia à noite sem o saco de dormir. Ou que os cobertores e travesseiros eram um risco de sufocamento, então eu os removia toda vez que a deixava no berço. Não tinha explicado a ele que Madison estava congestionada, então eu colocava o umidificador para ajudá-la a dormir, e que, com a luz noturna, era fácil ver como ela estava. Eu também não tinha contado a ele que, sem a caixa de som, Asher a acordava de manhã.

Enquanto eu estava sentada ali fora, perdida em um mar de dor e revivendo as memórias da noite do incêndio, Eason tinha feito tudo isso.

Ele tinha uma filha e era um bom pai; não deveria ser uma surpresa que ele soubesse pôr um bebê na cama.

Madison não era filha dele. Mas ele a amava e cuidava dela como se fosse.

Cliquei no botão e mudei a tela para ver o quarto de Asher. Ele não estava lendo. Ele estava cercado de bonecos de ação enquanto fazia um bombeiro e um dinossauro lutarem tão ferozmente que deixariam Tyler Durden orgulhoso.

Ele não estava chorando com saudade do pai, como havia feito tantas vezes nas últimas semanas. Eu não tinha certeza de quais perguntas ele havia feito sobre Rob no céu, mas o que quer que Eason tivesse respondido acalmou sua alma curiosa em um momento em que eu estava tão perturbada que não consegui acalmar nem a minha.

Não foi por senso de responsabilidade ou dever que Eason largou tudo e correu para a Prisma naquele dia em que eu mais precisava dele. Ele foi porque, quer eu percebesse ou não, Rob estava certo.

Eason era um dos melhores.

Eu deixei o monitor no meu colo e voltei minha atenção para o homem casualmente tomando sua cerveja ao meu lado.

— O que você quer fazer da vida?

Ele torceu os lábios e moveu os olhos de um lado para o outro.

— Essa pergunta é séria?

— Muito séria.

— Música — ele afirmou, e aquelas três sílabas iluminaram todo seu rosto.

— É? Eu percebi que você ainda não comprou outro piano.

Ele riu.

— Os pianos não são baratos. No momento, estou focado nos detalhes, como encontrar um emprego, um lugar pra morar, móveis e talvez comprar mais roupas do que eu tenho agora, um terno de funeral, três calças jeans e algumas camisas. — Ele alisou de propósito a frente de sua camiseta preta lisa.

Tomei outro gole do meu vinho e girei a haste da taça entre os dedos.

— E se eu pudesse cuidar de três dessas quatro coisas pra você?

Ele curvou a boca num sorriso irônico.

— Por mais gentil que pareça, acho que vou recusar mais essa benevolência. Já estourei o limite.

Com o braço na parte de trás da almofada, virei a parte superior do meu corpo para encará-lo completamente.

— As coisas na Prisma estão piores do que eu pensava. Ninguém sabe o que diabos está acontecendo. Não temos nenhum produto. Nenhum fabricante confiável. Os fornecedores que eu tinha como cartas na manga antes de deixar o cargo pra criar as crianças nem respondem minhas ligações.

— Caramba — ele sussurrou. — Você já tem muitos problemas. Não precisava ter que resolver essas merdas agora.

— Na verdade, é exatamente do que eu preciso agora. Se eu não fizer isso, a Prisma vai falir. Eu preciso dessa empresa, Eason. Minha *família* precisa da empresa.

Ele passou a mão no topo da cabeça. A penugem loira ainda estava curta demais para combinar com seu corte de cabelo hospitalar.

— Merda. Tá, o que posso fazer pra ajudar?

Era isso.

A razão pela qual todas as pessoas que eu amava — Rob, Jessica, Asher, Madison e Luna — adoravam Eason Maxwell.

— Vem morar aqui — eu disse sem rodeios.

Ele começou a abrir a boca, provavelmente com algum comentário engraçadinho sobre já morar lá, mas eu o interrompi.

— De vez. A casa da piscina é sua. Vou voltar a trabalhar em tempo integral. E, se funcionar pra você, prefiro não contratar um estranho pra ficar com as crianças, bagunçando a vida delas outra vez. Elas poderiam ficar aqui com você e Luna durante o dia. Quando eu chegar em casa do trabalho, assumo o controle e fico com Luna também. Você pode sair pra tocar em algum show ou simplesmente se isolar pra escrever. O que você precisar fazer pela sua música, pode fazer à noite e aos fins de semana.

Muito orgulhosa de mim por pensar em um plano sólido, olhei para ele com um sorriso maroto, esperando ver nele empolgação. Uma gargalhada. Uma celebração. Talvez outra rodada de cerveja e vinho.

Tudo o que consegui foi uma expressão monótona, que oscilava entre a irritação e o ceticismo.

— Por quê? — ele perguntou.

— Por que o quê?

— Não faz isso — ele disse. — Não aja como se você e Jessica não tivessem passado anos bolando planos pra me fazer parar de tocar. Você costumava dizer à minha esposa que eu precisava parar de desperdiçar meu tempo e arrumar um emprego de verdade.

Aprumei as costas.

— Eu... — Para falar a verdade, eu não fazia ideia de que ele sabia disso. Que droga!

Ele se levantou e olhou para mim, com um olhar sombrio, comovente e triste.

— Olha, eu agradeço o que você está tentando fazer. E se precisar de ajuda com as crianças, eu nunca direi não. Eu amo essas crianças e faria qualquer coisa por elas. Mas não vamos fingir que, a seus olhos, minha música algum dia vai ser boa o suficiente.

Eu balancei a cabeça com veemência.

— A questão nunca foi sobre você ser bom o suficiente, Eason. Você é incrível, e não apenas pela maneira como canta ou toca, mas os sentimentos que você evoca em uma música de três minutos me deixam abismada. E, acredite em mim, eu já ouvi todas elas. Porque, cada vez que você produzia uma nova demo, Rob a tocava em nossa casa vinte e quatro horas por dia, sete dias por semana. Eu estava preocupada com *ela*.

Entrelacei as mãos no colo. Enfrentar o luto pelas pessoas mais importantes da minha vida ao mesmo tempo era um ato de equilíbrio constante. Para ser sincera, Rob estava ocupando a maior parte do meu espectro emocional no último mês. Mas havia momentos em que eu apenas sentava e chorava, desejando poder pegar o telefone e ligar para Jessica uma última vez e ouvir sua risada.

Engoli em seco, e uma lágrima escorreu pelo canto do meu olho.

— Jessica teve uma vida difícil antes de te conhecer e, talento à parte, ser a esposa de um músico nunca é uma coisa fácil. Eu queria que fosse fácil pra ela. Se dependesse de mim, ela teria se casado com um contador.

Ele bufou.

— Ela teria ficado incrivelmente entediada. Mas provavelmente ainda estaria viva.

Já era ruim o suficiente para mim ter pensamentos cruéis sobre ele logo após o incêndio, mas ouvi-lo verbalizar um pensamento tão depreciativo fez meu coração doer por ele.

Ele ficou ao meu lado várias vezes, mais recentemente naquele mesmo dia. Era a minha vez de ser a amiga de que ele precisava.

— Talvez? — Eu deliberadamente acalmei meu tom e falei com ele do jeito que eu teria falado com Jessica. Do jeito que eu falava com a minha amiga. — Mas, sem você, a Luna não existiria. Ela nunca abriria mão daquela garotinha, mesmo sabendo como tudo terminaria.

Seu pomo de adão balançou quando ele se virou e esfregou os olhos com o polegar e o indicador.

Eu me levantei lentamente e me aproximei dele.

— Se a gente aprendeu alguma coisa nesses últimos dias é que a vida é curta e seu impacto não é medido em anos. Compre um piano, Eason. Escreva suas músicas. Seja um astro. Vire toda a indústria da música de cabeça pra baixo. Mas, acima de tudo, mostre à Luna que, se você trabalhar duro e nunca desistir, os sonhos podem se tornar realidade. — Eu me apressei para enxugar as lágrimas que escorriam pelo meu rosto. — E quer saber de uma coisa? Depois desse pesadelo, eu preciso mesmo ver um sonho se tornar realidade.

A emoção cintilava em seus olhos castanho-claros quando ele se virou para me encarar.

— Tem certeza? Sobre eu ficar aqui o tempo todo e cuidar das crianças. Nós somos muito diferentes, como pessoas e como pais, Bree. Não vai ser tão fácil assim.

— É, eu sei. Mas nós podemos fazer isso juntos. Desta vez, sem toda aquela coisa de odiar um ao outro.

— Tá. Eu posso fazer isso — ele jurou com tanta esperança na voz que fez meu peito apertar.

— Só promete não trazer nenhuma calda.

Ele sorriu e colocou a mão em volta do meu pescoço, olhando profundamente nos meus olhos.

— Prometo nunca mais dar aos seus filhos algo que eles vão gostar de comer.

Deixei escapar uma meia risada, meio choro, e então, com uma leve pressão na minha nuca, ele me puxou contra seu peito.

Aquele homem — sempre abraçando.

Ele nos balançou de um lado para o outro, parecia mais como se estivesse tentando acalmar um bebê chorando do que com uma dança lenta.

— A gente consegue, Bree. Eu e você. A gente consegue.

E, pela primeira vez desde que nosso mundo explodiu, senti que ele podia estar certo.

Oito

EASON

UM ANO DEPOIS...

— Grrr! — eu gritei, pulando de trás do sofá.

Madison soltou uma gargalhada, correndo pelo corredor com a camisola tocando os tornozelos.

Luna parou na hora e me lançou um olhar intimidante que nenhuma criança de dezenove meses deveria ser capaz de executar.

— Não! — ela disse, apontando o dedo na minha direção. — Não, papai.

Levantei as mãos em sinal de rendição.

— Tá. Tá bom. Vou ser bonzinho.

Ela abriu um sorriso e levou a mão ao nariz, mas manteve a ponta do dedo apontada para mim.

— Não. Susta. Una.

É incrível como as crianças crescem rápido. Ela já não era mais aquela minha bebê babona que pensava que a moeda do meu bolso poderia ser um apetitoso lanchinho. Não venha me julgar. Aconteceu uma vez, e eu tirei a moeda da boca dela imediatamente.

Não. Eu não contei para a Bree. Era mais seguro para todos os envolvidos.

Com o cabelinho castanho e encaracolado e dentes tão alinhados que pareciam uma dentadura de bebê, Luna já era uma mocinha. Pelo menos, foi o que eu disse a ela enquanto tentava convencê-la a começar a usar o penico, treinando com a Madison.

Ainda estávamos nesse processo com as meninas, progredindo aos poucos e decididamente em direção ao paraíso do desfralde.

— Achou? — Bree perguntou ao entrar.

Luna se virou para olhar para ela e, enquanto estava distraída, eu ataquei. Num salto, peguei minha filha nos braços.

Ela caiu na gargalhada enquanto eu fazia cócegas nela. Se contorcendo e se debatendo, estendeu o braço para o lado.

— Bwee, ajuda! Ajuda!

— Ah, não. — Bree pegou a mão de Luna e a levou aos lábios para um beijo. — Não posso fazer nada contra o Maxwell, o monstro das cócegas. — Ela ergueu o olhar para me observar. — Mas, se queremos que eles estejam na cama às oito, talvez o monstro das cócegas possa começar a pôr alguém aí pra dormir.

Olhei o relógio e, caramba, ela estava certa. Tínhamos apenas vinte minutos para levar todos para a cama e deixá-los — se Deus quisesse — quase dormindo. Coloquei minha filha no chão e aceitei a ira de seu olhar pueril. Ela ainda estava sorrindo, então não foi muito difícil.

— Está bem, Luna. Dê boa-noite pra Maddie e pro Ash.

— Noite noite! — ela começou a gritar enquanto saía pelo corredor da sala de brinquedos.

Eu a observei sorrindo como um tolo. Eu amava tanto aquela garotinha; vê-la crescer era uma linha tênue entre euforia e dor.

— Achou o celular? — Bree perguntou.

Suspirei e apoiei as mãos nos quadris.

— Ainda não. Deve ter caído entre as almofadas. As meninas estavam com ele agora mesmo.

— Quer que eu ligue pra ele?

— Por favor.

Ela digitou no celular, e um segundo depois um zumbido abafado, quase indetectável, pulsou na direção do sofá.

— Como foi a reunião? — eu abaixei mais uma vez e continuei minha busca pelas almofadas.

— Tão bem quanto se pode esperar de uma ligação do seu advogado depois do expediente.

— Alguma novidade?

Ela deixou escapar um suspiro.

— Na verdade, não. Os contadores da Prisma afirmam que tudo está em ordem, mas uma auditoria da Receita nunca é algo totalmente confortável para uma empresa.

Bree vinha trabalhando duro desde que mergulhou de cabeça na vida corporativa em tempo integral. Ela passava dias e noites tentando fazer a Prisma voltar ao auge. Rob assumiu alguns riscos que não necessariamente deram certo, deixando a bagunça para Bree limpar. Felizmente, Bree se saía bem sob pressão. Claro, ela estava cansada e estressada a maior parte do tempo, mas no geral parecia gostar de estar de volta à ativa.

Bree ia atrás de mim, endireitando as almofadas depois que eu procurava em cada parte.

— Por que a gente não usa o meu celular? — ela sugeriu. — Ou fica no carro?

— O monitor de Luna não funciona bem no carro.

Ela arqueou a sobrancelha perfeitamente delineada.

— Tem passado muito tempo no carro ultimamente?

— Só quando estou usando drogas ou bebendo de manhã.

Parei minha busca por tempo suficiente para esperar a carranca dela. Estava um pouco franzida, um pouco inclinada para o lado, mas nem chegou perto de causar o impacto de sempre. Eu também conseguia perceber que seus olhos ficavam mais ou menos um tom mais claro quando ela estava tentando esconder o bom humor. Como eu adorava deixá-la irritada!

Nunca me desapontando, ela me observou com um olhar semicerrado.

— Estou brincando. Na hora da soneca delas, eu uso o velho Tahoe como meu escritório para não acordar as meninas.

— Por que não fica no meu escritório lá em cima?

Voltei a revirar as almofadas.

— Eu não sabia que tinha permissão para entrar lá outra vez depois do grande fiasco dos m&m's de Natal.

— Eason, você comeu todos os vermelhos — ela se defendeu. — Eu me permito comer um pacote por ano. Imagine a minha decepção quando abri minha gaveta secreta e só tinha *os verdes*.

Eu estiquei minha cabeça para trás e a observei com ceticismo.

— Um pacote por ano? Então não estamos contando os m&m's em

tom pastel na Páscoa ou os cor-de-rosa no Dia dos Namorados? Ou os de amendoim que você esconde em um pote vazio de linhaça na despensa o ano todo?

Ela endireitou os ombros e ergueu o queixo com altivez, e então lutou para reprimir um sorriso.

— Não falamos sobre esses aí.

— Que bom. Porque eu comi todos os vermelhos do pote de linhaça também.

— Eason!

Bree e eu tínhamos progredido bastante no último ano, mas não foi uma jornada sem pedras no caminho — ou os pedregulhos ocasionais. Como eu suspeitava, trabalhar para a pequena Miss Perfeição não foi uma adaptação fácil. As primeiras semanas foram horríveis, e toda noite eu reconsiderava aceitar o emprego de duelo de piano. Bree podia ser muito peculiar. Eu entendia quando se tratava das crianças. Ela gostava que elas tivessem uma dieta saudável, tempo de tela limitado e que passassem a maior parte do tempo ao ar livre. Era a boa educação que eu queria para Luna também.

O que eu não esperava era receber críticas sobre a maneira como dobrei as toalhas ou como coloquei a louça na máquina. Certa vez, ela me deu um passo a passo de como trocar de forma correta o papel higiênico do banheiro do Asher.

Convém ressaltar que os afazeres domésticos não faziam parte da descrição do meu trabalho, mas Bree trabalhava muito, então eu tentava garantir que ela não voltasse para casa e encontrasse uma montanha de roupa para dobrar — ou, digamos, uma meia coberta de cocô porque Asher estava sem papel higiênico e resolveu usar a criatividade. Por isso ela me deu a famigerada aula sobre como trocar o papel higiênico quando tentei esconder um rolo extra atrás do vaso sanitário em caso de emergência.

Algumas semanas depois de eu me instalar de vez, nós resolvemos nos sentar para conversar como adultos. Ela me entregou um fichário de setenta e nove páginas com regras e instruções, e eu disse a ela que preferia morar em uma barraca debaixo da ponte a ler aquela porcaria. Ela, por sua vez, me disse onde encontrar o antigo material de acampamento de Rob e me deu instruções explícitas de onde eu poderia enfiá-lo antes de subir as escadas batendo os pés.

Na verdade, eu não ia me mudar. Bree sabia disso. Eu sabia disso. Asher, no entanto, me ligou histérico no walkie-talkie que eu dei a ele no aniversário implorando para que eu não fosse embora como seu pai.

Essa foi a última grande discussão que Bree e eu tivemos. Todos nós dormimos no quarto de Asher naquela noite. Bree destruiu o fichário na manhã seguinte, e comecei a dobrar as toalhas do jeito que ela gostava — o jeito errado, devo ressaltar.

Juntos, nós formávamos uma equipe, e aquelas crianças eram nossa primeira, principal e única prioridade.

Depois disso, as coisas ficaram mais fáceis. Conforme desenvolvemos respeito mútuo um pelo outro, a confiança surgiu. E então, de alguma forma, em meio ao caos, nasceu uma amizade genuína. Eu trabalhava muitas noites, escrevendo música e tocando em qualquer lugar que pudesse. Era cansativo chegar em casa às três da manhã e acordar para ficar com as crianças às sete, mas cada vez que subia em um palco, por menor que fosse, parecia ter encontrado outra parte de mim de novo. Nas noites em que eu não estava trabalhando, Bree e eu contávamos histórias sobre Rob e Jessica. Às vezes nós ríamos, às vezes chorávamos e, no aniversário de um ano do incêndio, nós dois ficamos sentados em silêncio, incapazes de pronunciar o nome deles.

Não havia explicação lógica para as ondas do luto. Tudo o que podíamos fazer era aguentar e tentar manter nossa cabeça erguida.

No aniversário de Luna, eu senti como se estivesse afogando, sabendo que Jessica nunca a veria crescer.

No Natal, enquanto observava as crianças rindo e abrindo os presentes, eu sorri até meu rosto doer e senti como se finalmente tivesse saído das profundezas da devastação.

No meu aniversário de casamento, senti como se estivesse preso em uma corrente submarina, incapaz de chegar à superfície, por mais que tentasse.

Com o tempo, Bree ia atingindo as mesmas etapas dolorosas, mas, dia após dia, semana após semana, mês após mês, nós nadamos juntos num oceano constantemente turbulento.

Deitado de barriga para baixo, passei a mão debaixo do sofá, ainda à procura do meu telefone desaparecido.

— Como não tem sequer um rádio nesta casa gigantesca?

— Hum, porque não estamos em 1999 — ela respondeu. — Aqui. Baixa o aplicativo no meu celular. Encontro você lá fora. Tá na hora da historinha de ninar.

Eu levantei do chão soltando um gemido, jurando nunca mais deixar Luna e Madison brincarem com meu celular. Era o que eu dizia a mim mesmo pelo menos duas vezes por dia. As meninas sabiam que eu não cumpria com a minha palavra.

Bree e eu pusemos as crianças na cama depressa e, como uma equipe de profissionais treinados, chegamos ao quintal com tempo de sobra. Passamos muitas noites aconchegados em volta daquela lareira. Por razões óbvias, nunca a acendíamos, mas eu instalei um cordão de luzes brancas dentro da caixa de queima. Em parte porque acrescentou um ambiente agradável e relaxante às nossas conversas noturnas. Mas principalmente porque eu odiava a maneira como Bree olhava para o braseiro sem fogo como se pudesse ver as chamas. Deus sabia que eu via.

— Aqui — ela disse, entregando-me o meu celular. — Asher sabia onde tava, no baú do pufe.

— Legal. Me lembra de dar um pouco dos seus M&M's pra ele de manhã.

Ela se acomodou em seu lugar, no canto do sofá de vime, com uma taça de vinho na mão.

— Pode esquecer. Escondi em outro lugar.

— Dentro da caixa de granola não conta como esconderijo.

— Droga — ela sibilou, me fazendo rir.

Enquanto verificava minha conexão com os alto-falantes bluetooth no pátio, olhei para ela de esguelha. Como eu esperava, ela estava sorrindo, e isso fez com que meus lábios se esticassem também. Por alguma razão, deixá-la de bom humor me fazia ficar de bom humor. Fazê-la sorrir ou dar risada era diferente agora. Além disso, se eu pudesse apenas fazê-la se sentir melhor, relaxar, desfrutar de um segundo sequer de paz — ainda que fosse passageiro —, então eu poderia me permitir fazer o mesmo.

Quando ela ria, eu conseguia ficar tranquilo, e era bom de olhar também. Embora isso provavelmente tivesse mais a ver com meu celibato recém-descoberto do que com qualquer atração real. Mas, quando você está sozinho, é fácil confundir amizade com alguma coisa a mais. Algo que eu nem deixava a minha mente cogitar.

Enquanto o aplicativo de rádio no meu telefone preenchia o ar úmido da noite com um comercial de autopeças, eu me sentei no meu lugar de sempre, a ponta do sofá, puxando a cadeira para usar como apoio para os pés, como de costume. Luna estava começando a adormecer, então troquei a babá eletrônica pela minha cerveja e dei um longo gole.

— Você tá nervoso? — ela perguntou.

Eu ignorei o fato de que sua expressão a fazia parecer quase empolgada com a ideia de que eu não estivesse tranquilo feito um grilo.

— Por que eu estaria?

Ela circulou o dedo ao redor da borda da taça de vinho.

— Ah, sei lá. Porque nos últimos seis meses houve um frenesi nas redes sociais com a espera pelo novo álbum da Levee Williams, e o primeiro single é uma música *sua*.

Ao que tudo indicava, eu deveria estar em êxtase. Aquilo era fantástico. Outras músicas minhas já tinham tocado na rádio antes. Mas nenhuma tinha sido interpretada por artistas tão grandes quanto Levee. "Turning Pages", o dueto que ela gravou com Henry Alexander, já havia sido escolhida em pré-lançamento para encabeçar a trilha sonora de um filme de sucesso, o que, pensando nos royalties, sem dúvida seria meu maior pagamento até agora. Mas não importava quanto tentasse me preparar mentalmente para ouvir a tão esperada estreia na rádio de "Turning Pages", eu não conseguia ficar empolgado.

Era a minha música. Eu conhecia cada letra e cada acorde e não apenas porque fui eu quem colocou no papel. Eu vivi aquela música e, droga, eu deveria estar cantando.

Mas, aparentemente, não era assim que a minha vida funcionava. A quantia que ganhava em shows era risível e, depois de vender a casa reconstruída com o dinheiro do seguro, fiz um pequeno pé-de-meia.

Toda sexta-feira, Bree enviava um depósito direto na minha conta.

Toda segunda-feira, eu tinha o pagamento automático definido para enviar o depósito de volta.

A meu ver, nós nos revezávamos no cuidado com as crianças. Então, a menos que eu pagasse por todas as noites que ela ficava com Luna, eu não poderia aceitar que ela me pagasse para cuidar dos filhos dela. Eu pagava o pouco que ela me permitia de aluguel pela casa da piscina todos os meses, mas ainda havia outras contas. Seguro de saúde privado era uma máfia, e depois tinha as compras no mercado, as fraldas e taxas da indústria a serem pagas.

Vender minhas músicas era a escolha óbvia; sem falar que era meu compromisso final com minha esposa. Isso se você não contar o fiasco total de quando eu disse a ela que voltaria logo.

Depois dos últimos treze meses de luto e tristeza, eu deveria estar me deliciando com o sucesso e me agarrando a qualquer felicidade que pudesse encontrar. Mas ver nossos sonhos se tornarem realidade para outra pessoa nunca é fácil.

— Não é a minha primeira vez, Bree — eu respondi antes de tomar um gole de cerveja.

— Talvez não. Mas eu tô orgulhosa de você. — Ela não estava sendo sarcástica naquele momento, enquanto mexia descuidadamente a sandália na ponta do pé. Bree, pelo menos por enquanto, estava contente, e isso transparecia em sua expressão relaxada. — E eu sei que Rob e Jessica estariam também.

Com cuidado, eu encontrei o olhar dela, um caroço se formando na minha garganta.

— Era a música favorita da Jessica.

Ela sorriu orgulhosa.

— Eu sei. Do Rob também.

Baixei o olhar para a minha cerveja.

Bem na hora, a voz do DJ do rádio soou nas caixas de som.

— E agora, o momento que todos esperávamos: a estreia de "Turning Pages", de ninguém menos que a artista nove vezes vencedora do Grammy, Levee Williams, e o astro de R&B favorito dos Estados Unidos, Henry Alexander.

Sorri para o chão porque era o que eu deveria fazer. Compositores de todo o mundo esperavam a vida inteira para ouvir suas músicas no rádio, e lá estava eu chafurdando em autopiedade. Deus, eu precisava me controlar.

Na introdução, o DJ continuou falando.

— Uma curiosidade exclusiva da rádio WQXX pra vocês. Um passarinho me contou hoje que esta música foi escrita por um nativo de Atlanta, Eason Maxwell. — Eu levantei a cabeça. — Se todas as músicas dele forem como esta, vamos ficar de olho nesse nome.

Assim que ele concluiu a última sílaba, as harmonias sensuais de Levee e Henry preencheram o ar do verão.

A emoção passada pela música era incrível e, para ser sincero, a combinação das vozes era perfeita. Mas não foi isso que me deixou de boca aberta.

Voltei meu olhar para Bree.

— Um passarinho?

Ela escondeu o enorme sorriso atrás da taça de vinho. Os longos cílios batiam nas maçãs do rosto coradas enquanto ela cantarolou: — Piu-piu.

Olhei para ela por um bom instante, completamente perplexo enquanto a canção que era sobre o para sempre e sobre parar o tempo tocava ao fundo. Eu não conseguia decidir se estava impressionado, tocado, possivelmente constrangido ou alguma estranha combinação dos três.

— O que você fez? — eu disse, sussurrando.

— O que qualquer boa amiga faria. Fui à estação de rádio e levei uma garrafa de Johnnie Walker Blue, uma cesta de guloseimas com praticamente duas padarias dentro e roupa de cama da Prisma suficiente para redecorar uma casa inteira.

Pois é. Totalmente impressionado.

— Você os subornou?

— Não. Eu queria que meus novos amigos da Q99.3 soubessem que por acaso eu tinha informações privilegiadas sobre uma certa celebridade que atualmente reside em nossa grande cidade.

Espere, não. Constrangido, definitivamente.

Eu me levantei, arrastando a mão pelo cabelo no topo da cabeça, agora que finalmente estava longo o suficiente para me ajudar a expulsar a frustração novamente.

— Você disse a eles que eu sou uma celebridade?

Ela deu de ombros.

— Bem, é o que você é. Você escreveu uma música para *a* Levee

Williams. *E Henry Alexander* — ela disse, com um ar arrebatado antes de se interromper rapidamente. — E daqui a um ano, a essa hora, vai ser a sua voz na rádio. É melhor eles começarem a se acostumar com o seu nome agora. Não quero ouvir nada sobre um tal de *Easton* quando você fizer sucesso.

Tudo bem, tudo bem. Eu fiquei tocado. Eu não compartilhava daquela positividade que ela tinha sobre a minha carreira. Ou da surpreendente afeição por Henry Alexander.

Ele era o tipo dela?

Deixa para lá.

De qualquer forma, foi incrivelmente adorável como ela se esforçou para garantir que eu fosse reconhecido e tivesse mais crédito do que as letras miúdas no verso do álbum.

Eu plantei as mãos nos quadris e olhei para ela boquiaberto. Não tinha certeza do que dizer e muito menos se eu poderia dizer alguma coisa. Então, depois de limpar a garganta, resolvi deixar as coisas leves para nós dois.

— Sabe, são momentos como esse que me fazem sentir muito culpado por ter vomitado nos seus sapatos tantos anos atrás.

Bree riu baixinho, se levantou e caminhou até mim. Bree não era exatamente alta, então só chegava até meu peito, mas ela esticou a cabeça para trás para me espiar.

— Eu sei que você tava receoso com este momento. Você sempre acha que pode esconder com um sorrisinho ou uma piada, mas comigo não.

O calor inundou meu peito, e eu lutei contra a vontade de pôr atrás da orelha dela o cabelo que a brisa da noite havia tirado do lugar. Tanta coisa havia mudado. Em todos aqueles anos anteriores ao incêndio, eu nunca tivera a chance de conhecer Bree. Obviamente, já tinha percebido que ela era bonita; com o cabelo castanho-avermelhado e espesso e os olhos verdes penetrantes, era difícil não notar. Mas eu estava percebendo que a beleza era apenas a ponta do iceberg com essa mulher.

— Eu não escondo nada de você.

— Que bom — disse ela. — Continue assim.

Senti um bolo na garganta e, por mais hipócrita que fosse, eu esperava que eu estivesse escondendo bem o suor escorrendo pela minha nuca e o ritmo acelerado do meu coração. A proximidade dela de repente parecia sufocante, o que era quase tão confuso quanto inebriante.

Juntos, nós ficamos ali, cercados por luzes brancas e emoções não ditas. Havia gratidão e respeito, mas acima de tudo havia amor. Talvez não o tipo convencional ou romântico, mas estava lá do mesmo jeito.

— Eu tô *muito* orgulhosa de você — ela sussurrou.

Era bobagem. Eu já tinha ouvido essas palavras antes. De amigos, da família, de *Rob*. Caramba, ela mesma já tinha dito cinco minutos atrás. Bree queria mesmo que eu a ouvisse dizer isso, e vindo dela — facilmente uma das minhas maiores críticas no passado — significava tudo. O sentimento de orgulho desceu até minha medula, se reproduziu e se espalhou por todo o meu ser. Não havia motivação maior no mundo do que ter alguém que realmente acreditasse em você.

Enfiei as mãos nos bolsos da minha calça jeans antes que eu fizesse alguma coisa estúpida — como atraí-la para um abraço e possivelmente nunca mais soltá-la — e balancei na ponta dos pés. — No ano que vem é a minha vez, hein?

O sorriso dela se espalhou.

— É.

— Tá bom. Desafio aceito. Daqui a doze meses, *Easton* Maxwell será um nome conhecido.

Ela soltou uma risada.

— Você tem que cortar o mal pela raiz. Não duvide que eu leve cestas de presentes pra todas as estações de rádio do país pra que eles pronunciem seu nome corretamente.

— Não dou a mínima se eles me chamarem de Estonian Maxerrado, desde que toquem minha música. Além disso, tô muito ofendido por você não ter guardado o Johnnie Walker para mim.

— Quem disse que não? Vamos beber no fim de semana. Finja surpresa ao abrir a geladeira e traga a cesta para o café da manhã. Tem um bolinho de mirtilo que eu quero provar.

Ela estragou a surpresa do presente, mas eu apreciei mesmo assim, então arfei com horror fingido.

— Deus do céu. Açúcar no café da manhã? Nós somos o quê? Animais?

Balançando a cabeça, ela se aproximou, deslizou o braço em volta dos meus quadris e me deu um longo aperto.

Pego de surpresa, eu congelei da cabeça aos pés, rígido como uma rocha. Bree e eu nos abraçávamos às vezes. Geralmente entre lágrimas, colapsos emocionais ou ataques de pânico, não éramos estranhos ao toque físico.

Mas esse foi diferente.

Eu não tinha ideia do porquê, mas, quando tirei as mãos dos bolsos e a abracei com força, nossos corpos pendendo como se finalmente tivessem voltado para casa, foi *definitivamente diferente*.

E eu estaria mentindo se não dissesse que amei cada segundo.

A música finalmente terminou.

Nosso abraço também.

Dentro de uma hora nós dois estávamos indo para nossas respectivas camas.

Mas algo mudou entre nós naquela noite. Uma mudança na atmosfera. Uma espiada do sol por trás das nuvens. A virada da maré.

Ou, como eu perceberia mais tarde, era a primeira faísca em um desenfreado incêndio.

Nove

BREE

— Meu Deus — eu sussurrei no escuro. Enquanto eu abria cada vez mais as pernas, seus dedos calejados deslizavam para dentro de mim. Meu desejo se intensificou enquanto ele fazia movimentos circulares e me provocava em todos os lugares, menos onde eu precisava.

— Por favor — eu implorei falando em sua boca, seus lábios sobre os meus, sua respiração ofegante enchendo os meus pulmões.

— Ainda não — ele resmungou, uma ordem e uma promessa.

Eu enganchei os tornozelos em suas costas, e o empurrei para baixo, seu membro grosso na minha coxa, mais uma vez errando o alvo.

— Preciso de você.

— Eu sei. — Ele continuou as delicadas investidas com estocadas angustiantes que não me libertavam daquele tormento ofegante.

Uma urgência primitiva rugia em meus ouvidos enquanto eu me contorcia embaixo dele.

Sem dizer uma palavra, eu continuei a implorar com meu corpo quando não consegui mais aguentar o jogo que nós estávamos jogando pelo que parecia uma eternidade.

— Não consigo fazer isso. Não consigo...

Ele me calou com uma mordida no meu lábio inferior, a dor percorreu o meu corpo até chegar ao meu clitóris em uma onda de êxtase que quase me fez chegar lá.

— Isssso — eu sibilei, e a pressão dentro de mim se expandia. Quase. Com um toque, eu sairia daquele quase-clímax. Com um toquezinho em qualquer parte do meu corpo febril, eu teria desabado nos braços dele.

Então tudo parou de repente.

— Tenha paciência — ele ordenou. — Você ainda não está pronta.

— Estou, sim — eu implorei, minha voz falhando de desespero. — Estou pronta. Juro.

— Só mais um pouco — ele sussurrou, e meu corpo começou a perder o ânimo sem ele.

— Cansei de esperar — eu retruquei, com a frustração maior que o meu desejo. — Para de brincar e me faz gozar agora. Isso é crueldade.

— É mesmo? — ele perguntou, com uma voz profunda e ameaçadora.

— É! — eu gritei, essa sílaba queimando a minha garganta enquanto se libertava de minha alma.

— Então vem cá pegar.

Uma luz brilhante iluminou o quarto, minha visão voltou de uma só vez quando Eason apareceu na minha frente. Meu Deus, ele era o homem mais lindo que eu já tinha visto. E não porque os músculos alinhavam seu torso, um tanquinho delineava seu estômago. Não era por causa daquele queixo esculpido ou daqueles lábios carnudos. Não era por causa das tatuagens fascinantes ou pelo cabelo loiro bagunçado que imploravam pelos meus dedos. Era só por causa dele, Eason, e o sorriso fácil em seus lábios que sempre conseguia aquecer o meu peito.

Mas havia alguma coisa diferente em seu rosto, algo desesperado e urgente enquanto ele olhava para mim.

Senti um nó na garganta.

— Eason — eu disse ofegante, estendendo a mão para ele, mas, sem se mover, ele foi transportado para fora do meu alcance.

O pânico explodiu no meu peito, e eu me levantei da cama.

— Espere. Aonde você tá indo?

— Lugar nenhum. — Ele inclinou a cabeça e sorriu, mas no próximo instante estava ainda mais longe.

Eu me apressei para ir atrás dele, mas meu corpo não cooperava. Por instinto, eu sabia que, se pudesse segurá-lo em meus braços, tudo ficaria bem.

No instante seguinte, eu mal conseguia vê-lo à distância.

— Eason! — eu gritei.

— Estou bem aqui — ele respondeu.

Mas ele não estava lá, e a dor era paralisante.

— Não, não, não. Volta.

De repente, eu caí de costas, sentindo o peso dele em cima de mim, me prendendo. As mãos dele seguravam meu cabelo. A boca dele estava no meu pescoço. O êxtase mais caótico me preenchendo enquanto ele me penetrava, com força e rapidez.

— Meu Deus! — eu gritei, meu clímax mais uma vez rugindo dentro de mim. Se eu perdesse o controle, e quando isso acontecesse, não haveria como voltar atrás.

Então, de repente, nossos papéis se inverteram.

— Espere, espere, espere. É muito cedo — eu implorei, o tempo todo mexendo os quadris ao ritmo de cada estocada dele.

— Deixa — ele murmurou, acelerando o ritmo, até que se tornasse tão agradável quanto punitivo. — Você tá pronta. — Ele levantou a cabeça, os olhos castanhos ardentes se fixaram nos meus.

— Depressa, Bree. — Ele sorriu, arrogante e provocante. — Antes que eu vá embora.

Como um elástico, meu corpo estalou, um orgasmo me atravessou, me sacudiu e acordou. — Eason — Eu engoli em seco, meus dedos circulavam meu clitóris enquanto um orgasmo devastador me atingiu. Minha mente racional rompeu o sono, e o prazer gradualmente se transformou em culpa.

— Que porra foi essa — eu disse ofegante, com o corpo jogado na cama.

"*Depressa, Bree. Antes que eu vá embora.*"

Não, sério. O que diabos havia de errado com meu subconsciente. Eason?

Não podia ser Shemar Moore ou Michael Fassbender ou até mesmo Henry Alexander?

De todos os homens que meu cérebro poderia conjurar para um sonho erótico, escolheu Eason?

Assim que tive esse pensamento, uma imagem dele olhando para mim enquanto me penetrava potente e rápido, com o pau me expandindo de todas as maneiras certas, fez o calor brotar entre as minhas coxas de novo.

Tá, merda. Não era assim que eu deveria me sentir em relação ao melhor amigo do meu marido. O melhor amigo do meu *falecido* marido. Meu marido, que estava morto havia apenas um ano. O marido da minha melhor amiga. O marido da minha *falecida* melhor amiga.

Jesus, eram duas facas nas costas.

Depois de rolar para fora da cama, eu fui até o banheiro e liguei o chuveiro. Ainda faltava uma hora para meu alarme disparar, mas eu não confiava no meu cérebro, que podia muito bem criar um reboot no *Magic Mike* com Eason no papel principal.

Mas, para ser sincera, eu não precisava apenas me livrar das imagens daquele sonho erótico de adolescente. O medo que senti quando Eason desapareceu lentamente era do tipo que se infiltra nos ossos. Agora, acordada, eu podia assimilar que Eason estava a apenas alguns metros de distância, dormindo na casa da piscina, mas o pânico e o sentimento de perda ainda permaneciam nas minhas veias.

Eu nunca fui de interpretar sonhos. No ensino médio, costumava ter um sonho recorrente de que meu professor de história morava embaixo da minha cama e me mantinha acordada a noite toda, atirando doces e sapatos femininos em mim. Com certeza, havia um médico em algum lugar que se deleitaria com esse sonho. Mas não conseguia deixar de pensar que esse outro sonho tinha um significado que ia além.

Talvez fosse a vergonha, mas naquela manhã, enquanto me preparava, vi Rob em todos os lugares. O sabonete dele ainda na prateleira do chuveiro, a escova de dentes no carregador ao lado da pia. Havia algumas moedas na mesinha de cabeceira do lado dele e um par de sapatos ainda embaixo da cama. Toda semana, eu limpava e ajeitava as coisas dele, para que não acumulasse poeira; ainda assim nunca cheguei ao ponto de me livrar delas.

Mas, enquanto eu estava ali, no meio do meu quarto, tudo parecia tão triste e sufocante.

"Você está pronta", Eason repetiu em minha cabeça com aquele tom intenso e dominador.

Tá, eu admito. O sonho tinha sido um tesão, mas Eason também era. Isso não era segredo nenhum. Eu era mulher. Eu tinha olhos. Mas a gente não ficava jogando esse joguinho excitante de "agora sim, agora não". Ele era o marido de Jessica e o melhor amigo de Rob. *Jamais* seríamos como no sonho.

Mas talvez o Eason do sonho estivesse certo. Talvez fosse hora de finalmente superar. Rob não gostaria que eu vivesse no limbo para sempre. Seguir em frente não significava apagá-lo de nossa vida. Ele ainda era o pai de Asher e Madison. E o meu primeiro amor. Apesar disso, no fim das contas, ele nunca voltaria para casa e, embora parecesse que eu já havia aceitado o acontecido, ainda estava me apegando a pedaços da vida que tínhamos compartilhado.

Estava na hora.

Respirei fundo, sorri e fechei os olhos, tentando evocar uma lembrança do sorriso do meu marido.

Mas não era ele o homem por trás das minhas pálpebras.

"Depressa, Bree. Antes que eu vá embora."

Porra.

— Bree?

Um par de olhos castanhos cor de caramelo, nos quais eu não conseguia parar de pensar, desapareceu quando eu voltei a minha atenção para o escritório.

— Hã?

— Você tá bem? — perguntou Jillian, minha secretária, que se sentava à minha frente, cujas rugas na testa demonstraram tanto preocupação quanto perplexidade.

Eu limpei a garganta e me endireitei na cadeira.

— Tô sim. Só um pouco, hum, distraída hoje. Pode falar. Termine o que você estava dizendo.

Ela intencionalmente ergueu um bloco de notas amarelo.

— Na verdade, *você* estava dizendo. Eu estava fazendo anotações.

Merda.

— Tá. Ok. E... hum, o que eu estava dizendo mesmo?

Ela pôs o bloco de notas no colo, se inclinou para a frente e me ofereceu um sorriso apreensivo. — Como você está, querida? Sei que, não faz muito tempo, completou um ano que estamos sem seu Rob. Depois que perdi meu Edgar, os aniversários de morte foram os mais difíceis.

Pois é. O aniversário do incêndio tinha sido horrível. Naquela semana, Eason e eu ficamos feito zumbis, perdidos em um mar de amargura. Mas não foi por isso que uma pedra de culpa se alojou no meu peito quando o desejo mais inconveniente da minha vida acendeu entre as minhas coxas.

— Não, não é isso.

Ela me ofereceu um sorriso caloroso e maternal.

— Você sabe que estou sempre aqui se quiser conversar.

Nossa, como eu sentia falta da Jessica! Não que, caso ela ainda estivesse viva, eu pudesse ligar para ela e dizer:

— Ah, ei, tive um sonho erótico com seu marido ontem à noite. — Meu Deus, eu era uma pessoa horrível.

Tá, tinha o Eason. Nós conversamos sobre tudo, embora eu suspeitasse que falar sobre isso seria um pouco fora de sua zona de conforto. E tipo uns trinta mil quilômetros fora da minha.

Jillian me observou com certa expectativa.

— Qualquer coisa que você precisar, Bree, estou aqui, tá?

Deixei escapar um suspiro. Seria como falar com minha avó, mas eu estava desesperada o bastante para não me importar com isso. Com certeza, eu poderia encontrar uma maneira de fazer essa pergunta sem deixá-la escandalizada demais.

— Na verdade, posso fazer uma pergunta pessoal?

Ela se aproximou na cadeira. — Claro. Pergunte o que quiser.

Eu engoli em seco.

— Depois que você, hum, perdeu Edgar, você já teve um... sonho com outra pessoa?

— Ah — ela respirou antes de esticar os lábios na eterna mistura de sorriso com careta. — Uau, então era mesmo pessoal.

Merda. Socorro. So-cor-ro.

Nota mental: limite-se a ditar correspondência para Jillian e não dissecar sonhos em que o melhor amigo de seu marido te deu o melhor orgasmo de toda a sua vida.

— Quer saber? Não precisa responder. Eu passei um pouco dos limites. Eu só tive...

— Agora, espere aí, querida. Você sabe que eu adoro trabalhar aqui na Prisma. Por causa do Rob, há anos eu me sinto em casa e eu odiaria fazer ou dizer qualquer coisa inadequada para arriscar perder isso. — Usando dois dedos, ela pôs o cabelo curto e grisalho atrás da orelha. — Mas se isso é apenas um papo de mulher entre duas amigas, então... — Ela encolheu um os ombros.

— Ah, com certeza. — Eu varri o ar entre nós. — Não seria uma conversa oficial. Apenas duas colegas conversando no intervalo. Não foi minha intenção fazer você pensar o contrário. Seu trabalho estará sempre seguro, Jillian. A Prisma não seria a mesma sem você.

— Bem, nesse caso. — Um sorriso sórdido se estendeu por seu rosto quando ela se recostou na cadeira, entrelaçou os dedos e descansou as mãos unidas na barriga. — Por favor, Deus, me diga que foi um sonho completamente indecente com aquele pedaço de mau caminho que é o Eason Maxwell.

Fiquei abismada com a ousadia dela — e também com seu palpite incrivelmente preciso.

— Bem... quero dizer...

— Ah, não se preocupe, minha filha. Eu tive tantos sonhos com aquele homem. Podemos até comparar.

Uma risada brotou da minha garganta quando eu a repreendi:

— Jillian!

Ela deu de ombros.

— O que foi? Não acredito que você demorou esse tempo todo. Naquele dia em que você me pediu pra ligar para ele quando Madison cortou a mão, a expressão que ele tinha no rosto quando entrou voando pela porta, branco feito um papel, e ainda assim gostoso de deixar os mamilos duros... — Ela puxou a frente da blusa de seda branca de maneira muito cômica, mas também completamente séria, e começou a se abanar. — Meu Deus, eu senti calor e agitação por uma semana. Não sei como você consegue, com ele morando na sua casa de hóspedes, vendo-o todos os dias. Se eu fosse você, iria parar na cama dele ou na cadeia por só tentar.

— Meu Deus. — Eu me inclinei e enterrei o rosto nos braços sobre a mesa.

— Não. Nem vem ficar tímida comigo agora. Desembucha. Preciso de todos os detalhes.

— Está louca? Não vou dar detalhes.

Ela bufou.

— Ah, já entendi. Você pode observá-lo todo suado e fazendo flexões sem camisa no quintal, mas não vai nem compartilhar os detalhes excitantes da sua imaginação com uma velhinha solitária.

Eu levantei a cabeça.

— Quem disse que ele faz flexões no quintal suado e sem camisa?

Ela arqueou a sobrancelha e me lançou um olhar penetrante.

— Ah, por favor. Um homem não tem um corpo daquele sem fazer flexões. Se você não fica assistindo, pode me convidar que eu vou e assisto.

Fui atingida por outra onda de risadas, mas finalmente me sentei e inclinei a cadeira para trás.

— Tá, para. Sério. Não consigo respirar.

Por alguns segundos, ela ficou sentada olhando para mim com um sorriso orgulhoso no rosto rechonchudo.

— Tá bem, agora que nós tiramos as coisas embaraçosas do caminho me diga por que você esteve o dia inteiro nas nuvens.

Todo o humor de repente desapareceu, a realidade, minha arqui-inimiga, apareceu.

— Ugh — eu gemi. — É o Eason.

— Eu sei. Já falamos disso.

— Não, quero dizer que é esse Eason. O melhor amigo do Rob, marido da Jessica. É muito errado.

— Mas... — ela incentivou.

— Mas... não consigo parar de pensar nele.

Com um forte aplauso, ela se empertigou.

— Tudo bem. — Ela bateu palmas uma vez. — A Jillian coleguinha se foi. Hora de ouvir umas verdades da Mama Jill. — E bateu palmas de novo. — Bree, querida. A-cor-da.

— Eu estou acordada. Mas, se fosse um grande pesadelo, até poderia explicar por que acabamos de falar sobre o abdômen do Eason. — Eu pressionei as palmas das mãos nos olhos e balancei a cabeça para afastar a imagem de Mama Jill olhando para ele ao lado da minha piscina.

— Você não tá acordada. Tá presa. E dada a forma como você perdeu o Rob, eu não a culpo. Mas talvez esse seu sonho esteja lhe dizendo algo. Se o Eason for uma zona proibida, tudo bem. Eu respeito isso. Pode deixar ele pro resto de nós. Mas não há problema em querer esse tipo de intimidade com outra pessoa. Vocês dois passam muito tempo juntos. Talvez seu cérebro tenha confundido as coisas. O que não significa que você deva se sentir envergonhada por isso. Você é uma mulher jovem e vibrante, com necessidades. Não há vergonha nisso.

Mas vergonha era exatamente o sentimento que tomava conta de mim.

— Foi mais do que isso. No meu sonho, ele ia embora. E eu estava implorando para ele não ir. Eu estava tão assustada. — Lágrimas brotaram em meus olhos, e eu lancei meu olhar para fora da janela em uma tentativa de combatê-las. — Foi o abandono.

— Agora isso é diferente — ela falou baixinho. — Você perdeu muito. Esse tipo de dor permanece com você. Parece que o Eason tem muito significado na sua vida. Você depende dele. Se preocupa com ele. Confia nele. E, agora, tá começando a sentir algumas coisas que não esperava. Mas isso não é errado. É possível que ele tenha sentimentos por você também?

— Não! — eu fiz um muxoxo. — Meu Deus, não. Somos amigos. É só isso.

— Tá bem. — Ela inclinou a cabeça para o lado. — Então por que é que a gente tá dando tanta importância pra isso?

— Porque eu tive um sonho erótico com o *Eason*.

— Mas você não *fez* sexo com ele. Foi um *sonho*. Escuta, você tá acostumada a ocupar uma posição de comando, mas não pode controlar isso. Isso não é nada, Bree. Amanhã a esta hora você vai me contar sobre suas fantasias noturnas com o cara da UPS que usa aqueles shorts curtos. — Ela soltou um gemido. — As botas com ponta de aço são tudo pra mim.

Sua piada não rendeu uma risadinha, mesmo que ela estivesse realmente empolgada.

Balancei a cabeça. Não parecia nada. Parecia que uma parte adormecida de mim havia sido despertada pela primeira vez em anos. *Anos*. No plural. Como em mais de um, e isso não era possível porque eu só estava fazia um ano sem o meu marido.

Talvez eu estivesse apenas desesperada.

Talvez eu estivesse apenas ansiosa e precisasse relaxar.

Mas por que o Eason? E por que eu fiquei tão perturbada quando ele foi embora? E por que meu quarto parecia menor naquela manhã, cercado por todas as coisas do Rob?

— Não sei, Jillian. Isso parecia sério. Tipo muito sério. Eu saí antes do café da manhã pra não ter que encontrar com ele.

— Deixa eu te contar um segredinho. Esse seu cérebro sabe mais do que você pensa. Mas nada disso importa até que o seu coração receba o mesmo recado. Até lá, tudo o que você pode fazer é sentar e aproveitar. Você não quer o Eason? Sem problemas. Só não vai tropeçar e cair de cara no colo dele com a boca aberta.

Meus olhos se arregalaram.

— Credo, Jillian.

Ela riu baixinho, balançando os ombros.

— Só relaxa, tá bem? Deixe a poeira picante baixar e veja como você se sente em alguns dias. Não posso falar por Rob ou Jessica, mas meu Edgar me amava de todo o coração. Era ciumento feito um amante no Dia dos Namorados e tão territorial quanto um urso-pardo. Mas gosto de pensar que, se eu seguisse em frente com outra pessoa, ele ficaria feliz por mim. Não subestime as pessoas que te amaram.

Eu respirei fundo, segurando o ar até meus pulmões queimarem. Tá. Ela tinha razão. Eu não precisava me preocupar — ainda. Eason não sabia do sonho. Nenhum estrago tinha sido feito.

Mas... relaxar nunca foi o meu forte.

— Você tem razão. Não adianta ficar nervosa por nada.

Os joelhos rangeram quando ela se levantou da cadeira.

— Tudo bem, mas, se você decidir que quer dar uma agitada, eu tenho um cupom de desconto de vinte dólares para um vibrador fantástico. Dez velocidades, à prova d'água, que com certeza vai fazer você dizer: "Eason? Que Eason?".

— Tá, agora chega. De volta ao trabalho. A hora do intervalo acabou.

Ela riu e caminhou até a porta.

— Vou mandar o código do cupom por e-mail. Você sabe, no caso de uma emergência.

Dez

EASON

— Papai! — Luna exclamou, colidindo com as minhas pernas assim que entrei pela porta dos fundos da casa de Bree.

Suado e sem camisa, depois da corrida, eu a peguei no colo.

— Oi, Docinho. Sentiu minha falta?

Ela enganchou os braços em volta do meu pescoço e deitou a cabeça no meu ombro, me dando a única resposta de que eu precisava. E, um segundo depois, ela levantou a cabeça e pinçou o nariz.

— Eca, papai, fedô.

— Santo Deus... — Bree murmurou, parando de repente a poucos metros de mim.

— O que foi? — eu perguntei.

Usando a mão para proteger o rosto, ela começou a encarar o chão.

— Cadê sua camisa?

Eu curvei os lábios.

— Provavelmente na minha gaveta.

— Aaaah tá. Mas por que você não tá usando?

Pisquei para ela por vários instantes. Eu não costumava andar sem camisa, mas, se eu estivesse treinando ou na piscina com as crianças, não era incomum que ela me visse sem.

— Porque acabei de voltar de uma corrida? Isso... te incomoda?

Ela levantou a cabeça, mas continuou usando a mão para bloquear meu peito de sua visão.

— Claro que não me incomoda. Por que isso me deixaria incomodada?

— Nossa, Bree. Sei lá — respondi, erguendo a mão para imitar o gesto dela.

Ela desfez o escudo e revirou os olhos.

— Deixa pra lá. Agora que você terminou de fazer flexões no quintal, pode olhar as crianças um pouco? A concessionária que comprou o Porsche do Rob deve vir buscar o carro pela manhã, então preciso limpar o interior e tirar o resto das coisas dele. Ele teria um troço se eu deixasse alguém ver seu benzinho desarrumado.

Eu não havia feito nenhuma flexão no quintal, por isso não tinha a menor ideia do que ela estava falando. Mas outra coisa que ela disse chamou minha atenção.

— Nossa, calma. — Coloquei Luna no chão. — Pensei que você ia me deixar cuidar disso.

— É, mas são quatro horas.

— E? — falei devagar, claramente confuso.

Era apenas uma questão de tempo até que isso acontecesse. Eu só não esperava que fosse naquele dia.

Mas, pensando bem, eu tinha lido certa vez em um livro que, no luto, não existe uma linha do tempo exata. Era sempre dar um passo à frente, e depois passar duas semanas lamentando e amaldiçoando o universo. Mas, com o tempo, os dias bons começam a superar os dias ruins.

Por mais de treze meses depois do incêndio, tudo que pertencera a Rob permaneceu intocado. Seu casaco estava pendurado no cabideiro ao lado da porta, suas roupas preenchiam o armário e seu precioso conversível acumulava poeira na garagem. Bree e eu conversamos várias vezes sobre ela encaixotar as coisas dele, mas ela ainda não tinha tomado a iniciativa.

Eu não podia julgá-la; eu ainda usava minha aliança de casamento porque tirá-la parecia uma traição.

Mas, naquela semana, tinha alguma coisa acontecendo com Bree. Ela estava reservada, mais quieta que o normal.

No começo, achei que tinha feito alguma coisa para deixá-la irritada porque, se eu entrasse no cômodo, ela inventava uma desculpa qualquer para sair. Mas ela nunca perdia uma de nossas conversas noturnas na lareira, mesmo quando estavam meio esquisitas. Ou ela evitava totalmente o contato visual ou, com o canto do olho, eu a flagrava olhando para mim.

Isso sem falar em sua reação quando Madison e Asher planejaram um ataque furtivo de cócegas nela. Meu trabalho era prender os braços de Bree acima da sua cabeça, assim como tinha feito várias vezes antes. Naquele dia, o rosto dela ganhou tons de vermelho que eu nem sabia que a carne humana era capaz de produzir. Ela me evitou como uma praga pelo resto da tarde, e só me perdoou quando coloquei três M&M's vermelhos em seu guardanapo no jantar.

Mas, na sexta-feira, quando chegou em casa do trabalho, Bree vestiu uma calça de pijama roxa e uma regata combinando e começou a separar as coisas de Rob. Usando o método "guardar, doar ou jogar no lixo", ela se recusou a me deixar ajudar além de deixar as crianças entretidas e, ocasionalmente, carregar coisas escada abaixo ou até o sótão depois de terem sido devidamente encaixotadas.

Meu sentimento de impotência quando passei pelo quarto de Bree e a ouvi soluçar baixinho quase acabou comigo. Naquela altura, nós já éramos um time, mas aquele adeus não era algo que precisávamos dizer juntos. Depois que as crianças foram dormir, eu bati na porta para avisá-la de que estava voltando para a casa da piscina. Para minha surpresa e grande alívio, ela deu um tapinha no tapete ao lado dela e me pediu para ficar um pouco.

Com o ruído das duas babás eletrônicas ao fundo, nós nos sentamos no tapete do quarto dela e passamos horas dando várias risadas com os antigos anuários meus e de Rob. Aquela faxina, literal e figurativa, não se limitava apenas a ele. Bree também encontrou fotos dela e de Jessica de muito antes de eu conhecer qualquer uma das duas. Havia cartões de aniversário com a caligrafia de Jessica, algumas echarpes e até mesmo um pequeno par de brincos de ouro que ela pegou emprestado da minha esposa e felizmente nunca devolveu. Fossem pequenos ou baratos, todos aqueles itens imediatamente se tornaram tesouros de família que eu poderia guardar para a nossa filha.

Já passava das três da manhã quando voltei para casa com uma cesta cheia não só das coisas de Jessica, mas também com as camisetas favoritas de Rob, o Rolex que, segundo Bree insistiu, ele gostaria que ficasse comigo, e uma caixa de sapatos com canhotos de ingressos e folhetos dos meus shows que eu não fazia ideia de que ele guardava.

Mas, acima de tudo, quando nos despedimos, um peso que não

tínhamos ideia de que carregávamos foi repentinamente tirado de nossos ombros. Era quase como se, às vezes, tivéssemos medo de nos lembrar em voz alta daquelas duas pessoas que perdemos, mas naquela noite — depois de resgatar memória após memória com coisas tangíveis — havia muito menos dor e muito mais paz do que eu esperava sentir.

Por mais que aquele momento pudesse ter sido angustiante e triste, depois de passar um tempo rindo e, basicamente falando merda, sem muita preocupação durante a noite, eu me senti muito sortudo por ainda ter Bree. E mais sortudo ainda em poder estar perto para apoiá-la.

Sábado foi praticamente a mesma coisa, mas, conforme a casa ia perdendo os pertences de Rob, o mesmo acontecia com a luz nos olhos de Bree. Passamos uma noite de sábado silenciosa ao redor da lareira, e aquela única taça de vinho que ela geralmente bebia aos poucos virou uma garrafa. No entanto, bem cedo na manhã de domingo, lá estava ela de volta — com uma ressaca infernal e a todo o vapor.

Tentei convencê-la a fazer uma pausa. Até sugeri uma ida ao parque com as crianças. Mas Bree não queria saber de nada disso. Por fim, ela se cansou de me ver na cola dela e me disse para fazer uma caminhada. Em vez disso, eu fui correr e descobri que isso ajudava a expulsar a energia que eu tinha acabado de descobrir em mim ultimamente.

— O que quatro horas tem a ver? — perguntei.

— Tá ficando tarde e eu preciso limpar o carro, dar banho nas crianças, fazer o jantar e...

Era errado pensar que ela ficava linda quando estava confusa e sobrecarregada? Seu cabelo estava todo bagunçado. Sua camisa, suja e amassada. A pequena falha de rímel borrado que chegava até a têmpora ao lado do olho esquerdo.

Era ainda mais errado que meu primeiro instinto fosse abraçá-la e dizer a ela que eu faria o que precisava ser feito e que não importava o que não desse para terminar? A melhor parte para mim era tirar algo das costas dela e observá-la respirar livremente, em geral pela primeira vez no dia.

Às vezes, o olhar silencioso de gratidão que ela me lançava me deixava sem fôlego — *um pouco*.

— Por que você não senta lá fora por um tempo e dá uma descansada? Eu te deixo em paz. — Desviei os olhos, não querendo deixá-la desconfortável como ela vinha ficando perto de mim ultimamente. — Eu cuido do carro e dou banho nas crianças, e vou pedir uma pizza vegetariana para o jantar.

— Piiiz-za! — Luna gritou, correndo o mais rápido que suas perninhas permitiam para espalhar as boas novas para Asher e Madison.

Eu sorri, aproveitando o momento fugaz em que estava cuidando de todas as minhas meninas ao mesmo tempo.

— Viu, agora é oficial.

— Não posso deixar você fazer isso. Os fins de semana são seus dias livres pra você trabalhar. — Ela alongou o pescoço, mais uma vez provando que o longo fim de semana havia sido demais para ela.

— É, bem. Estou usando a minha folga pra ajudar uma amiga.

Seus olhos se iluminaram, mas ela rapidamente franziu a testa, e uma ruga se formou entre seus olhos.

— Você deveria fazer novos amigos. A que você tem tá sempre precisando de ajuda.

A que eu tenho tá aqui na minha frente, sexy pra cacete, morta de cansaço, usando umas sandálias birken gastas.

— Ei, você deveria fazer novos amigos. O amigo que *você* tem vai esconder bacon na pizza vegetariana.

Ela curvou o lábio.

— Não é contraproducente comer bacon depois do treino?

— Não se você treinar só para poder comer o bacon.

— *Touché*. — Ela riu baixinho, desviando o olhar para o meu peito por um nanossegundo. Seu corpo inteiro se sobressaltou quando seus olhos verdes se voltaram para os meus. — Hummm, você tem certeza de que não se importa? Eu posso dar banho neles e até pedir a pizza. Mas tô emocionalmente acabada.

— Você se saiu bem neste fim de semana. Bem pra cacete. — Dei um aperto no ombro dela.

— É. Obrigada. — Ela encolheu os ombros e afastou a minha mão.

Caramba, qual era o problema dela? *Está bem. Não vai ficar tirando conclusões.* Ela literalmente acabou de dizer que está emocionalmente acabada. A última coisa de que ela precisava era que eu ficasse tirando as minhas conclusões das coisas.

Eu forcei o meu sorriso característico e recorri à minha especialidade, a habilidade de fazer piada.

— Agora, só pra esclarecer, você ouviu a parte sobre o bacon em uma daquelas pizzas, certo?

— Bacon extra. Saquei.

Eu não tinha feito cardio suficiente para o bacon *extra*, mas com certeza não ia contrariá-la.

Depois de uma ducha rápida, fui até a garagem. Me preparei antes de retirar a capa bege do Porsche 911 vermelho-rubi de Rob. Fora a partida ocasional para evitar que a bateria acabasse, ninguém havia tocado no carro desde que Rob se foi.

Uma onda de nostalgia me acertou no estômago quando abri a porta.

Não precisava limpar muita coisa. Exceto pela fina camada de poeira no painel, o interior estava impecável — um carregador de iPhone abandonado era a única prova de que o carro já havia saído da concessionária. Comecei, então, virando as viseiras e abrindo o porta-luvas. Lá dentro, havia o de sempre: um pacote de chicletes, óculos de sol, notas fiscais e o comprovante do seguro, mas o que chamou a minha atenção foi um pequeno celular preto.

Imediatamente, peguei o celular e girei em meus dedos. O celular de Rob havia se perdido no incêndio, então presumi que fosse um telefone comercial ou um modelo mais antigo que ele havia substituído. De qualquer forma, Bree iria querer o celular, então o conectei ao carregador e continuei a limpeza sem pensar muito nisso.

O pequeno porta-malas no capô estava vazio e, depois de verificar embaixo dos assentos, limpar o console e sacudir os tapetes, terminei a limpeza.

Consegui sair daquele pequeno carro de palhaço e aí me lembrei do celular, então voltei para pegá-lo.

Foi aí que o tempo parou outra vez.

Com a bateria carregada, o telefone ligou, e as notificações de um número local de Atlanta apareceram na tela. Não havia nome ou foto do contato, mas, com base no conteúdo da mensagem, Rob estava mais do que familiarizado com a remetente.

Não paro de pensar no quanto você meteu fundo ontem à noite.

Mas.

Que.

Porra...

Eu me joguei no banco do motorista, deixando a porta aberta. Não mesmo. De jeito nenhum. Rob e eu éramos inseparáveis. Ele me contava tudo. Se ele estivesse pulando a cerca, eu saberia. No mínimo, eu saberia se ele estivesse infeliz.

Rolei para ver a próxima notificação.

O mesmo número de telefone, outra mensagem bombástica.

Seus lábios. Seu pescoço. Seu pau. Mal posso esperar pra sentir tudo de novo.

Com o coração na garganta, olhei para a porta da casa. A pizza chegaria em breve, e, se eu ia descobrir o que diabos tinha no telefone antes que Bree saísse procurando por mim, precisava ser rápido.

Com o queixo tenso, rolei para a próxima mensagem. Talvez o celular nem fosse de Rob.

Sr. Winters, promete que vai arranjar tempo em sua agenda lotada para trepar comigo hoje.

Merda. Essa teoria foi pro espaço.

— Mas que merda você tava fazendo? — Eu estava irado com o melhor amigo morto. Quando as notificações acabaram, digitei o que esperava ser o código para desbloquear o celular.

A caixinha na tela sacudiu em rejeição.

Em rápida sucessão, tentei a data do aniversário de Bree, o código do sistema de alarme e o aniversário das crianças e, pouco antes de ficar bloqueado por sessenta segundos, tentei uma combinação dos três.

Nada deu certo.

Certo. Claro. Se ele tinha uma amante, provavelmente não usaria uma senha que a esposa pudesse adivinhar. Não que eu fosse expert no assunto. A senha do meu celular era 1-1-1-1.

Respirei fundo, mas não consegui diminuir a pressão nos meus ouvidos. Tinha que haver uma explicação. Minha mente girou em um milhão de direções diferentes. Quem, o quê, quando, onde e, porra, por quê, tudo permaneceu sem resposta. Luna havia bloqueado meu telefone várias vezes, por isso eu sabia que, se eu errasse meu próximo palpite, teria que esperar cinco minutos para tentar outra vez. Depois quinze, uma hora, e em algum momento, seria completamente desabilitado.

Infelizmente, a pizzaria Gino's não era tão devagar na entrega. No máximo, eu tinha duas chances antes que Bree viesse me procurar. E depois?

Eu contaria a ela sobre as notificações? Daria para vê-las de novo sem a senha? Aquelas mensagens a deixariam arrasada. Bree mal estava sobrevivendo a este fim de semana. Eu queria mesmo despejar essa merda toda em cima dela sem saber de todos os fatos?

Se Rob ainda estivesse vivo, eu teria ido direto confrontá-lo. Teria exigido respostas. Nós éramos melhores amigos, ainda assim a maneira como ele vivia não era da minha conta. Mas fala sério. Trair a esposa? A mãe dos filhos dele? Que merda...

Principalmente agora que a tal esposa era minha... bem, o que quer que Bree e eu fôssemos. Uma espécie de patroa? Amiga? Ah, quem eu queria enganar? Bree era da família. E isso não era algo que a gente escondesse da *família*.

Engoli em seco e vasculhei o cérebro. Quatro pontos apareceram na tela. Eu precisava de um número de quatro dígitos que Bree não adivinharia, mas Rob jamais esqueceria.

Meu joelho saltava em um ritmo de maratona e meus dedos pairavam sobre a tela, esperando incansavelmente que a contagem regressiva acabasse, o tempo todo com medo de uma tentativa errada.

Talvez eu não precisasse saber.

Talvez fosse melhor jogar o celular em uma lata de lixo.

Talvez os segredos de Rob devessem ir para o túmulo com ele. Ela não precisava saber.

Ela não...

— A pizza chegou — disse Asher, aproximando-se de repente, como um ninja no meio da noite.

Eu gaguejei, deixando o celular cair no colo.

— Caramba, Ash.

Ele abriu um sorriso grande e cheio de dentes, seu cabelo escuro roçava a testa.

— Ah! Assustei você?

— Hum. Assustou.

Prestando atenção em tudo — como é praxe para uma criança de seis anos —, ele olhou para baixo.

— Você comprou um celular novo?

— Não — eu disse abruptamente, áspero. Peguei o celular, o segredinho do pai dele, levantei e o enfiei no bolso de trás.

Asher saiu do meu caminho, mas persistiu no assunto.

— O celular é de quem?

— Ehh...

Eu parei, pegando a pequena pilha de coisas que tinha encontrado no porta-luvas e o balde com os produtos de limpeza. Ótimo. Agora eu tinha que mentir também. *Rob, seu idiota de merda.*

— É só um celular antigo que eu uso pra ouvir música. Vamos. Vamos comer.

Não dando mais a mínima para aquela porcaria de carro, eu usei meu calcanhar para chutar e fechar a porta.

Felizmente, Asher não falou do telefone durante o jantar. Nos sentamos todos à mesa, e as meninas estavam em suas cadeirinhas altas.

Bree conversou.

As crianças deram risada.

E eu olhei para o nada, aquela droga de celular queimando como um tijolo brilhante de carvão no meu bolso de trás enquanto números aleatórios choviam na minha cabeça.

Bree sentia que alguma coisa estava acontecendo, obviamente. Seu olhar me perfurou com uma suspeita tangível que fez os cabelos da minha nuca se arrepiarem. Era por isso que pessoas como eu não tinham um segundo celular ou amantes. Eu não era o traidor, mas ter a pele esfolada teria sido mais confortável do que suportar o peso do seu olhar minucioso por mais um segundo. Luna ainda estava mastigando o último pedaço de pizza quando eu a peguei no colo, dei um breve boa-noite a todos e me mandei para a casa da piscina.

Distraído, sem conseguir me concentrar, coloquei Luna na cama com dificuldade. Mas bendita seja a minha filha; ela já estava quase dormindo antes do final de *Boa noite, Luna.*

Me deixando sozinho.

Finalmente.

Com aquela porra de telefone.

— Está bem, está bem — eu cantei para mim mesmo enquanto andava de um lado para o outro na pequena sala de estar.

Muito antes de eu me mudar, Bree havia decorado a casa da piscina com tema de praia. Móveis em tons de bege com detalhes em azul-petróleo estabeleciam o clima. Fotos em preto e branco de estrelas-do-mar e águas costeiras ornamentavam as paredes, e pedras azuis de diferentes tons no frontão da pia da cozinha davam o toque final à sensação moderna do oceano. Mas, naquele momento, enquanto eu olhava para o telefone misterioso de Rob na mesa de centro, era como se eu estivesse preso em águas infestadas de tubarões.

Eu ainda não conseguia acreditar que ele faria isso com Bree. Aquela mulher era a vida dele e, no último ano, em que pude conhecê-la de verdade, entendi completamente o porquê. Não fazia sentido ele ter um caso. Minha necessidade desesperada de entender crescia a cada minuto. Mas ficar andando de um lado para o outro não iria magicamente me ajudar a descobrir.

— Tudo bem — eu disse, abaixando para me sentar no sofá, de frente para o celular. O bloqueio seguinte durou apenas cinco minutos. Eu poderia fazer isso. Eu poderia fazer isso com certeza.

Rob sempre foi obcecado por carros. Não era a minha praia, mas eu o ouvi divagar o suficiente para saber que um Shelby 1969 era o carro dos seus sonhos.

1-9-6-9.

Negado.

Porra.

Os cinco minutos seguintes foram um furacão de passos ansiosos, reflexões e palavrões.

Talvez não fosse algum código tão elaborado. Se ele era estúpido o suficiente para ter um caso, talvez fosse estúpido o bastante para pensar que nem precisava de uma senha difícil. Respirando fundo, eu tentei a sequência mais genérica que pude pensar.

1-2-3-4.

Errado de novo.

Merda.

Derrotado, me preparei para meus quinze minutos de purgatório.

Devia haver dezenas de milhares de combinações diferentes, mas apenas uma desbloquearia o celular, e eu estava ficando sem tentativas. Ele era meu melhor amigo; não deveria ser tão difícil. Pelo amor de Deus, eu passei três meses morando em uma minivan com ele, e nesse tempo nós dividimos cheeseburgers de noventa e nove centavos no jantar e nos revezamos montando guarda quando um de nós precisava mijar no meio da noite.

Quando eu disse que conhecia Rob Winters, quis dizer que o *conhecia de verdade*. O maior trabalho da minha vida tinha o nome dessa...

Meu corpo virou pedra. Nós passamos um verão inteiro catando moeda e trocando roupas limpas, mas não importa quantas vezes nós nos acabássemos de tanto rir contando essas histórias, a van Aerostar sempre foi o nosso ponto de partida.

Havia uma razão para o nome do meu álbum não ser *Solstice in the '07*. Nós nos divertimos muito tocando em bares novos, conhecendo mulheres, bebendo até enjoar com qualquer bebida que o barman surrupiava em nossa direção quando ninguém estava olhando. Mas foi o vínculo que criamos dentro da van que mudou nossa vida.

Rob me contou tudo sobre seus medos de nunca corresponder às expectativas dos outros em relação a ele. E eu contei a ele sobre como fui criado por uma narcisista que estava muito ocupada com a própria vida para lembrar que eu existia. Nós confidenciamos um ao outro todas as merdas pelas quais dois jovens de 21 anos nunca deveriam ter passado. E recostados naquelas poltronas, olhando para o pano caído no telhado, prometemos ser amigos e sempre ter consideração um pelo outro.

Mil novecentos e noventa e dois. Não era um lugar no tempo. Era um endereço onde dois garotos destroçados juraram se tornar homens melhores do que a realidade em que nasceram.

Prendendo a respiração, eu digitei os números 1-9-9-2.

Uma onda de adrenalina me atingiu como um tsunami quando a tela de repente desbloqueou.

Me levantei em um pulo, com a vitória cantando nas veias. Por um instante, fiquei tão orgulhoso de mim mesmo que esqueci a traição de Rob e por que tinha decidido investigar o celular.

A tela inicial era padrão, e os aplicativos de fábrica estavam cuidadosamente armazenados em pastas. O único ícone na barra inferior era o de Mensagens, e isso me trouxe de volta à realidade. Não havia como retroceder, mas Bree merecia saber.

Eu poderia contar a ela com cuidado. E iria apoiá-la. Lembrá-la de que Rob sempre a amou, independentemente das escolhas estúpidas que ele fez. Dessa vez, eu seria o ponto forte e daria a ela espaço e tempo necessários para sofrer tudo de novo.

Mas isso seria completamente diferente do que aconteceu treze meses atrás. Esqueça o sal — isso seria ácido na ferida. E eu estaria lá para apoiá-la e, se Deus quisesse, poderia aplacar esse golpe pesado.

Comecei a explorar as mensagens e encontrei apenas uma conversa — a última mensagem datada do dia do incêndio. Rolei para cima, meu estômago revirava enquanto eu lia a conversa deles. De encontros espontâneos à tarde em um hotel a encontros semanais nas noites de terça--feira, fosse lá onde fosse esse "nosso lugar de sempre". Esse caso não era uma coisa nova ou um evento pontual para Rob. Com palavras de afeto às três da manhã e incontáveis "saudade" de ambos os lados, a amargura subiu pela minha garganta enquanto semanas após semanas de traição rolavam pela tela.

No meio da tragédia, é estranho as coisas que você lembra.

Eu me lembrava de estar na casa de hóspedes — a casa de hóspedes de Rob.

Me lembrava do peso nauseante no estômago enquanto tentava decifrar como poderia fazer algo que destruiria uma mulher que no último ano tinha passado a significar tanto para mim.

Mas cravado na alma, por todos os meus dias, estaria o momento que mudou minha vida: quando uma foto da minha esposa nua apareceu na tela.

Onze

BREE

Depois de levar as crianças pra cama, eu desci para limpar a cozinha. A pizza de bacon estava praticamente intocada. Havia uma fatia pela metade no prato de Eason, e vê-la ali me fez ser consumida pela culpa. Eu não deveria tê-lo deixado limpar o carro de Rob. Arrumar a casa naquele fim de semana tinha sido emocionalmente desgastante, e Eason foi realmente incrível.

Eu não sabia como ele conseguia fazer isso, mas Eason sempre estava presente quando eu precisava dele, e sabia me dar espaço quando eu precisava. Ele se preocupava comigo, então, é claro, em alguns momentos ele ficava na minha cola por muito tempo. Mas fazia parte da essência de Eason, então eu não reclamava — tanto assim.

Às vezes, mergulhada na dor, eu esquecia como Eason e Rob eram próximos. Não era de admirar que ele tivesse ficado tão quieto no jantar. Limpar o carro de Rob — o capítulo final na vida de seu melhor amigo — não deve ter sido uma tarefa fácil. Mas ele tinha insistido em ajudar mesmo assim.

E, depois de agir como uma completa tarada e cobiçar na caradura o peitoral dele, eu deixei.

Que legal, Bree. Excelente maneira de comunicar sua gratidão.

Ainda de ressaca da noite anterior, quando tentei afogar as mágoas em uma garrafa de Chardonnay, peguei uma água com gás para mim e uma cerveja para Eason, e então esquentei dois pedaços de pizza com a esperança de conseguir coagi-lo a comer.

Ao longo da semana, o sonho com Eason passando as mãos em mim ficou na minha cabeça. Devo ter tomado uns cinco banhos frios e recebi uma entrega expressa com o vibrador recomendado por Jillian, que não cumpriu o que ela tinha prometido, porque não me fez esquecer nem um pouco de Eason.

Mas, deixando de lado essa parte constrangedora, fazia tempo que eu tinha me viciado nas nossas conversas noturnas. Não importava quanto elas fossem difíceis. Só a visão dele sentado ali fora, seu cabelo loiro bagunçado jogado para o lado, com a cerveja na mão e os pés apoiados na cadeira, acalmava a tempestade constante dentro de mim. Eu não tinha certeza de que fazia o mesmo efeito sobre ele, mas, se ele não tivesse um show, nunca perdia uma das nossas noites.

A julgar pela maneira como ele saiu correndo de casa naquela noite, ele podia demorar a chegar. Talvez estivesse organizando os pensamentos. E engessando no rosto aquele sorriso falso que eu aprendi a odiar.

Mas ele estaria lá.

E, por Eason, eu esperaria.

Sentada no meu canto do sofá, eu olhei para o céu noturno com uma sensação de contentamento girando no peito. O fim de semana tinha sido penoso, mas finalmente senti que estava dando os primeiros passos no caminho tortuoso da superação. Todos os dias, eu via Rob no rosto dos meus filhos. Por isso, ele sempre faria parte da minha vida. Mas não me sentia mais presa em uma espiral de tristeza. Arrumar o armário e doar as coisas de Rob não era o mesmo que apagá-lo de nossa vida. Mas viver como se ele fosse chegar em casa a qualquer momento não fazia bem a mim ou às crianças.

Eu observei a minha aliança e o meu anel de noivado, os diamantes brilhavam sob as luzes da piscina. Eu ainda não estava pronta para guardá-los no cofre. E tudo bem. Era um processo. Eu saberia quando fosse a hora certa.

Mas, quando Eason saiu da casa da piscina com cara de quem poderia matar alguém, eu estava prestes a descobrir que o momento certo tinha sido antes mesmo de Rob morrer.

— Você sabia? — ele disparou com rispidez, a metros de distância. Sua voz ecoou pela casa.

Eu joguei a cabeça para trás e a confusão me atingiu como um tapa.

— Eu sabia o quê?

Ele parou na minha frente, seu corpo alto e musculoso tremia de raiva.

— Que seu marido tava trepando com a minha esposa!

Eu soltei uma risada irônica; a mera ideia disso era tão ridícula que chegava a ser quase engraçada.

— Do que você tá falando?

Ele levantou um celular até o meu campo de visão, revelando uma foto de Jessica sorrindo para um espelho, um braço apoiando seus seios nus, a outra mão emaranhada no topo da cabeça, segurando o cabelo.

Estendi a palma da mão para bloquear a imagem.

— Credo, Eason. Por que você tá me mostrando isso?

— Porque ela mandou pro Rob! — Eason disse, furioso, com os dentes cerrados. Ele deslizou a tela com o dedo, e dezenas de balões de mensagens azuis e cinza rolaram tão rápido que me deixaram zonza.

Mas, como uma roleta direto de *Além da Imaginação*, a tela parou em uma foto de Rob. Com base na fronha azul-petróleo e branca, ele estava na nossa cama. Sem camisa, com lençol cobrindo os quadris, ele virava o rosto da câmera. Eu quase podia ouvir sua risada robusta. Mas o que tirou o fôlego de meus pulmões foi Jessica, agarrada nele, com os seios nus pressionados nele e um ofuscante sorriso para a câmera.

— Onde você achou isso? — sibilei, me levantando.

— No carro dele — Eason retrucou, seu peito arfava enquanto ele olhava para mim com olhos tão frios e distantes que eu mal o reconheci.

Respirei fundo com dificuldade e, como se o oxigênio tivesse se tornado venenoso, queimou as minhas entranhas até o fim.

Não era possível.

Não havia possibilidade de a imagem ser real.

Mas também não havia como negar.

— Isso é alguma piada de mau gosto? Porque vou ser sincera, Eason. É uma sacanagem.

Uma lágrima escapou no canto do meu olho.

Como se uma luz tivesse sido ligada, seu rosto imediatamente se suavizou.

— Quem dera — ele resmungou, me entregando o celular. Percebi que ele começou a andar de um lado para o outro, com base no som de seus passos. Não dava para ter certeza; eu estava muito focada no universo alternativo na palma da minha mão.

Os números na tela do celular não eram de nenhum dos dois, mas havia tantas fotos que era fácil descobrir quem era quem.

Jessica: Eu disse a Eason que estava indo ao supermercado. Você acha que pode sair pra almoçar cedo?

Rob: Você é meu almoço favorito. Só me diga onde.

— Eu não entendo — eu disse, engasgando, a dor da faca da traição que estava firmemente alojada entre as minhas omoplatas irradiava.

— O que tem para entender? — Eason retrucou, pondo as mãos nos quadris. — Eles tavam trepando pelas nossas costas.

— Não. — Balançando a cabeça como se pudesse apagar as imagens gravadas em minha mente, eu afirmei: — Ele não faria isso comigo. *Ela* não faria isso comigo.

— Pois é, bem, eles fizeram isso comigo, Bree. — Ele estendeu a mão e tirou o telefone da minha mão. — Quer ver uma coisa engraçada?

Não havia absolutamente nada engraçado que ele iria me mostrar, então eu me preparei para o impacto quando ele passou o dedo pela tela, procurando Deus sabe o quê.

Ele se esgueirou ao meu lado, colocando o telefone entre nós.

— Lembra quando eu a levei a Savannah para o nosso aniversário de casamento?

Ele pôs o celular em um ângulo para que ambos pudéssemos ver a foto na tela. Jessica estava mandando um beijo para a câmera, a alça de um sutiã preto de renda transparente caindo de seu ombro.

— Este é o banheiro do hotel da nossa viagem de aniversário. — Ele apontou para o canto inferior da imagem, onde apareciam dois espelhos refletidos um no outro que mostravam o resto do quarto do hotel. — Esse sou eu. Dormindo na cama. — Ele apontou para o sutiã dela. — E essa é a lingerie que eu comprei pra ela, mas ela me disse que estava muito cansada pra transar, então nem ia vestir.

Meu estômago azedou e minha boca secou. O aniversário de casamento deles? Isso foi meses antes do incêndio.

— Há quanto tempo isso estava acontecendo?

— Pelo menos três meses, mas eles já conversavam antes disso. A primeira mensagem do celular é sobre ele ter um novo número seguro.

Eles se encontravam para almoçar e à tarde, quando eu levava a Luna pra passear. Aquela aula de dança que ela começou a fazer à noite? — Ele riu sem humor, e a dor estava esculpida em seu belo rosto. — É, era uma lorota pra que eles pudessem se encontrar no *Four Seasons*. O Rob tinha uma reserva permanente todas as terças e quintas.

Pisquei várias vezes, tentando compreender o que parecia absurdo. Eu sempre soube que Rob e Jessica eram amigáveis um com o outro. Ele já havia me mostrado memes que ela tinha mandado por mensagem sobre viciados em trabalho, e eles costumavam se reunir para planejar meu aniversário ou comprar meus presentes de Natal. Mas ter um caso?

— Por quê? Quer dizer... mas que merda, Eason!

— Não tenho ideia — ele retrucou. — Só sei que, por três meses, meu melhor amigo me deu conselhos sobre a crise no meu casamento e, pelas minhas costas, dizia à minha esposa que a amava.

E com isso a adaga nas minhas costas atravessou meu coração. Com as pernas instáveis, eu tropecei. Minhas panturrilhas bateram no sofá e me forçaram a sentar.

— Ele a *amava*?

Eason soltou um grunhido alto.

— Tenho que sair daqui. Não posso passar a noite aqui.

Minha cabeça se ergueu e uma onda de ansiedade que não tinha nada a ver com meu marido traidor caiu sobre mim.

— Pra onde você vai?

— Pra qualquer lugar. — Ele jogou as mãos para os lados. — Ficar aqui, na casa dele, no quintal dele... Não posso dormir em uma cama debaixo do teto dele, me perguntando se ele já transou com minha esposa nela. — Ele se inclinou para pegar o celular, mas eu o tirei de alcance.

— Não, eu quero ver tudo.

— Você não precisa ler essa merda, Bree. Acredite em mim. Você sabe o bastante.

Mas ele estava errado.

— Não. Você pode ir, tire um tempo pra você, faça o que for preciso. Mas eu preciso saber cada palavra de trás pra frente, ler diversas vezes, até que algo finalmente me faça entender como eles puderam fazer isso comigo — com *nós dois*.

Ele estalou o queixo.

— Não vai fazer doer menos.

— Pois é, bem, tirar umas férias também não, mas eu não vou tentar impedir você.

Ele olhou para mim por um longo momento, mas, por fim, deixou os ombros caírem.

— A senha é mil novecentos e noventa e dois.

Ai meu Deus. Sério mesmo, Rob?

Incapaz de esconder, empalideci.

— É — Eason bufou. — Acho que aquela van não era a única coisa que ele e eu dividíamos.

Ele baixou a cabeça enquanto se afastava e então acrescentou: — Eu aviso onde a gente for ficar.

Eu assenti, mas o meu coração, que já estava partido, se despedaçou quando eu o vi ir embora. Era como no meu sonho. Ele estava indo embora, e eu não tinha como impedi-lo.

Eu não ia conseguir dormir naquela noite. A primeira coisa que fiz foi desfazer a minha cama, enfiar os lençóis e cobertores em um saco de lixo e jogá-los pela janela. Foi um pouco dramático, porque eu poderia apenas carregá-los para as latas de lixo, mas foi muito terapêutico bater o punho no lado vazio dele da cama. Pensei em jogar fora minha aliança e meu anel de noivado também, mas meus filhos um dia poderiam querer essas coisas, então os guardei no cofre, jogando com força suficiente para que se quebrassem — assim como os nossos votos.

Logo que me acomodei no quarto de hóspedes, li cada mensagem de texto pelo menos uma dúzia de vezes. Como uma masoquista, ampliei cada foto, memorizei cada detalhe. Quando meu material acabou, liguei para o chefe de TI da Prisma às cinco da manhã e solicitei o registro de todas as mensagens de texto ou ligações que Rob fizera do celular de trabalho. Fiz o mesmo com a nossa operadora de celular pessoal assim que iniciou o horário de atendimento, mas minha busca não terminou aí.

Depois que perdemos Rob, usei um backup antigo da nuvem para baixar os arquivos de seu celular pessoal para não perdermos todas as fotos que ele tirara ao longo dos anos. Passei muitas noites angustiantes olhando suas fotos e sonhando com o passado. Jessica nunca aparecia nua nas fotos, mas encontrá-la no rolo de câmera não era incomum. Na época, eu não tinha pensado muito nisso. Muitas vezes fazíamos Rob ou Eason tirar fotos quando nós quatro estávamos juntos. No entanto, agora, sem a venda nos olhos, eu tinha um grande dia de escrutínio pela frente.

Era segunda-feira de manhã e, assim que as crianças acordaram, perguntaram sobre Eason e Luna. Eu não tinha muito a dizer a elas. Ele me mandou uma mensagem com um endereço em algum lugar no Tennessee pouco depois da meia-noite, mas não deu detalhes sobre quando voltariam. Doeu — muito. Eason e eu já estávamos acostumados com baques emocionais, mas desta vez ele queria lidar com isso sozinho.

Eu, por outro lado, queria que ele entrasse pela porta da cozinha com um sorriso no rosto, Luna no colo, e me dissesse que tudo ia ficar bem. Porque, de alguma forma, tudo estava bem quando eu estava com Eason. E sim, eu sabia exatamente como parecia incrivelmente egoísta, mas isso não mudava o fato de que já sentia muita falta dele.

Eu liguei para o trabalho para avisar que não iria ao escritório por alguns dias. Com a auditoria da Receita em pleno andamento e a Prisma se preparando para a nova linha de outono, não era uma boa hora para eu tirar dias de folga. Por outro lado, havia um momento conveniente para descobrir que seu marido morto estava apaixonado por sua melhor amiga morta?

Desesperada por uma fuga, levei as crianças ao parque, depois para tomar sorvete e, por fim, ao shopping para andar no carrossel. Eu estava absolutamente exausta, mas ficar com meus filhos era a única coisa que aliviava a minha alma estilhaçada. A casa estava terrivelmente silenciosa quando nós voltamos. Nenhuma das risadinhas exaltadas de Luna ou das gargalhadas contagiantes de Eason.

Ele não estava lá para me perguntar sobre o meu dia. Independente da minha resposta, seu sorriso largo fazia com que eu soubesse que o dia ia melhorar.

Ele não estava lá para ficar sentado comigo lá fora e falar besteira sobre nada, contando histórias animadas que faziam a vida parecer mais leve.

Para ser sincera, ele nem precisava falar. O simples fato de saber que Eason estava lá, na casa da piscina, trabalhando em sua música, me dava uma sensação de conforto que nunca esperava encontrar novamente.

Era doloroso para mim, mas era muito pior saber que Eason sofria, e isso só me fez odiar Rob e Jessica ainda mais.

Totalmente incapaz de manter minhas pálpebras abertas por mais tempo, depois que as crianças foram para a cama, adormeci, mas em poucas horas eu estava acordada. Cobri o chão do quarto com fileiras e mais fileiras das mensagens de texto impressas. Foi um processo tedioso, combinar os horários, olhar minhas mensagens antigas para descobrir o que ele tinha me dito que estava fazendo enquanto estava com ela, depois voltar para ver se alguma foto foi tirada naqueles dias. Sobre o que Jessica e eu estávamos conversando enquanto eles estavam se encontrando pelas minhas costas? Eu estava montando mentalmente um quebra-cabeça para o qual eu só tinha metade das peças.

A pior parte era essa minha necessidade visceral de saber por que eles tinham feito isso, embora no fundo eu entendesse que nada disso importava. Saber o motivo não mudaria o que tinha acontecido. Não importava quantas mentiras eu descobrisse, meu coração continuaria partido.

Depois das revelações dos últimos dois dias, comecei a sentir que toda a nossa vida juntos e minha amizade com uma mulher que eu nunca pensei que pudesse me trair não passavam de uma ilusão cuidadosamente elaborada e habilmente executada, em que Eason e eu éramos manipulados com os joguinhos deles.

Quando perdemos Rob e Jessica naquele incêndio, muitos segredos se foram com eles. Alguns aparentemente só foram espalhados ao vento por um tempo. Independente disso, não pude deixar de sentir que, de alguma forma, ainda estávamos ardendo nas cinzas daquela noite, éramos um foco de incêndio a ser descoberto, cada vez mais reluzente, mesmo um ano depois da morte deles.

E quando virei a página para o próximo conjunto de mensagens, com as pálpebras quase tão pesadas quanto meu coração, as brasas da traição de repente se acenderam em uma conflagração que consumiria todos nós.

Doze

EASON

Mesmo antes de perder Jessica, ter o coração partido não era novidade para mim. Essa é a realidade da maioria dos compositores. Quando eu era mais jovem, uma namorada me traiu com um colega de trabalho. Outra me trocou pelo ex. Uma outra perdeu a linha totalmente e ligou para minha mãe para reclamar de que eu não comprava flores o suficiente para ela. Fazia parte da jornada, e aceitar o término nada mais era do que parte do processo.

Mas, no fim das contas, enfurecer-se com um fantasma era tão frustrante quanto os próprios términos.

Não dava para descontar a raiva em ninguém.

Não dava para discutir aos prantos até altas horas da madrugada.

Não dava para esclarecer mentiras. Nem apelar para alguém ficar. Não dava nem mesmo para sair batendo a porta, com aquela satisfação, com a cabeça erguida e a autoestima na sarjeta, mas sabendo que eu merecia algo melhor.

Pelas minhas costas, Jessica estava dormindo com o homem que eu considerava um irmão.

Eu não podia dirigir até a casa de Rob e bater em sua porta no meio da noite, exigindo respostas para perguntas que ninguém deveria fazer. Não dava para trocar insultos, não dava para socar alguém e não havia absolutamente nada que eu pudesse fazer para acalmar o furacão que se formava dentro de mim.

Então eu peguei minha filha e meu violão e saí no meio da noite. Eu odiei deixar Bree sozinha com a porra do celular, mas eu não podia ficar lá. As lembranças que nós quatro tínhamos produzido naquela casa antes do incêndio tinham sido reconfortantes. As tardes à beira da piscina rindo e bebendo. Os jantares improvisados que Bree e Jessica planejavam e Rob insistia em fazer na grelha. As inúmeras vezes em que Rob e eu assistimos a futebol, basquete ou qualquer outro esporte da temporada na tv de tela grande, enquanto nossas esposas jogavam conversa fora sobre todos os assuntos possíveis.

Agora, essas memórias estavam envenenadas pela dúvida. Manchadas por enganação e mentiras.

Ele fantasiava com Jessica enquanto ela andava de biquíni pela piscina? A mesma piscina que eu podia ver do meu quarto.

Aqueles jantares tinham sido apenas uma artimanha para que ela pudesse vê-lo e brincar de roçar os pés nos dele debaixo da mesa em que eu jantava todas as noites?

Enquanto os meus olhos estavam grudados no jogo, será que ele planejava um momento para ficar a sós com ela, talvez pressioná-la contra a parede do corredor pelo qual eu passava todos os dias?

Eu tinha que sair de lá, mesmo que isso significasse me afastar temporariamente de Bree também.

Eu precisava ficar na minha, em um lugar para pensar e processar tudo. Eu não conseguiria ter paz, mas isso eu já não tinha havia mais de um ano. Um tempinho a mais não faria muita diferença.

Reservei pela internet uma cabana ao norte de Gatlinburg com check-in sem horário fixo. Era uma pequena acomodação de dois quartos — perfeita para mim e para Luna — com uma vista deslumbrante das montanhas.

Eu não fazia ideia de quanto tempo ficaria. Reservei o lugar por uma semana, imaginando que preferia perder dinheiro e sair mais cedo a precisar ir embora antes de estar pronto para voltar.

No primeiro dia, Luna e eu exploramos a área. Era relativamente isolado, exceto por algumas cabanas ao longe, mas nós achamos uma mercearia a cerca de trinta minutos de distância e compramos salgadinhos, giz de cera e livros para colorir suficientes para manter Luna ocupada.

Nós fizemos caminhadas. Nos deitamos abraçados no sofá. Eu consegui até baixar a temperatura da banheira de hidromassagem para podermos usá-la como uma piscina. Mas, quando a noite chegou, sem as distrações da paternidade, a minha mente me assombrou.

Quando foi a primeira vez? O primeiro beijo? O primeiro toque? Quem começou? Quem queria mais?

Quando foi a última vez? A quinta-feira antes do incêndio? Ele tirou uma casquinha dela na cozinha quando eu estava montando o jogo? Será que ela ficava esperando que eu ficasse bêbado o suficiente para não ouvir os dois trepando no banheiro?

Como eu pude ser tão cego para não ter percebido?

Desde o dia em que descobri a música, escrever sempre foi a minha válvula de escape. Quando as coisas ficavam difíceis e tudo se tornava demais para suportar, eu me acomodava atrás do piano ou levava o violão para o colo, e o caos fluía das profundezas de dentro de mim, através dos meus dedos, para o mundo.

Quando a notícia do incêndio se espalhou por entre os meus contatos na indústria da música, um produtor com quem eu morria de vontade de trabalhar me ligou para oferecer suas condolências. Ele encerrou a ligação dizendo: "Essa infelicidade pode dar origem a um álbum incrível. Me ligue quando estiver pronto para começar a gravar". Eu quis atravessar o telefone e quebrar a porra do pescoço dele.

O que eu passei não foi uma separação corriqueira que inspirava baladas cheias de ressentimento. Eu perdi quase tudo. Eu não ia capitalizar a morte da minha esposa e do meu amigo. E, mesmo que eu quisesse, escrever significava reviver essas emoções, dissecá-las, reduzi-las a um nível basilar e depois juntá-las de uma forma brutal e sucinta, mas agradável aos ouvidos.

Nenhuma fama ou fortuna me faria querer reviver a noite do incêndio. Eu tinha apoio em Bree, conversava com um terapeuta, mas, ainda assim, nunca quis viver em um mundo onde uma pessoa qualquer em um lugar qualquer cantasse palavras como "Já volto".

De jeito nenhum.

Mas isso... Essa ferida. Essa dor. Essa traição cabal e absoluta. Eu precisava tirá-la de mim, despedaçá-la, remendá-la, e depois seguir com a minha vida.

Então, com o violão na mão, enquanto Luna dormia, eu comecei a trabalhar.

No dia seguinte, eu não estava menos furioso ou exausto, mas pelo menos tinha tirado algo da angústia. Era mais um fluxo de consciência em dó menor do que uma música de fato, mas terminaria bem — assim como, em algum momento, meu coração também.

Nas últimas quarenta e oito horas, dormir tinha ficado em último plano. Eu cochilava, pegava no sono algumas horas aqui ou ali, mas a realidade não permitia que minha mente ficasse em silêncio por muito tempo. Na hora da soneca de Luna, ela cochilou em meus braços no meio de seu desenho favorito e eu comecei a pensar que aquele podia ser o momento da soneca para nós dois.

— Não tô com xono — ela choramingou, já meio adormecida no meu ombro, com os braços apertados em volta do meu pescoço.

— Meu amor, você já tava dormindo — eu sussurrei, deitando Luna no berço portátil. — Papai te ama. Descansa um pouco.

— Nãããããão — ela disse lentamente, mas essa foi a última objeção antes de ela virar de barriga para baixo, enfiar o cobertor debaixo do braço e voltar a dormir.

Eu não tinha dado dois passos para fora do quarto quando ouvi uma batida suave na porta da frente.

— Bree? — eu disse quando nossos olhos se encontraram através do vidro.

Ela ergueu a mão em um aceno sem jeito, e, mesmo surpreso e fisicamente esgotado, não pude conter o sorriso que apareceu no meu rosto.

Corri para abrir a porta.

— Oi, o que você está fazendo aqui? Venha, entre.

Ela entrou e eu me inclinei para fora para observar o estacionamento.

— Cadê as crianças?

— Estão em casa. Com Evelyn. — Ela passou os olhos pela cabana. A porta da frente dava para a grande sala de estar com um quarto de cada lado e havia uma pequena cozinha no canto de trás.

— Eu tava esperando dar a hora da soneca da Luna. Ela tá dormindo?

— Tá, ela acabou de dormir. Você chegou na hora certa.

— Espero que seja ok eu ter vindo. Quer dizer... eu sei que as coisas entre nós tão...

— Bem — eu concluí por ela. Com um braço sobre seu ombro, eu a atraí para um abraço. O coque bagunçado no topo de sua cabeça fez cócegas no meu nariz, mas, caramba, era tão bom vê-la.

— Eu e você estamos bem, Bree. A merda que o Rob e a Jessica fizeram não é coisa nossa, tá?

Ela inclinou a cabeça para trás e, em qualquer outro dia, isso seria um indicativo para eu soltá-la. Ela teria sorrido, se afastado, e nós seríamos nada mais do que dois amigos que tinham acabado de se abraçar. Mas agora, depois de toda aquela merda e de passar aquele tempo sem vê-la, eu simplesmente não queria soltá-la.

Então não soltei.

E ela também não. Em vez disso, ela passou os braços em volta da minha cintura e olhou para mim com olhos cansados.

— Eu sei, mas você queria distância...

— Não de você. Apenas de... todo o resto. Eu precisava resolver algumas coisas e não podia fazer isso em casa.

— Como você está lidando com tudo isso?

Na merda total. Eu não tinha a menor ideia do que estava acontecendo, talvez porque o rugido constante em meus ouvidos de repente se calou, mas eu tinha estado no fundo do poço por tempo suficiente para saber que não deveria perder tempo questionando o que era bom ou poderia perdê-lo completamente.

— Melhor agora.

— Meu Deus — ela murmurou, deitando a testa no meu peito, escondendo o rosto.

Não era exatamente o que eu esperava ouvir. Embora eu também não soubesse o que deveria ter antecipado, e isso fez meu cérebro disparar como um hamster correndo na roda, finalmente pronto para trabalhar. Todas as engrenagens começaram a girar em conjunto. Eu estava tão feliz em vê-la que não tinha pensado no porquê de ela ter vindo de tão longe.

— Espera, por que você não trouxe as crianças?

Ela suspirou.

— Eason, precisamos conversar.

Essas três palavrinhas desabaram sobre mim como uma casa de tijolos. Nada de bom vem de alguém dizendo: "Precisamos conversar". Nunca vem antes de "Vamos sair para jantar" ou "A gente ganhou na loteria". *Precisamos conversar* era um código universal para *Vou dar uma bagunçada nas coisas*, e se o meu histórico fosse um indicador o universo usaria uma droga de liquidificador para bagunçar a minha vida.

Eu soltei Bree do abraço, dei um passo para trás, e a suspeita ecoava dentro de mim.

— Por quê? O que está acontecendo?

Seus olhos verdes brilhavam ao sol do meio-dia, que entrava pelas janelas da vidraça que ia do chão ao teto com vista para as montanhas.

— Encontrei uma coisa no celular do Rob que achei que você precisava ver.

O alívio me envolveu. *Graças a Deus*. Eu já tinha visto o que tinha no celular. Na pior das hipóteses, ela iria me dizer que eles estiveram juntos no meu aniversário ou algo igualmente repugnante.

— O que é?

— É só que eles estavam juntos há muito mais tempo do que você pensa.

— Tá bom — eu disse lentamente. — Eu meio que presumi isso quando vi a primeira mensagem sobre eles usarem um número diferente.

Seus lábios se estreitaram, e uma tristeza sufocante preencheu o ar.

— É, mas começou... há *muito mais* tempo. — Ela pegou a minha mão e a cobriu com as dela. — Vamos nos sentar, tá?

Se eu tivesse uma máquina do tempo, voltaria a esse momento. Eu teria rido e a abraçaria novamente. Diria a ela que nada disso importava. Que Rob e Jessica estavam no passado e era lá que deveriam ficar. Eu ofereceria uma cerveja a ela, insistiria para que nos sentássemos na varanda e depois ficaria apreciando sua beleza — e eu não falo das montanhas.

Mas eu não fiz nada disso e me arrependeria pelo resto da minha vida.

Eu perdi a paciência e puxei minha mão.

— O que tá acontecendo? Seja o que for, diz logo. Você tá me deixando nervoso.

Ela mordeu o lábio inferior e tentou protelar.

— Eason...

— Diz! — eu ordenei.

E então ela me deu o golpe mais devastador que eu poderia receber.

— Acho que a Luna pode ser filha do Rob.

Treze

BREE

— Mas que porra você tá falando? — ele esbravejou, e sua voz sacudiu as janelas.

Eu não queria contar desse jeito. Nas quatro horas que passei dirigindo até lá, considerei todas as maneiras possíveis de dar essa notícia, mas nenhuma delas teria sido menos devastadora. Não havia uma maneira gentil de acertar uma marreta no coração de Eason. Mas ele merecia saber a verdade.

Quando li aquelas mensagens, debati comigo mesma se deveria esperar e contar quando ele chegasse em casa. Mas, se Eason tinha ficado com tanto ódio de Rob que nem suportava estar no espaço onde ele vivera um dia depois de descobrir sobre a traição, ele poderia nunca mais querer voltar depois de saber a verdade. E eu não o teria culpado. A traição ardia como lava dentro de mim também.

Meu marido podia ter uma filha com outra mulher.

E essa mulher era um lobo em pele de cordeiro, que se passava por minha melhor amiga.

E, mais uma vez, eu tinha que compartilhar aquele sofrimento singular e profundo com um dos melhores homens que já conheci.

Sem saber mais como agir, a primeira coisa que fiz naquela manhã foi ligar para Evelyn e pedir que cuidasse das crianças. Então, fui até ele. Eason merecia ouvir isso de alguém que se importasse com ele, e quero dizer alguém que se preocupasse com ele *de verdade*. Não a mentirada de merda que Rob e Jessica nos fizerem engolir.

Eu estendi a mão. Precisava tocá-lo. Precisava que ele soubesse que eu estava lá, sofrendo junto com ele. Mas ele se afastou com um gesto.

— Isso não é possível — ele disse, furioso, com os músculos do pescoço distendidos.

Meu Deus, isso ia doer tanto.

— Eu não sei quando foi o início de tudo. Ainda não cheguei a essa parte nas mensagens. Mas, depois do nascimento da Luna, à noite, a Jessica enviou uma mensagem a ele dizendo que você tinha acabado de ir pra casa pegar algumas coisas pra ela e que ele deveria ir conhecer a filha dele.

Os olhos arregalados de Eason emanavam raiva, mas eu continuei falando, esperando pelo efeito Band-Aid.

— O Rob disse a ela pra não falar isso, que Luna ainda poderia ser sua filha. Ela ligou pra ele depois dessa mensagem, então não tenho ideia do que mais foi dito. — Eu peguei meu celular no bolso de trás. — E aí eu achei esta foto no celular pessoal dele. Ele está sorrindo, segurando a Luna no hospital.

Virei a tela para ele ver.

— Eu já tinha visto essa foto várias vezes, mas nunca me atentei pra ela. Tem várias fotos nossas visitando a Jessica no hospital. Assim como tem de vocês nos visitando quando a Madison nasceu. Mas olhe para o relógio. — Minha voz falhou, e as lágrimas que eu jurei que ele não veria brotaram nos cantos dos meus olhos.

Não se tratava de mim. Eu podia ficar com raiva. Podia me sentir magoada. Mas eu deveria, antes de tudo, garantir que ele estivesse bem. Porque, não importava a situação, ele teria feito o mesmo por mim.

— A gente visitou vocês na manhã seguinte. Lembro porque chegamos lá por volta das dez, depois que eu insisti em buscar café da manhã pra Jessica naquele restaurante de brunch que nós adorávamos. *Nós* não estávamos no hospital às seis e vinte e seis daquela noite ou em qualquer outra noite, mas pelo visto o Rob estava. Pra que ele se arriscasse a ir lá, ou a Jessica o convenceu ou o Rob deve ter pensado que havia uma chance de a Luna ser filha dele.

— Meu Deus — ele murmurou, e a esperança se esvaía de seu rosto com a cor. — Ah, porra. Porra, porra, porra. — Ele esfregou o centro do peito, cambaleou até uma das cadeiras de madeira que cercavam uma mesa de jantar rústica e se deixou desabar. — Ela me mandou pra casa pra pegar o travesseiro dela e várias outras coisas aleatórias que disse ter se esquecido de pôr na bolsa do hospital. Era uma lista enorme de coisas pra fazer, inclusive comprar coca-cola. Daquelas com gelo triturado, não as que tínhamos em casa. Levei uma eternidade pra achar tudo. E, quando voltei, o Rob estava lá. — Ele apoiou os cotovelos na mesa e enterrou o rosto nas mãos. — Não parecia estranho na hora. Por que não achei isso estranho?

— Porque você confiava nele. Confiava *nela*. — Eu me agachei ao lado dele e pus a mão em suas costas. — Eles enganaram a nós dois. Isso não tem a ver com você.

— Mas tem tudo a ver comigo! — Ele se levantou e cortou a mão no ar, apontando para uma porta fechada. — Ela é minha filha. Essa garotinha é toda a minha razão de viver, e você está me dizendo que ela pode nem ser minha filha? Já não era ruim o suficiente ele estar transando com a minha esposa, mas o filho da puta tinha que tirar minha bebê de mim também?

Estendendo o braço, ele empurrou as velas decorativas do centro da mesa. Elas caíram no chão com um estrondo, quebradas, assim como o homem na minha frente.

Eu me abaixei na frente dele.

— Para. Eason. Vamos. Pensa bem. Isso não importa.

— Como não importa? Ele tirou tudo de mim. Toda a porra da minha vida é uma mentira. Por favor, nossa, Bree, me diz como sentir que nada disso importa.

Olhei para ele com um sentimento de perda absoluta.

Era exatamente o que eu estava tentando fazer por dias, mesmo antes de saber sobre Luna, e ainda não tinha descoberto como parar de deixar um fantasma pisar no meu coração. Só uma pessoa me dava consolo. Provavelmente era inadequado, dada a situação, mas, enquanto seus olhos castanhos cor de caramelo perfuravam os meus, e aquela imensa dor esculpia seu rosto bonito, eu teria feito qualquer coisa para tirar a agonia dele.

Inclusive arriscar tudo.

Meu coração disparou quando levantei minha mão trêmula.

— Porque ele não importa mais, e você, sim.

Seu olhar se anuviou quando passei os dedos em volta de seu pescoço. Um único movimento deixou minhas intenções claras.

— O que você tá fazendo? — ele murmurou.

— O que eu deveria ter feito semanas atrás.

Seus olhos se iluminaram, mas ele não se mexeu.

— Eason — eu disse, arfando, e ele estava bem ali, a centímetros de distância, absorvendo o meu desejo enquanto eu implorava pelo dele.

A boca dele estava bem perto da minha, e ele investigava o meu rosto.

— Você é tudo que me resta, Bree. E que merda, você era dele também.

Quando ele se endireitou, coloquei a mão em seu peito.

— Não, eu não era. Você sabe disso tão bem quanto eu. Eu era uma porra de marionete no teatrinho dele e estava cansada de obedecer aos comandos dele.

Fiquei na ponta dos pés, farta não só de Rob Winters.

Eu estava farta de sofrer. Farta de comer o pão que o diabo amassou por um homem que nunca deu a mínima para mim. Mas, acima de tudo, eu estava farta de fingir que não queria Eason em níveis que não tinham nada a ver com as nossas tragédias compartilhadas.

Quando a boca dele encontrou a minha, e seus lábios se separaram e nossas línguas compartilharam a primeira dança, Eason deixou claro que estava farto também. Ele inclinou a cabeça e foi mais fundo, selando nossas bocas juntas, mas, melhor ainda, ele selou todo o resto. Ele tinha gosto de tudo e de nada enquanto, desesperadamente, buscávamos o controle que nenhum de nós estava disposto a ceder.

Eu enlacei seu pescoço, tentei me aproximar ao máximo dele. Como se estivéssemos compartilhando os mesmos pensamentos, ele segurou minha bunda, me levantando do chão. Minhas pernas rodearam seus quadris enquanto ele nos carregava para a frente. Minhas costas colidiram na parede com um baque alto.

Depois de toda a gritaria de Eason, os palavrões, as velas quebrando no chão — depois de tudo isso —, de alguma forma, foram as minhas costas batendo na parede que acordaram Luna.

— Papai! — Luna gritou.

Ele ergueu a cabeça, nós dois ofegávamos, mas a realidade acertou Eason com mais força.

— Meu Deus — ele disse, arfando, fechando os olhos e me colocando no chão.

— Tudo bem. Tá tudo bem — eu disse, emoldurando o rosto dele com as mãos. — Olha pra mim.

Ele balançou a cabeça, mas baixou para deitar a testa na minha.

— Isso não muda nada. Ouviu? Nem sabemos ao certo se o Rob engravidou a Jessica ou não. O que sabemos, não importa o que aconteceu, é que *você* é o pai dela. Ela te ama, e a biologia, seja lá o que for, nunca vai mudar isso. — Eu apontei para o coração dele. — A Luna é sua da única maneira que realmente importa, tá bem?

— É — ele respondeu, mas não pareceu convincente ou confiante.

Luna chamou por ele de novo e, como bom pai que era, Eason não a deixou esperando.

— Shh, filha, eu tô bem aqui — ele murmurou, abrindo a porta do quarto. — O papai te acordou?

Ela balbuciou algo que não consegui entender, mas Eason captou.

— Não, não precisa ter medo de nada. Vem aqui. Recebemos uma visita enquanto você estava dormindo.

Rapidamente, eu endireitei a minha camisa e passei as mãos no topo do cabelo para arrumar enquanto ele a trazia no colo para fora do quarto.

— Olha, é a tia Bree — ele disse a ela.

Eu peguei a mão dela e a levei aos meus lábios.

— Oi, Docinho.

Ela deitou a cabeça no ombro de Eason e olhou para mim, nem um pouco feliz por ter sido acordada pelos sons da minha pegação com o pai dela. Tudo bem, ela não sabia dessa parte, mas ainda estava com sono e irritada.

Alguma coisa em meu peito fez meus olhos desviarem de seu rostinho fofo e rechonchudo porque eu não queria ver. Eu não menti para Eason quando jurei que não importava de quem era o DNA que corria nas veias de Luna. Mas, assim como quando observei todas as fotos no celular de Rob, com um novo olhar e sabendo a verdade, pude ver alguns detalhes muito convincentes.

Ao longo dos anos, várias vezes nos perguntaram se Jessica e eu éramos irmãs. Nossos olhos eram diferentes; os dela eram azuis, e os meus, verdes, mas ambas tínhamos olhos claros. Nossa pele era clara, mas ficava bronzeada no verão. E nossos cabelos castanhos, embora alisados, eram naturalmente ondulados e volumosos.

Eu dei à luz antes dela, mas ambas estivemos grávidas das meninas ao mesmo tempo. Costumávamos brincar que elas provavelmente pareceriam gêmeas. Jessica obviamente tinha um pouco mais de informação do que eu, mas não havia como negar que Luna e Madison eram parecidas.

Fosse por causa das semelhanças entre suas mães ou pelo fato de compartilharem o mesmo pai, eu não fazia ideia. Mas, se algum dia descobriríamos a verdade, isso cabia a Eason.

— Você precisa voltar para as crianças? — ele perguntou, chamando minha atenção de volta para ele.

Limpei a garganta, rezando para que ele não pudesse ler os meus pensamentos.

— Eu posso voltar se você quiser um tempo sozinho.

— E se eu não quiser?

Eu sorri, com uma nuvem de borboletas voando no estômago.

— Então eu tô aqui para o que você precisar.

Ele abaixou a cabeça mostrando gratidão, abriu um sorriso de canto, que não alcançou os olhos, e ergueu a filha no ar.

— Tá bom, mal-humoradinha. Cochilo curto significa dormir cedo, mas antes disso a gente tem a tarde inteira pela frente. O que vamos fazer hoje, senhoritas?

Catorze

BREE

O dia estava sombrio, tanto nos ânimos quanto na paisagem. Uma neblina vespertina se instalou, e nós ficamos limitados à cabana — não que Eason estivesse disposto a fazer muito mais além de ficar no sofá e observar a filha.

Eles coloriram livros.

Ele a deixou escovar o cabelo dele.

Eles até jogaram um jogo animado chamado "Luna, cadê você?", no qual ela se sentava na frente dele, e ele fingia que não a via.

Eu tentei não atrapalhar, então fiquei arrumando a cabana e, depois, fui preparar sopa e queijo quente para o jantar. Mas, de vez em quando, eu sentia o olhar de Eason deslizar na minha direção. Nem precisava olhar para ele para minhas bochechas esquentarem ou meu estômago revirar.

Cacete. Eu o beijei mesmo? E pior ainda... Ele me beijou de volta?

Sinceramente, a hora não podia ser mais inadequada. Ele tinha acabado de descobrir que Luna podia não ser filha dele. É, Bree, você achou o momento apropriado para dar em cima do homem. Mas também não parecia algo errado. Nossas emoções estavam à flor da pele, e os pedaços do nosso coração partido estavam esmagados no chão sob os nossos pés e, como sempre, mesmo quando estávamos devastados e sem fôlego, éramos apenas Eason e eu, sobrevivendo da única maneira que sabíamos como: juntos.

Nós jantamos e fiquei impressionada que ele tivesse mesmo apetite.

Eu dei um banho em Luna e ele se sentou no chão ao lado dela, brincando com a mão na água, e o amor mais lindo que eu já vi brilhando em seus olhos.

Enquanto ele a colocava na cama, eu varri o chão já limpo, passei um pano nos balcões sem sujeira e reorganizei a geladeira, que não estava bagunçada. Infelizmente, eu tinha bastante prática em apoiar Eason no meio de uma reviravolta catastrófica, mas o beijo me deixou desnorteada. Agora havia barreiras e limites que nunca haviam existido. Um dia antes, um abraço seria apenas uma demonstração de apoio ou uma oferta de conforto.

Também era bem possível que eu estivesse interpretando demais o nosso beijo. Talvez fosse apenas um momento de fraqueza, o desejo desesperado de substituir a angústia por prazer.

Era diferente agora que eu sabia o gosto dele?

Um toque era mais do que um toque agora que eu sabia como era sentir aquelas mãos fortes na minha bunda?

Tinha sido uma coisa de momento?

Eu deveria me desculpar?

Ou beijá-lo de novo?

Me jogar nos braços dele?

Ou era melhor pegar as minhas chaves e...

— Tudo bem aí? — ele perguntou, aparecendo de repente enquanto saía do quarto de Luna, fechando a porta atrás de si sem fazer barulho.

— Ah, hum... tudo. Desculpe, eu estava viajando. — Guardei o prato que eu estava secando de volta no armário e joguei o pano de prato ao lado da pia. — Como foi lá? Ela dormiu?

Ele soltou um forte suspiro e passou a mão na nuca, e aquele antebraço tatuado era um espetáculo.

— Ela estava exausta, então relutou por um tempo, mas acho que finalmente apagou.

— Que bom.

— Mmm — ele cantarolou, e o cabelo loiro caiu no rosto quando ele olhou para os pés.

Senti um nó no estômago quando um silêncio constrangedor se instalou entre nós. Fazia quase uma década que eu não ficava com ninguém além de Rob, então eu não fazia ideia de qual era o protocolo adequado depois que você beijava seu melhor amigo no que possivelmente era o dia mais difícil da vida dele. E, além de simplesmente me dar água na boca parado ali, Eason não estava me dando nenhuma pista.

Mas talvez esse fosse o ponto mais revelador de todos. O constrangimento. O silêncio desconfortável. As inseguranças. Nós não éramos assim.

Eu sabia como agir entre *nós*.

Depois de caminhar descalça ao redor do balcão, eu parei na frente dele.

— Como você tá?

Ele jogou a cabeça para trás e abriu os olhos cansados.

— Tô cansado. Preciso cair na cama antes de desmaiar em pé.

— É, claro. Eu também dormiria por dias.

Ele assentiu e apertou o meu quadril antes de passar por mim para o quarto do outro lado da sala de estar.

Certo. Está bem, então talvez eu estivesse pensando besteira à toa — de novo. Não estávamos na oitava série. Os adultos podem se beijar sem que isso signifique alguma coisa. De manhã, nós provavelmente riríamos disso. Eu poderia até fazer uma piada sobre como os lábios dele eram absolutamente perfeitos...

Merda.

Mas era uma conversa para outro dia. Ele estava exausto. Isso era bom. O sono REM poderia fornecer uma infinidade de benefícios mentais e emocionais. Eu jamais negaria isso a ele — nem mesmo pelo meu desejo egoísta de sanidade.

Cruzei os braços sobre o peito e olhei ao redor da sala. O sofá parecia tão confortável quanto um monte de pedras, mas as almofadas podiam ser puxadas para trás, então, com sorte, aquilo seria um sofá-cama. Eason parou na porta, seu queixo encontrando seu ombro enquanto ele olhava para mim.

— Você vem?

— Desculpa, o quê?

— Para a cama. Você vem?

Eu fiquei olhando para ele e meu estômago revirou. A tolinha adolescente dentro de mim já estava correndo na direção dele. A Bree mais sábia e racional, que já estava surtando, ficou paralisada como uma estátua olhando para ele.

O que isso significava? Ele estava esperando que a gente dormisse na mesma cama? Mas dormir de verdade? Ou ele estava expressando o uso mais sugestivo do termo *dormir juntos*?

Quero dizer, sinceramente, isso não mudaria a minha resposta. Mas saber as intenções com clareza poderia me dar um alerta sobre como me preparar para a situação.

— Hum, sim?

Agora tão confuso quanto eu, ele virou o corpo todo para mim.

— Tá? Então, qual é o problema? Trouxe roupa pra dormir ou precisa de uma camiseta?

Eu espiei a minha mala, que ele insistira em pegar no carro mais cedo, e tentei me lembrar do que eu tinha levado. Sem saber o que o dia reservava para mim, eu tinha jogado algumas coisas na bolsa de viagem, mas nenhuma delas era adequada para dividir a cama com um homem pela primeira vez. Principalmente se o homem fosse *Eason Maxwell*.

Eu levei um pijama. Uma calça de flanela e um top combinando que eram quase tão atraentes quanto um saco de batata. E isso sem falar da roupa íntima confortável e do sutiã de cobertura total. *Formidável. A fantasia de todo homem.*

Pisquei de novo, sorrindo através do pânico.

— Uma camiseta seria ótimo.

— É pra já. — Ele desapareceu no quarto, e eu tirei um momento para praticar um pequeno exercício de respiração que gostava de chamar de hiperventilação.

Jesus, qual era o meu problema? Era Eason. O último homem na Terra perto de quem eu deveria estar nervosa. Mas esta não era uma das nossas noites na lareira. Ou pelo menos não para mim. Até onde eu sabia, ele estava lá pensando que isso não passava de uma noite casual em que dois amigos dormem no mesmo quarto.

Droga. A ideia de que o nosso beijo não significava nada para ele não deveria doer tanto quanto doeu.

Isso causou ainda mais hiperventilação, o que por sua vez me fez continuar parada na sala de estar e evitar o inevitável.

— Bree. — Ele enfiou a cabeça pelo batente da porta. — Vem. Você pode usar o banheiro primeiro.

Que ótimo. A gente ia dividir o banheiro também.

— Já vou.

Ficamos quietos a maior parte do tempo enquanto nos preparávamos para dormir. Ele passou a mão no meu quadril mais de uma vez enquanto cruzávamos um o caminho do outro no pequeno quarto, pois a maior parte do espaço era ocupada por uma cama king-size e duas mesas de cabeceira rústicas. O toque dele nunca era prolongado, e isso me deixou mais confusa ainda sobre o que "ir para a cama" significava na mente de Eason. Mas nunca fui de entrar em uma situação despreparada.

Passei uma quantidade de tempo ridícula no banheiro, me depilando e pinçando uns pelos solitários, escovando os dentes e arrumando meu cabelo de um jeito que esperava que fosse atraente sem o uso do secador de cabelo que eu não tinha levado. Passei maquiagem e depois tirei, não querendo demonstrar interesse demais. Sério, quem passa maquiagem antes de dormir? Além disso, Eason tinha me visto no meu pior, então eu não tinha certeza de que meus esforços valeriam a pena. Mas eles até que fizeram eu me sentir melhor.

Todos os meus problemas caíram por terra quando saí do banheiro e encontrei Eason dormindo profundamente em cima do edredom, sem camisa, vestindo uma calça de moletom, com as luzes ainda acesas e o celular no peito, as pernas cruzadas na altura dos tornozelos.

Fiquei quase tão aliviada quanto desapontada.

Ele não se mexeu quando eu o cobri com um cobertor e sorrateiramente peguei o celular e coloquei na mesa de cabeceira. O cabo de carregador estava lá, então eu o conectei e apaguei a luz do abajur.

A luz da lua iluminava o quarto. Mas a tela do celular de Eason brilhou mais forte. Eu não conseguia me lembrar da última vez que tinha avistado o celular dele. Ele deixava as crianças brincarem com o celular mesmo depois que eu avisara para não fazer isso. Ele achava hilário que, com menos de dois anos, Madison e Luna tirassem selfies engraçadas e geralmente sem querer. Asher também entrou na brincadeira e começou a usar o celular de Eason para fazer vídeos dos novos movimentos que aprendeu no caratê. Uma vez Eason me disse que sua parte favorita do dia era abrir a galeria de fotos para ver as surpresas que as crianças tinham deixado para ele.

Havia, provavelmente, um milhão de imagens hilárias e comoventes, mas naquele momento a tela inicial do celular de Eason era uma foto minha, sentada no chão, com Luna no colo e Madison ao meu lado. Eu estava rindo de boca aberta porque Asher se agarrou ao meu pescoço por trás. Fazia apenas uma semana, mais ou menos, e eu me lembrava bem daquele dia. Eu tinha acabado de derrotar Ash em um jogo da memória altamente competitivo e ele pulou em mim por trapacear. Eu não fazia ideia de que Eason havia tirado uma foto, muito menos que ele a usava como papel de parede.

Continuei olhando para o celular até que a luz diminuiu e depois se apagou.

Dominada pela emoção, eu cobri a boca com a mão. Era uma coisa tão simples. Mas, depois de tudo que passamos, aquela foto significava mais para mim do que ele jamais poderia imaginar. Eu passara os últimos dois dias vasculhando antigos registros telefônicos e fotos, entrando em um estado de obsessão por causa de um homem que prometeu me amar para o bem ou para o mal, mas destruiu nossa família vivendo, até a morte, uma vida de mentiras e traições. Enquanto isso, Eason passara o último ano cuidando de uma família que não era a dele — pelo menos não de sangue —, a ponto de manter uma foto nossa na parte mais significativa do celular — e eu tinha uma suspeita furtiva de que o mesmo acontecia em seu coração.

Como ele era tão incrível? E como eu não tinha percebido isso todos esses anos?

Ah, é, porque nós não éramos Rob e Jessica, procurando por algo novo e empolgante quando já tínhamos tudo. Que ridículo!

Eu não sabia o que era a coisa entre mim e Eason ou no que isso poderia se transformar, mas não queria olhar para trás e questionar se estávamos apenas tentando nos vingar deles pela maneira como nos destruíram.

Eu queria Eason, apesar de tudo.

Naquela tarde, enquanto estava segura nos braços dele, sentindo a boca dele na minha, me sentindo mais viva do que nunca, isso ficou bem claro para mim. Mas arriscar perdê-lo, arriscar perder o que nós tínhamos por um momento de paixão não era algo que eu pudesse fazer em sã consciência. Nossa vida estava tão interligada que o menor passo em falso poderia ser devastador para todos — inclusive para as crianças.

Olhei para ele e sorri, então segurei seu rosto. O coitado estava tão cansado que nem se mexeu.

— Nós vamos conseguir — eu sussurrei. — *Juntos.*

Quinze

EASON

Tudo estava em silêncio quando despertei de um sono profundo extremamente necessário. Por um tempo considerável, eu não fazia ideia de onde estava ou até mesmo do mês em que estávamos. Mas, quando a exaustão abandonou meu cérebro, tudo voltou à tona.

O celular.

A traição.

Luna. *Meu Deus, Luna.*

E, quando estendi o braço para o lado, uma pele macia esbarrou nos meus dedos.

Bree.

Um sorriso surgiu em meus lábios quando olhei para ela de relance. Bree estava dormindo profundamente de lado, virada para mim, seu cabelo castanho caía em cascata no travesseiro. Ainda estava escuro lá fora, então eu não conseguia ver muito bem, mas não precisava de luz para perceber que ela estava muito longe de mim. Depois daquele beijo, ela poderia estar em cima de mim e ainda não estaria perto o suficiente.

Cacete. *Aquele beijo.*

Bree sempre foi sexy; eu não deixava de reparar só porque ela era minha amiga. Eu notava a bunda dela toda vez que ela voltava de uma corrida usando um short colado. Quando ela sentia frio à noite na lareira, e a blusa não escondia os mamilos duros. E nem vamos falar sobre as saias e os saltos que ela usava para trabalhar. Muitas vezes eu sentia ódio de todos os homens na Prisma porque eles podiam olhar para ela o dia todo. Tudo o que conseguia era vê-la momentos antes do trabalho e, se eu tivesse muita sorte, enquanto ela subia as escadas para se trocar quando chegasse em casa.

Mas eu não sentia só desejo físico por Bree. Eu me sentia atraído por ela de maneiras que nunca havia experimentado antes. *Por qualquer pessoa.* Ela era feroz, confiante e equilibrada a ponto de poder comandar o mundo inteiro se quisesse. Ela certamente tinha um jeito de me manter na linha. No entanto, devo confessar que eu adorava ver aquela cara linda irritada de vez em quando.

Ela era atenciosa quando ninguém estava observando e negava se alguém notasse.

Seus olhos verdes eram lindos, principalmente quando ela olhava para os filhos, duas das crianças mais sortudas que já conheci.

Bree também era naturalmente acolhedora e cuidava de todos, nunca esperando nada em troca.

No final das contas, eu nunca me permitia investir nesses sentimentos por Bree porque ela não me pertencia. Ela tinha sido de Rob, e ele ter morrido não mudava isso.

Mas sabe o que mudava isso? Rob ser um filho da puta que cruzou todos os limites possíveis.

Agora valia tudo.

Código masculino ou o que for. Nada disso importava.

Bree não era mais zona proibida, e naquele dia, quando ela ficou na ponta dos pés, com os lábios na direção da minha boca, declarando que ela nunca tinha sido dele, deixei de dizer a mim mesmo que eu nunca poderia ter essa mulher.

Fodam-se eles. Bree era minha. Minha amiga, minha família e, se eu pudesse, ela seria meu tudo.

Me aproximei dela e a enlacei pela cintura, puxando-a para me encontrar no centro da cama.

— Eason? — ela murmurou, com uma voz tão suave e sensual que fez meu pau se mexer. Ou talvez fosse porque ela finalmente estava na cama comigo.

— Sim. Sou só eu. — Eu a puxei ainda mais perto de mim e lhe dei um beijo muito breve. — Eu não queria ter dormido. Eu queria muito ter visto você na minha camiseta. — Eu sorri na boca dela, acariciando as suas coxas, o tecido da blusa se acumulando na curva de seu quadril. — Mas acho que ver você sem ela pode ser melhor.

Ela respirou fundo.

— Eason, espera. A gente precisa conversar.

E lá estavam elas de novo, as quatro palavras de que eu menos gostava na nossa língua.

— Estou cansado de falar — resmunguei.

Ela segurou a minha mão em seu quadril e apertou meu pulso.

— Tudo bem, mas não quero ser como Rob e Jessica.

Todo o meu corpo enrijeceu e meu peito ficou apertado, sentindo mais um rompante iminente da dor devastadora do luto.

— Mas que merda, Bree? — Eu rolei para o lado, mas ela veio atrás de mim, passando a perna nos meus quadris para me manter perto dela.

Ela se apoiou no cotovelo, com o queixo no meu peito, e arrastando o dedo para a frente e para trás na minha clavícula.

— Para. Eu não quis dizer isso.

— Então, que tal você encontrar uma maneira de falar sem trazer os dois pra cama com a gente?

— Você não percebe? Eles já estão aqui. Por causa das crianças, eles sempre vão estar aqui.

Eu ergui uma sobrancelha incrédula.

— Você escondeu Ash e Mads aqui?

Ela levantou a cabeça para olhar para mim.

— O quê?

— Perguntei se você escondeu o Asher e a Madison debaixo das cobertas aí, porque eu não escondi a Luna aqui, e isso significa que, neste exato momento, não há crianças nesta cama. E com certeza Rob e Jessica não estão aqui.

Ela abriu a boca para argumentar, mas não lhe dei tempo para misturar as coisas.

— Não somos nada como eles. Entendeu? Essa coisa entre nós, seja lá o que for, não tem nada a ver com eles. Eu não sou casado. Nem você. Não estamos traindo as pessoas e destruindo vidas. Eles não podem estar nesta cama conosco.

Ela ficou quieta por um longo instante. A lua iluminava um lado do seu rosto, mas as sombras tornavam sua expressão indecifrável.

— Eu vi a foto no seu celular.

— Que foto?

Apesar do meu tom defensivo, a voz dela estava equilibrada e comedida.

— Aquela minha com as crianças que você tem na tela inicial.

— Sim, e? — Aquela foto valia mais para mim do que ouro e as pessoas nela eram inestimáveis.

— Ela me fez perceber quanto a gente tem a perder.

Eu torci meus lábios e olhei para ela, completamente perplexo.

— Se foi essa conclusão que você tirou daquela foto, então a gente tem mais problemas do que eu imaginava. — Às apalpadelas, eu levei a mão à mesa de cabeceira para encontrar meu celular. Com um toque na tela, a luz acendeu, e o lindo sorriso de Bree iluminou a tela inicial. — Eu achei esta foto assim que cheguei aqui. Quando comprei o celular, coloquei uma foto de Jessica e Luna como pano de fundo, mas não aguentei olhar para ela depois de ler as mensagens dela com o Rob. Eu estava procurando uma foto da Luna na piscina de algumas semanas atrás, mas essa me chamou atenção. Passamos por um inferno no ano passado. E isso sem falar no desastre que descobri hoje. Houve tantas noites em que tudo doía e eu não tinha certeza de que conseguiria respirar novamente. Mas você tava lá comigo a todo momento.

Toquei na tela novamente quando ela começou a escurecer.

— Esta foto, Bree. Não é o que temos a perder. É o que eu já consegui.

— Ai, Eason — ela sussurrou, subindo a mão para segurar o meu rosto.

Eu me virei e beijei sua mão. Depois entrelacei nossos dedos e os posicionei no meu peito.

— Olha, eu sei que isso vai complicar muito as coisas. Mas estar com você é a única coisa que parece certa na minha vida. Vou ser bem sincero: eu tô bravo com eles. Tô ferido. Envergonhado. E eu não posso nem pensar na agonia que vai ser nas próximas semanas enquanto resolvemos essa coisa toda com a Luna. Mas há duas coisas das quais tenho certeza: eu quero você, Bree, e não vou esperar nem mais um segundo para te beijar.

Em um movimento rápido, eu rolei para cima dela.

Afastando as mechas de cabelo de seu rosto, acrescentei:

— Mal posso esperar pra te beijar da cabeça aos pés, pra te satisfazer e ter certeza de que fui eu que te deixei assim.

Ela ficou sem fôlego quando eu acariciei seu lábio com a ponta do meu polegar e seus cílios grossos vibraram.

— Mas, primeiro, preciso ouvir você dizer. — Beijei sua têmpora, sua bochecha, seu queixo.

— Eason, apenas me diga o que você quer ouvir. — Ela fez uma pausa e o gemido mais sexy vibrou através dela na minha boca. — Eu digo o que for.

— Não é assim que funciona, Docinho.

Ela franziu a testa por um momento, e logo voltou o foco para nós, e seus lindos olhos verdes procuraram os meus.

— Desculpe. Docinho?

Tinha sido espontâneo, mas agora eu estava convencido de que o apelido combinava ainda mais com ela.

— Você é um doce.

Uma sonora risada surgiu do fundo de seu peito.

— Nem vem, Eason. Não existe ninguém no mundo que me descreveria como doce.

— Que bom — eu respondi prontamente. — Então você pode guardar toda a sua doçura para mim.

Ela suavizou a expressão e ergueu o queixo estendendo a mão para mim. Deslizei a mão atrás de sua cabeça e a beijei.

Se eu pensava que era divertido deixar Bree irritada implicando com ela em casa, estava subestimando o prazer que poderia ter com ela de outras maneiras. Maneiras que a fizeram se sentar rapidamente e arrancar a camiseta que eu emprestei; por baixo, ela estava sem sutiã e usava uma modesta calcinha de algodão.

Quando ela me pegou admirando-a enquanto eu tirava e chutava para longe a minha calça de moletom, olhou para a calcinha e se desculpou.

— Desculpa. Não pensei que... eu vou tirar...

Eu afastei a mão dela.

— Nem vem. — E como não podia resistir, eu segurei um de seus seios e capturei o outro com a boca. — Deixa eu tirar — eu disse contra aquela pele macia. — Além disso, não importa quanto eu queira apenas... — Não consegui encontrar as palavras e apenas sussurrei enquanto ela arqueava o corpo com o meu toque. — Eu quero meter tanto em você, logo, logo. — Beijei o espaço entre seus seios, sua clavícula, e do pescoço até a orelha antes de finalmente colar a testa na dela. — Mas esperei muito tempo pra não aproveitar cada momento.

Queixo no queixo. Olho no olho. Ela disse as palavras que eu queria ouvir no começo de tudo. As palavras que eu precisava ouvir direto daquela boca. Não apenas porque a respeitava, isso eu fazia de todo o coração. Mas eu precisava desesperadamente saber que o que eu estava sentindo era mútuo.

— Eason, eu quero você. Por favor.

As palavrinhas mágicas.

Rapaz, eu tinha feito todo um discurso sobre ir devagar. Mas, na prática, aquilo era monumentalmente mais desafiador.

Eu beijei e chupei todo o seu corpo. Meu pau ansiava por entrar dentro dela.

Mas ainda não era hora.

Não até que eu tivesse provado cada centímetro.

Depois de desembrulhá-la como um doce e provar a doçura entre suas pernas, suas mãos enrolando os lençóis ao lado dos meus ombros, eu quase enlouqueci.

Pouco antes de eu mudar de posição, ela desfez completamente os meus planos rolando por cima de mim.

— Nos meus sonhos, você disse que eu não tava pronta. Mas eu tô pronta, Eason. Eu tô tão pronta pra você.

Ela teve sonhos.

Comigo.

Caralho, só esse pensamento já me faria gozar.

— Eu não... tenho camisinha nem nada.

— Eu confio em você. Sempre confiei. Tá tudo bem. Eu tomo anticoncepcional.

Passei meus braços ao redor dela enquanto ela se afundou no meu pau com um gemido no meu ouvido. Por um instante, ela permaneceu completamente imóvel e então olhou diretamente para minha alma.

— Achei você — ela disse sem fôlego.

Fazia muito tempo que eu não transava, mas nunca — na vida — me senti assim.

— Tô bem aqui — respondi, com a cabeça girando. Um coquetel inebriante de prazer e desejo e necessidade e propósito e sensação e pertencimento de uma só vez atingiu minha corrente sanguínea. Passando minha mão por seu cabelo escuro, agarrei um punhado e levei seus lábios aos meus em um murmúrio:

— Você é perfeita. Você sabe disso? Perfeita pra caralho.

Bree subia e descia lentamente. Cada vez mais fundo com cada movimento e fricção dos quadris. Ela mordiscou meu pescoço e me segurou com tanta força que suspeitei que ela tivesse deixado marcas em alguns lugares. Uma marca que eu usaria como um distintivo de honra.

E enquanto ela montava em mim com um misto febril de gemidos e pele roçando, ofegando um contra o outro, não consegui resistir ao impulso de possuí-la.

Não que eu não estivesse ali com ela o tempo todo.

Mas é que eu precisava meter nela.

Com um braço em volta da cintura dela, eu fiquei de joelhos e a deitei na cama debaixo de mim, sem sair dela. Com suas pernas bem abertas, eu entrei nela e depois me isolei do mundo.

— Isso — ela aclamou. — *Isso.*

Precisando sentir seu clímax em mim, deslizei meu polegar entre nós e gentilmente apliquei pressão em seu clitóris inchado. No momento em que seu corpo começou a ceder e foi me guiando para o que ela queria, eu mantive o ritmo até que suas costas arquearam, suas coxas tremeram ao meu lado e as seguintes palavras encheram meus ouvidos:

— Meu Deus, Eason. Eu vou gozar.

Um fusível acendeu, minha coluna ficou rígida e, enquanto gozava dentro dela, mergulhei no oceano de Bree, rezando para nunca mais voltar.

Ficamos ofegantes em um emaranhado de suor e satisfação.

Havia uma chance muito boa de que as coisas, a partir daquele momento, fossem diferentes. Para melhor ou para pior, eu não tinha certeza. Mas recuperando o fôlego, nu e dividindo um lençol agora amassado com a mulher ao meu lado, tive a sensação de que não importava o que viesse, não havia duas pessoas no mundo inteiro melhores para lidar com isso.

Fomos testados em batalha. Tínhamos passado por um batismo de fogo — literalmente. Para ser sincero, eu não confiava em ninguém como em Bree. Mas eu tinha pavor de que ela não pudesse dizer o mesmo.

Deitei de lado e estiquei o braço sob o travesseiro, para ficarmos frente a frente novamente. Mas meu cérebro não conseguiria encontrar palavras para me expressar.

— No que você está pensando? — ela perguntou, com a voz, que geralmente era aveludada, grave e rouca.

Em como nada na minha vida nunca pareceu tão certo.

Isso eu guardei para mim e então recorri ao humor, que vinha tão facilmente quando eu estava com ela.

— Nessa calcinha de algodão sacana. Você encontrou meu ponto fraco.

Ela me deu um tapinha de brincadeira que pegou bem no peito.

— Ai — eu murmurei, rindo de seu olhar assassino.

— Dá um desconto. Não é como se eu planejasse vir aqui e seduzir você.

— Ah, mas você planejou sim. Conte mais sobre esses sonhos que você teve comigo. Eu apareço sempre nu? Ou só quando o sonho é muito bom?

Ela chutou minha perna sob o lençol.

— Eason!

Esta era a Bree por quem eu estava me apaixonando. A guerreira. A cabeça-dura, briguenta e feroz. Uma linda chatonilda.

— O quê? É uma pergunta válida.

Ela parou a fraca tentativa de um ataque.

— A única pergunta válida é o que vamos fazer agora.

Eu deslizei a mão até a bunda dela e a puxei para mim.

— O que você quer que eu diga? Acho que é um pouco tarde para dizer "Bree, quer sair comigo?"

Ela ergueu a sobrancelha.

Eu estava pisando em ovos e sabia disso. E eu estava tão feliz que não me importava nem um pouco.

— Tá bem, tá bem — eu disse. — Em casa, nós vamos agir com naturalidade. Não é como se eu fosse te pôr de quatro na frente das crianças na mesa de jantar.

— Meu Deus! Eu sei. Mas você não acha que devemos dizer alguma coisa?

Eu a puxei para mais perto e acariciei seu braço.

— Não. Pelo menos não agora. Nenhum de nós vai a lugar algum. Não precisamos nos apressar para definir nada ou deixar as crianças confusas. Elas já nos viram juntos. Pra falar a verdade, elas ficam mais felizes quando nós cinco estamos todos juntos. — Dei um beijo no topo de sua cabeça. — Além disso, todos nós sabemos sobre as suas regras com doce em casa.

Ela beliscou meu mamilo. — Estou falando sério — disse, e sua voz não apenas ficou séria, mas revelou vulnerabilidade. — E se não, sabe... der certo entre nós?

— Tudo bem. Relaxa. Tá tudo bem. A gente tá bem. Somos dois adultos que passaram por coisas muito piores do que qualquer separação. Eu quero muito explorar essa coisa entre a gente. Até agora, nós formamos uma equipe espetacular. Pelo visto, quando ficamos nus juntos não é uma exceção. Mas, se não der certo, nada vai mudar. Vou escrever uma música de término trágico sobre você, ganhar um milhão de dólares e você terá que ouvir ela no rádio todos os dias pelo resto da vida. Mas, além disso, vai ficar tudo bem.

Sua risada delicada fez meu coração ricochetear nas costelas, mas foram as palavras dela que me fizeram sentir como se estivessem partindo.

— Eu tô com medo, Eason. Não posso perder você.

— Ei — eu a acalmei, puxando-a para um abraço. — Não vou a lugar algum.

Ela colou o rosto no meu pescoço e se agarrou às minhas costas, com as unhas cravadas em desespero.

— Pela primeira vez em muito tempo eu tô feliz. Com você, eu sou feliz.

— Então, meu amor, você não tem nada com que se preocupar. Prometo que sempre serei honesto com você e, se isso não estiver funcionando pra mim, eu aviso. Com você *eu* também sou feliz. O resto vai se encaixar, tá bem?

Ela não verbalizou concordância. Ela não falou mais nada. Mas, pelo resto da noite, Bree não me soltou. Isso era o suficiente para mim.

No que deveria ter sido o pior dia da nossa vida, com o caminho à nossa frente prestes a ficar mais difícil que nunca, não pude deixar de sentir que, com essa mulher ao meu lado, juntos, nós superaríamos tudo.

Dezesseis

BREE

Quase tudo havia mudado nas últimas vinte e quatro horas. Eu ainda não fazia ideia do que Eason pensava em fazer em relação a Luna. Quando se tratava de desastres pessoais, eu tinha duas formas de agir: obcecada ou superobcecada. Comigo, não havia um meio-termo.

Eason, por outro lado, processava as emoções com muito mais lentidão. Ele ficava quieto, refletia por uns dias e elaborava todos os diferentes cenários na cabeça, e só quando considerava todos os ângulos possíveis chegava a uma conclusão.

Sim, eu estava curiosa para saber se ele consideraria fazer um teste de DNA para confirmar ou refutar o que ambos temíamos, mas não cabia a mim sequer sugerir tal coisa. Quando Eason estivesse pronto para falar sobre isso, ele sabia onde me encontrar. E, depois da noite passada, esse lugar não seria do outro lado do sofá ao redor da lareira.

Ele me deu um lento e reverente beijo de bom dia.

Acariciou a minha coxa sob a mesa do café da manhã, onde Luna não podia ver.

E, quando eu disse a ele que precisava voltar para casa, para Asher e Madison, Eason — sendo ainda mais incrível do que eu sabia que era — me deu um abraço e me pediu alguns minutos para arrumar tudo porque ele estava vindo também.

Infelizmente, algumas coisas não tinham mudado, principalmente a casa para a qual tínhamos que voltar e as lembranças que estariam para sempre dentro dela. Por mais que eu adorasse a ideia de me mudar e começar de novo em algum lugar novo, para mim era importante manter a estabilidade para as crianças. Rob ainda era o pai delas, independentemente de como ele havia me deixado despedaçada. Era minha obrigação manter sua memória viva para eles, e se isso significava deixar fotos penduradas na parede da casa que ele chamava de lar, então era um sacrifício que eu teria que fazer.

Dada a situação, era péssimo saber que Eason tinha que fazer esse sacrifício também.

Mas nem toda mudança era ruim.

Enquanto ele arrumava as coisas de Luna e preparava a cabana para partirmos, eu liguei para Jillian e expliquei a nossa situação, ao que ela respondeu com indignação pelo que Rob e Jessica haviam feito. Ela os amaldiçoou e os mandou direto para o inferno e, por fim, implorou pelos detalhes sobre como Eason realmente era na cama. No final da conversa, ela prometeu que cuidaria de algumas coisas para mim em casa. Como a viagem de volta era de apenas quatro horas, eu não tinha grandes expectativas sobre quanto ela poderia realizar.

Porém, quando estacionamos e vimos dois caminhões de entrega de móveis e três outros com a logo da Construções Hud na entrada de tijolos em formato circular, eu só consegui rir. Pelo visto, Jillian tinha muitas outras habilidades além de atender o telefone e conseguir códigos de cupom para vibradores.

Caramba, a mulher precisava de um aumento.

Dei um sorrisinho quando estacionei na rua. Eason parou o carro atrás de mim e fez o mesmo.

— O que é tudo isso? — ele perguntou, saindo do seu Tahoe preto.

— Não tenho certeza.

Confuso, Eason franziu a testa.

— Isso significa que você sabe o que tá acontecendo e esperava encontrar um caminhão só em vez de seis, ou que você não tem ideia do que houve e eu provavelmente deveria me preparar para sair na mão com quem tá roubando a gente agora?

Eu dei risada e caminhei até ele, lutando contra a vontade de beijar seu rosto bonito.

— Calma, Chuck Norris. Pedi a Jillian para me fazer um favor, e, pelo visto, ela aceitou o desafio.

— Qual favor?

— Você vai ver.

Ele estreitou os olhos, mas não demorou a tirar Luna da cadeirinha. Juntos, nós três caminhamos até a casa.

— Não — Jillian disse saindo pela porta da frente, correndo escada abaixo, segurando uma prancheta contra o peito. — Vocês não deveriam ter voltado ainda. O que aconteceu com as paradas para ir ao banheiro ou as rapidinhas no banco de trás?

— Como é? — Os olhos de Eason se arregalaram.

Eu mordi o lábio.

— É, então, acho que contei a Jillian sobre... hum, *nós*. Ela é meio que minha única amiga.

— A única e a melhor — Jillian corrigiu, e sua franja grisalha balançou quando ela assentiu com orgulho.

— Certo — Eason disse apenas, mas não estava enganando ninguém erguendo o canto da boca daquela maneira. Ele gostou da ideia de que havia um *nós* e que eu já me sentia confortável o bastante para falar para os outros.

Jillian se abaixou e ofereceu a mão para Luna num "toca aqui".

— Oi, lindinha. A tia Jillie tem uma surpresa pra você.

Apoiando-se no pai, Luna escondeu o rosto na perna dele e tentou desaparecer. Mas Eason a compreendeu bem.

— Você tem uma surpresa? Pra Luna?

O rosto de Jillian quase brilhou.

— Tenho. E várias pra você também, bonitão. — Ela piscou e se levantou, voltando a atenção para mim. — Entããão, acho que exagerei um pouquinho.

Olhei enfaticamente para os caminhões ao nosso redor.

— Você acha?

Ela ergueu o queixo.

— Não vou me desculpar por isso, mas, se você não gostou, pode... aceitar e agradecer. Eu tive que entrar em um acordo com o próprio diabo pra fazer isso no prazo que você me deu. — Ela afastou o cabelo do rosto. — Eu sempre soube que parecia um anjo, mas nunca percebi até hoje que também podia operar milagres. — Ela se virou e nos chamou por cima do ombro. — Vamos, vocês dois. As crianças estão na piscina, então vamos começar por lá.

Eu também posso ter exagerado só um pouquinho quando disse a Jillian que não havia limite de orçamento para esse projeto em particular. Lição aprendida. Deveria esperar para revelar isso a Eason quando ele não estivesse mais perfurando o meu rosto com aquele olhar questionador.

— Você ouviu. Vamos lá — eu disse, fazendo uma caminhada acelerada para os fundos da casa.

Eu ainda não tinha passado da cerca ao redor da piscina, e Asher saiu da água, correndo em minha direção.

— Mãe! — ele gritou, colidindo com minhas pernas. Ele estava crescendo, tanto em idade quanto em tamanho, e não demoraria muito até que eu não pudesse mais segurá-lo no colo.

Não tinha problema que ele estivesse todo molhado. Ainda pegaria meu filho no colo enquanto pudesse. Eu o levantei e o plantei no meu quadril.

— Oi, filho.

Madison estava na piscina em um par de boias, rindo e se acabando de chutar a água enquanto Evelyn a guiava para o lado.

— Óia! Mamãe, óia! Eu sei. Nadando!

— Tô vendo — eu ri. — Muito bem, minha linda. Vocês se divertiram com a Evelyn enquanto eu estive fora?

— Demais! — Asher declarou, mas seu sorriso cresceu exponencialmente quando seu olhar passou por cima do meu ombro. — Eason, Eason, adivinha. Compramos uma cama nova pra você! E pra Luna também! E um novo sofá e coisas pra deixar na mesa. Pra você também, mamãe! Até pintamos as paredes. — Seus ombros desabaram. — A Evelyn disse que a tinta era tóxica, então tivemos que sair e deixar os *craques* fazerem o serviço. Eu nem sabia que jogadores de futebol sabiam pintar, mas acho que talvez façam isso quando não estão jogando ou quando não têm nada pra fazer.

— Hããã — Eason falou lentamente. — Fizeram o quê?

Asher continuou:

— A gente comprou um monte de coisa! Eu não tenho uma cama nova, mas Jillian trouxe uma barraca legal pro meu quarto. E a Madison e a Luna ganharam castelos de princesa. É muito legal! Você tem que ver.

Quando elaborei esse plano e pedi a Jillian para executá-lo, pensei mesmo que era a melhor ideia que eu já tinha tido. Mas a energia de ansiedade que emanava de Eason me fez duvidar de algumas decisões. No caso, digamos, de todas elas.

— Bree, posso falar com você? Em particular? — ele perguntou.

— Sim, claro. Só vou dizer oi pra Madison antes.

Levei um tempo abraçando minha filha encharcada. Ela tinha muito a dizer — e eu entendi cerca de dois terços. Nessa hora, notei Jillian nas nuvens, se esgueirando para o lado de Eason, enchendo os ouvidos dele também. Ele provavelmente entendeu menos de dois terços do que ela disse porque seu olhar estoico estava fixo em mim.

Quando Luna se cansou do pai, ela correu para se juntar aos meus filhos, roubando a atenção deles e a minha chance de protelar por mais tempo.

— Já voltamos — disse Eason a Evelyn enquanto ela levava as crianças para comer um lanche ao redor da lareira. Ele me puxou pelo cotovelo para fora da área da piscina e estrategicamente fechou o portão a tempo de deixar Jillian lá dentro.

— Ah. Tá bem, então. Estarei aqui quando vocês estiverem prontos pra verem tudo! — ela gritou atrás de nós.

Silenciosamente, ele me guiou de volta para a frente da casa e, se não fosse por uma placa de *tinta fresca* pendurada na porta da frente, ele provavelmente teria me arrastado para dentro.

— Quer parar? — eu finalmente disse, afastando sua mão.

Ele não parou. De jeito nenhum. Na verdade, depois de uma rápida olhada ao redor para ver se alguém estava nos observando, ele agarrou meus quadris e me puxou para si. Deslizou a mão entre meus ombros e subiu até chegar à minha nuca. E então, com um puxão suave, inclinou minha cabeça para trás. Nem um segundo depois, sua boca quente e ávida encontrou a minha.

A surpresa me fez balançar e dar um passo para trás, mas eu segurei os lados de sua camisa para me equilibrar. Sua língua roçou na minha enquanto ele explorava minha boca em um beijo ardente. De certa forma, eu era apenas mais um instrumento que Eason sabia instintivamente como tocar e nunca se cansaria disso.

Quando o ar se tornou necessário, e nem um segundo antes, ele voltou sua atenção para o meu pescoço.

— Uma cama nova?

— Hum — eu murmurei, inclinando a cabeça para permitir que ele tivesse mais espaço para divagar. — Pois é.

— E pra Luna também?

Eu gemi quando seus dentes arranharam minha pele sensível, a parte gostosa da dor.

— Eu mencionei trocar o berço das meninas por camas. Mas os castelos das princesas são novidade pra mim.

— Meu Deus, Bree. Por que você fez tudo isso?

— Eu não queria que você voltasse pra casa com aquelas lembranças.

Ele parou e levantou a cabeça para olhar nos meus olhos.

— Eu vim pra casa com *você*. Eu poderia só ter trocado os lençóis e ficaria bem. Você não precisava fazer isso.

Indo ao encontro dele, eu passei meus braços em volta de sua cintura.

— Eu não quero que o que nós temos cresça nas sombras deles. Não podemos nos mudar, pelo menos não agora, mas merecemos um espaço que não seja contaminado por eles.

— Que mulher incrível — ele sussurrou, emoldurando meu rosto com as mãos. Ele me deu um beijo profundo e demorado antes de me deixar continuar.

— Não sei quando ou onde eles ficaram juntos no passado, mas acho que podemos supor, dadas as circunstâncias, que eles não tiveram muito tato ou respeito por ninguém, especialmente por nós. Você me disse na cabana que, naquela cama, eles não tinham importância. Bem, eu quero que seja assim todas as noites. Nós merecemos mais do que passar mais uma noite envoltos em suas mentiras.

Seus olhos foram tomados por uma emoção terna enquanto percorriam meu rosto. Ele enfiou os dedos na parte de trás do meu cabelo e acariciou a minha bochecha com o polegar.

— O que você e eu temos é mais forte do que qualquer sombra que eles possam projetar, mas não vou mentir. Vou dormir bem melhor sabendo que *você* não está na cama que dividia com *ele*.

— Vou dormir melhor sabendo disso também.

Ele abriu um sorrisinho.

— Você sabe que eu vou te reembolsar por tudo, certo?

— Tá bem, mas é melhor dar uma olhada e ter certeza de que você gosta primeiro.

Seus lábios se estreitaram e as sobrancelhas se uniram.

— Vou ser sincero. Jillian me dá um pouco de medo.

Dei um tapinha no peito dele.

— Que bom. Você deveria ter medo mesmo. Um segredinho: ela tem problema no joelho, então, se um dia você ficar preso em um quarto sozinho com ela, corra.

Ele deu risada e me soltou.

— Vamos lá. Vamos acabar logo com isso. Asher me deve uma competição de bala de canhão.

Eu abri um sorriso largo. Meu Deus, eu adorava que ele amasse os meus filhos.

— Você sabe que ele vai te derrotar de novo, né?

— Não tenha tanta certeza. Sei de fonte segura que a juíza gosta mais de mim agora do que da última vez. — Ele deu uma piscadela e levou minha mão à boca para um beijo.

A casa de Eason estava incrível. Bem, tecnicamente, ainda parecia meio sinistra, coberta com panos e cheia de trabalhadores, mas pude visualizar o planejamento de Jillian quando ela nos mostrou o lugar. Minha decoração de tema de praia foi substituída por uma paleta de azuis escuros e um toque ocasional de vermelho. Havia um novo sofá modular de couro, uma mesinha de centro para dois na pequena cozinha e, no quarto, uma enorme cama king-size com cabeceira, forrada com uma bela roupa de cama azul-marinho da Prisma. Alguns homens que usavam camisas polo da Construções Hud estavam retocando a pintura, enquanto outros perfuravam ganchos na parede nos quais mais tarde pendurariam os violões de Eason.

Com base no sorriso largo no rosto de Eason — e no abraço que ele deu em Jillian quando saímos para darmos espaço aos trabalhadores —, ele adorou cada parte da reforma.

E não foi só ele. Meu quarto foi transformado em um santuário. A nova cama majestosa de cabeceira alta, com um conjunto de cômodas ornamentadas e mesinhas de canto, era uma comparação gritante com a estética moderna que Rob e eu tínhamos escolhido juntos. Eu adorava quanto a decoração fazia o quarto parecer diferente, tanto no ambiente quanto na aura. Em contraste com a mobília escura, um caleidoscópio de tons de rosa e azul-petróleo foi tecido com tanta habilidade que temi que os talentos de Jillian estivessem sendo desperdiçados atrás de uma mesa de escritório na Prisma. Ela brincou sobre ser minha melhor amiga, mas não havia como outra pessoa ter montado um quarto tão perfeito para mim.

A minha parte favorita? A pura satisfação de Eason enquanto ele estava parado, com o ombro apoiado no batente da porta, sexy como sempre e sem o gigantesco fantasma de Rob pesando sobre ele.

As crianças nos levaram pelo resto da casa, mostrando o que mais Jillian havia mudado. Ela pendurou todas as fotos de Rob, incluindo algumas do nosso casamento, no longo corredor que levava aos quartos das crianças. Todas as noites, eles podiam ver o pai e a fachada de uma família que um dia tivemos. Mas eu não precisava mais olhar para ele enquanto relaxava no sofá ou preparava o jantar na cozinha.

Eason ficou muito emocionado quando ela disse a ele que planejava fazer uma montagem semelhante no quarto de Luna com fotos de Jessica assim que a tinta cor de lavanda nas paredes secasse. Com isso, ela conseguiu outro abraço do meu cara. E o meu cara ouviu um gemido profundo da minha garota. Eu ri de ambos.

Nada tinha sido resolvido. Nenhuma mobília ou tinta no mundo podia curar a dor que Rob e Jessica tinham cravado em nossa alma. Mas havia um indício de um espaço para respirar. Algo promissor no recomeço de tudo. Algo que eu não tinha conseguido só me livrando das coisas de Rob.

Nós estávamos tornando aquele espaço nosso e, apesar de ser muito assustador deixar o passado para trás e ter fé novamente, com Eason e nossa pequena família feliz, eu também estava feliz.

Então, pelo resto do dia, Eason e eu pudemos respirar tranquilos enquanto ele perdia três competições de bala de canhão seguidas.

Dezessete

EASON

Desde o dia em que fui morar com Bree, meu hobby era comer besteira escondido das crianças. Eu era um ninja da culinária secreta. Guardava biscoitos escondidos em um saco de minicenouras, embrulhava chocolate com a embalagem de barra de proteína. Uma vez eu comi um hambúrguer inteiro e batatas fritas disfarçados de salada bem na frente deles.

Meus truques favoritos: agilidade com as mãos, distração e redirecionamento.

No entanto, por duas semanas não consegui passar mais de trinta minutos sozinho com a mãe de Madison e Asher. A culpa não era toda deles. Minha birra mesmo foi com um raro surto de influenza A no verão.

Tecnicamente, Luna não vivia na mesma casa que eles, mas ela passava o dia inteiro com Asher e Madison. Então, quando Madison teve febre na mesma noite em que voltamos da cabana, os três caíram como um jogo de dominó. Mas o pior de tudo foi que, no final da semana, Bree e eu desabamos completamente.

No começo, ainda tentamos nos encontrar perto da lareira, mas, com dores no corpo e uma tosse seca, nenhum dos dois era uma boa companhia. Quando começamos a nos recuperar, Bree passou a trabalhar em casa, enquanto eu fazia malabarismos com as crianças e cobrava favores de todos os músicos que conhecia em Atlanta para me substituir, para que eu não tivesse que cancelar mais shows. Os agentes de shows tendiam a ficar bastante irritados quando você os deixava na mão três fins de semana seguidos.

Quando chegou a sexta-feira, minha última noite de folga em um longo tempo, eu estava voltando a me sentir como eu mesmo e estava desesperado por algum tempo a sós com Bree.

— Eason? — ela chamou, descendo as escadas exatamente às cinco horas.

— Aqui! — eu gritei da cozinha. Me levantei da banqueta, alisei minha camiseta branca com decote em V e abotoei meu blazer. Se pudesse evitar, eu nunca seria o cara de terno, então eu combinei o blazer com jeans escuros e um par de botas curtas de couro para que ela pelo menos me reconhecesse.

Ela segurava uma caneca de café vazia daquela manhã quando contornou o balcão. O cabelo estava alisado, a maquiagem, impecável, e ela vestia uma blusa de seda creme sobre a calça de pijama. Certamente, um visual chique para o trabalho remoto.

Ela parou assim que me viu, e um sorriso lento iluminou seu rosto.

— Uau, você tá bonitão.

— Você também, Docinho. Bem, pelo menos da cintura para cima.

— Senhor do céu, por favor, para de me chamar assim. — Ela riu. — Por que está todo arrumado? Tem um show hoje à noite? — Ela franziu a testa e, caramba, isso fez meu peito apertar.

— Não. Eu tenho um encontro.

— Ah, é? — Ela captou quando examinou a casa com curiosidade. — Onde estão as crianças?

— Brincando com a Evelyn no quarto da Luna.

Suas sobrancelhas se ergueram.

— A Evelyn tá aqui?

— Por favor, vamos voltar a falar do meu encontro.

Ela mordeu o lábio inferior e andou na minha direção arrastando os chinelos. Depois de deixar a caneca no balcão, ela passou o braço em volta do meu pescoço.

— Quem é a sortuda? Alguém que eu conheço?

Eu enlacei seus quadris e a puxei para mais perto.

— Ah, não sei. Morena sexy, corpinho esbelto, espirra como uma sirene de tornado.

— Ei! — ela objetou. — A gripe não obedece aos padrões de beleza. Preciso lembrar você de que te flagrei com um lenço pendurado no nariz?

— Não faço ideia do que você tá falando.

Ela deu risada.

149

— Bem, infelizmente eu faço. Minha conta de terapia aumentou substancialmente desde então.

Foi a minha vez de rir. A terapia não era uma brincadeira. Nós dois concordamos mutuamente em voltar para a terapia assim que nos sentíssemos melhor. Nosso relacionamento estava em uma pequena pausa depois que ficamos doentes, mas ainda conversávamos por mensagens de texto todas as noites, e eu até consegui roubar um selinho ou dois. Mas a angústia persistente da traição de Jessica e Rob nos ameaçava a todo momento.

Eu ainda estava tentando organizar meus sentimentos em relação à possível paternidade de Luna.

Alguns dias eu dizia a mim mesmo que não queria saber. Ela era minha filha, fim de história.

Em outros dias eu tinha algum vislumbre de Rob nas feições dela e isso quase me massacrava.

E, dependendo do dia, mais do que respirar, eu precisava da verdade, ou então eu não queria saber a verdade nunca, nem mesmo no meu último suspiro.

Então, sim, eu obviamente tinha uns lances para resolver.

E a mágoa e a confusão não se limitavam a mim. Bree tinha que lidar com o fato de que a garotinha que ela amava e considerava como segunda filha agora era potencialmente filha do amor de seu marido com sua melhor amiga. Esses sentimentos não desapareceriam do nada só porque nós tínhamos decidido explorar a química entre nós. Na verdade, me aterrorizava pensar que, se não resolvêssemos esses sentimentos da forma adequada, eles poderiam acabar completamente com tudo.

Mas esses eram problemas para segunda-feira, quando nossos respectivos terapeutas reabririam seus consultórios.

Agora era sexta-feira, e eu tinha um encontro muito esperado com uma mulher linda em quem não conseguia parar de pensar.

Eu a acariciei na cintura.

— Tá bem, sabichona. Vamos voltar a falar do encontro.

— Estou prestando atenção.

Do meu bolso de trás saquei três envelopes que passara o dia inteiro preparando. Eu os arranjei como cartas de pôquer e segurei entre nós dois.

— Você me daria a honra de passar a noite fazendo o que você quiser, desde que seja comigo?

Ela torceu os lábios.

— É uma proposta e tanto. Tem dinheiro nesses envelopes? Agora é provavelmente a hora de dar a notícia de que não sou uma prostituta.

Ela se contorceu quando eu fiz cócegas nela outra vez.

— Eu sei que você tende a... — Suguei os dentes. — Como devo dizer isso... *Fazer* planos. Não necessariamente segue o fluxo.

Ela inclinou a cabeça em um olhar fatigado.

— Pode dizer. Você acha que sou uma chata que tem aversão à espontaneidade.

— Não. Eu *não* disse nada disso. Você é uma mulher forte, independente e sexy que sabe do que gosta e, de alguma forma, gosta de mim, então não vou reclamar disso de forma alguma. Mas, sabendo que você não gosta de surpresas e querendo te fazer feliz do jeito que eu faço, venho oferecer estas opções.

Seu sorriso voltou.

— Que opções são essas?

Eu a beijei na ponta do nariz.

— Que bom que você perguntou. Nestes três envelopes — acenei para o lado como se fosse um leque mágico — estão três variações diferentes do nosso primeiro encontro. Cada uma inclui todos os detalhes da nossa noite, desde transporte, restaurante, vinho, atividade depois do jantar, até as flores que posso ou não trazer pra você quando vier te buscar.

Seu sorriso não apenas se esparramou, mas iluminou todo o seu rosto.

— Você planejou *três* encontros?

— Pois é. Temos aqui Sofisticado e Elegante, Divertido e Aventureiro, e, caso você ainda não esteja a fim de sair, temos Filme na Netflix. Agora, minha dama, vou entregá-los a você e permitir-lhe alguns minutos para ler cada um enquanto aguardo ansiosamente sua decisão. — Muito orgulhoso de mim, ofereci a ela o fruto do meu trabalho com uma dramática reverência digna de um Oscar.

Mas ela não pegou nada da minha mão. Ficou apenas ali parada. Por um tempo absurdamente longo.

Por fim, eu resolvi olhar para cima para ver o que estava causando o atraso e a encontrei na mais bela adoração olhando para mim.

— Não preciso ver — disse ela baixinho. — Eu iria pra qualquer lugar do mundo agora contanto que você estivesse lá também.

Cacete, por que ouvir isso foi tão bom? Eu tinha passado o dia todo planejando porque queria que a noite fosse perfeita — para ela.

E com uma frase ela tornou a noite perfeita — para mim.

Eu estreitei os olhos.

— Qualquer lugar? Você pode ter dado um passo maior que a perna. Tem umas cavernas imundas infestadas de morcegos que eu adoraria explorar em algum lugar do mundo.

Ela ficou na ponta dos pés e enlaçou o meu pescoço.

— Eu confio em você. Escolhe. Quero a verdadeira experiência de Eason Maxwell esta noite, com surpresas e tudo.

Eu rocei o meu nariz no dela, negando-lhe o beijo que ela tão obviamente estava pedindo para receber.

— Tem certeza?

— Absoluta — ela sussurrou em resposta.

— Tá bem, então. — Eu deslizei a mão por suas costas e desci até alcançar a calça de pijama e agarrar sua bunda. — Talvez seja melhor vestir uma calça jeans, Bree. Não vai ser tão divertido para mim tirá-la no final da noite se você não estiver usando. — E, com isso, tirei minha mão da bunda dela, enfiei os envelopes no bolso de trás e virei na ponta dos pés. Fui na direção da porta dos fundos e avisei por cima do ombro.

— Passo aqui em trinta minutos.

Todo o meu trabalho árduo de planejar três encontros dignos de Bree foi em vão. Embora tenha sido de longe o melhor encontro de toda a minha vida. Isso tinha menos a ver com o que nós fizemos e mais a ver com a companhia.

Combinando as três flores dos encontros planejados, eu apareci na porta da frente com um buquê gigante de lírios, margaridas e calcinhas de seda enroladas no formato de botões de rosa. O que foi? Depois de

152

duas semanas dando apenas selinhos bobos, eu tinha grandes planos caso ela escolhesse assistir ao filme na Netflix.

Parada bem na minha frente, vestindo jeans de parar o trânsito e uma blusa ombro a ombro de um vermelho ousado, ela riu — como eu esperava que ela risse. E então, depois de pôr as flores na água e dizer boa noite para as crianças, eu a guiei até um Uber Black. Se ela queria a verdadeira experiência de sair com Eason Maxwell, como alegou, isso não incluía o motorista particular que eu tinha de prontidão ou a Harley que peguei emprestada de um amigo e guardei na garagem. Para ser sincero, a experiência de um encontro comigo nem incluía o Uber Black, mas era o nosso primeiro encontro, então eu dei um upgrade e esbanjei um pouco.

Sorrindo como dois tolos, nós caminhamos de mãos dadas até um pequeno restaurante japonês no centro da cidade. Segundo os comentários na internet, o restaurante era "badalado e autêntico" e, como éramos dois anciãos comendo antes do pôr do sol, conseguimos entrar antes do horário de pico do jantar.

As avaliações do *Sushi Run* não estavam erradas. Era um restaurante incrível e, embora eu nunca tivesse ido ao Japão, os tentáculos de polvo se contorcendo na esteira de sushi pareciam bastante autênticos. Achei que Bree ia rastejar para baixo do bar toda vez que eles passavam por nós. Eu ri mais naquele jantar, tapando os olhos dela a cada três minutos, do que em anos.

E a noite estava apenas começando.

Fomos a um bar de martíni que Bree pareceu adorar e, depois de dois coquetéis, caminhamos até uma cervejaria na mesma rua. Conversamos. Rimos. Nos beijamos sempre que queríamos. Minha mão nunca saiu da coxa dela, e, se eu não a estivesse acariciando, era a mão dela que estava em mim.

Como dois pais de trinta e poucos anos que não saíam de casa para nada além de trabalho em, digamos, um milhão de anos, nossa resistência alcoólica era nula. Por volta das nove da noite, já estávamos um pouco zonzos e completamente embriagados de amor. Foi exatamente assim que terminamos em um bar de karaokê — um que não era muito bom.

Tinha uma plateia interessante. O longo bar de madeira, cheio de homens de meia-idade que bebiam uísque e trocavam histórias de lutas no sentido literal e no figurativo, contrastava fortemente com as mesas ao redor de um palco improvisado, com vários universitários jogando jogos de tabuleiro "retrô" como Lig 4 e Batalha Naval.

Bree marchou com os saltos baixos vermelhos até uns bancos desocupados e se sentou enquanto eu fui pegar as bebidas no bar. Então, juntos, sofremos ao assistir ao mais terrível apresentador de karaokê que eu já tive a infelicidade de testemunhar. O coitado não conseguia pôr um cantor no palco nem se a vida dependesse disso. E ele cantava *muito mal*. Sério, ele estava mais perdido que formiga em saleiro. O sujeito tocou — e aqui eu estou sendo generoso — um teclado em que, juro, devia estar faltando algumas teclas. As piadas eram ainda piores do que a voz. A ponto de eu me sentir mal por ele. Então fiz o que qualquer músico profissional faria nessa situação...

— Tudo bem, tudo bem. Finalmente temos a primeira apresentação da noite — MC Kara O.Q. anunciou, quase zonzo por finalmente ter uma folga. — Senhoras e senhores, levantem as mãos e aplaudam Bree Winters!

Ninguém nunca na minha vida tinha me fuzilado com um olhar tão poderoso ou rápido. E nunca na vida eu tinha me divertido tanto.

— Ela tá aqui! — Eu chamei, acenando com a mão no ar.

— Eason — ela sibilou. — Você tá louco? Eu não vou cantar.

— Vamos. Você queria a experiência de um encontro com Eason Maxwell. Bem, é isso. Mostra o seu talento.

— Eu não tenho talento. Eu não tenho afinação nem para cantar "Parabéns" pras crianças. É literalmente a única razão pela qual eu mantenho você por perto.

Eu ri de suas bochechas rosadas.

— Você não precisa ser boa. Tem só que ser divertido.

— Quem disse que eu sou divertida?

— Você é o melhor tipo de diversão. É o *meu* tipo de diversão.

Eu me inclinei para beijá-la, sorrindo contra sua boca.

— Vamos. A gente vai fazer isso juntos.

Ela deixou escapar um suspiro e me seguiu com relutância enquanto eu a arrastava para o palco. Depois de folhear o livro de canções mais antigo do mundo, sem nada mais recente do que 2005, finalmente perguntei se poderia usar o teclado. MC Kara O.Q. provavelmente teria me emprestado a alma, desde que isso significasse que ele teria uma pausa.

Felizmente, minhas suspeitas estavam erradas, e todas as teclas estavam intactas, então toquei uma introdução suave para nenhuma música específica enquanto perguntava a Bree:

— Então, o que você tem em mente, linda?

Com as mãos trêmulas, ela ficou ao meu lado, mudando o peso de um lado para o outro, nervosa pra cacete.

— Qual é a música mais curta que você conhece?

Eu ri e toquei todas as sete notas de "Shave and a Haircut", olhando para ela, pronto para mais fúria daquele lindo olhar feroz. Ela não decepcionou, mas, enquanto eu estava gostando muito de irritar minha melhor amiga, lembrei que deveria estar impressionando a mulher que eu tinha levado para um encontro.

Levantando o braço no ar, continuei a tocar com a outra mão e apontei o queixo para o meu colo.

— Senta aqui e segura o microfone pra mim. — Quase me senti culpado quando vi o alívio com que ela se jogou nas minhas coxas.

Mas não me senti culpado quando suas bochechas ficaram vermelhas enquanto eu tocava a nota de abertura de "Let's Get It On", de Marvin Gaye.

Acho que as pessoas pararam de falar quando comecei a cantar. Talvez tenham levantado os olhos dos jogos ou girado nas banquetas para ver melhor. Mas, naquele palco, estávamos apenas Bree e eu.

Foi difícil alcançar todas as teclas com ela de lado no meu colo. Mas não me importava se soava como um recital de piano da terceira série. De jeito nenhum eu a deixaria sair. Quando a música acabou, eu ainda não havia terminado, então emendei direto em "I'll Make Love to You", de Boyz II Men, e depois mudei para um pouco de Color Me Badd, com "I Wanna Sex You Up".

Quase engasguei quando Bree se soltou o suficiente para entrar na brincadeira, cantando alguns melismas de fundo. Ela estava saindo da concha, não dava para parar. Quando cheguei ao primeiro refrão de "Sex on Fire", Bree estava cantando comigo, rindo e dominando o microfone.

Havia um tema em comum nas músicas da minha apresentação improvisada naquela noite e, enquanto Bree me encarava com um sorriso no rosto e desejo nos olhos, eu esperava que essa energia nos seguisse até em casa.

— Vamos embora — eu quase gritei em seu ouvido enquanto a nota final desaparecia no caos do bar explodindo em aplausos.

Ela assentiu com entusiasmo.

— Você fecha a conta e eu peço o Uber.

— Fechado.

Parecia que Bree e eu éramos apenas a chuteira de que O.Q. precisava para dar o pontapé inicial. Enquanto eu estava no bar esperando meu cartão de crédito ser devolvido pelo barman, uma mulher subiu ao palco cantando um clássico de Whitney Houston.

Um homem mais velho, de barriga redonda, aproximou-se de mim, dizendo alguma coisa que não consegui entender.

Levei a mão em concha ao ouvido.

— Pode repetir?

Ele se inclinou para chegar mais perto.

— Perguntei o seu nome. Você cantou muito bem.

— Ah, Eason Maxwell. — Eu sorri. — E obrigado. Eu agradeço.

— Já pensou em seguir uma carreira musical?

Eu soltei uma risada alta.

— Algumas vezes. — Quase instintivamente, vi Bree quando ela saiu do corredor do banheiro, seus quadris sensuais balançando enquanto ela serpenteava pelo labirinto de mesas.

Como acontecia com frequência, meu corpo começou a produzir murmúrios conforme ela ia chegando perto. Depois de tudo por que passamos, de tudo que *ainda* estávamos vivendo, como era possível ser tão feliz assim? E o mais importante, como consegui ficar com ela? O universo não era o meu melhor ajudante. Mas, por outro lado, foi Bree que eu salvei do fogo naquela noite. Mesmo sabendo o que eu sabia agora, eu ainda sentia uma enorme culpa por não ter conseguido salvar Jessica e Rob. Mas bastava olhar para Bree para sentir que talvez alguém estivesse cuidando de mim, afinal.

Aquele senhor interrompeu os meus pensamentos.

— Escuta, um amigo meu trabalha em um estúdio. Eu adoraria deixar vocês dois em contato.

— É mesmo? — eu disse, lamentavelmente desviando os olhos de Bree. Muita gente dizia que tinha um amigo, tia, tio ou primo de sexto grau na indústria da música. Na maioria das vezes, eram pequenos produtores com estúdios no quarto de hóspedes ou alguém que fazia um bico de produção de som ou iluminação. Mas eu não estava podendo recusar uma oportunidade.

O barman me passou o cartão de crédito, e eu assinei o recibo antes de pegar minha carteira. Guardei meu Visa e peguei um cartão de visita, que entreguei ao cavalheiro.

— As informações do meu agente estão no verso. Prazer em conhecê-lo. Agora, se me der licença, minha... — Eu parei e inclinei a cabeça. Namorada? Senhorita? Mulher? Como eu deveria chamá-la? Ela era muito mais do que tudo isso, mas eu não estava a fim de ter uma conversa com o homem por três meses para fazê-lo entender. — Ela está esperando por mim.

Ele ergueu o cartão entre os dedos.

— Você foi muito bem esta noite.

Fiz um aceno com a cabeça e passei por ele, localizando Bree ao lado da porta da frente.

— O que foi isso? — ela perguntou.

Dei um empurrão forte na porta e joguei meu braço em volta dos ombros dela enquanto caminhávamos para a calçada entrando no ar úmido da Georgia.

— Eu tava só recusando todas as ofertas para assinar um contrato de gravação com a incrível Bree Winters. Claro, eu disse a ele que eu teria que discutir isso com você, mas avisei que, se eles não conseguissem um adiantamento de um bilhão de dólares, não perderíamos o nosso tempo.

Ela me deu uma cotovelada de lado.

— *Besta.*

Eu abaixei e encontrei sua boca para um beijo breve.

— Você foi incrível esta noite.

— Não achei que karaokê seria minha praia, mas me diverti muito. Obrigado por me forçar a sair da zona de conforto. Entendo como você gosta de estar no palco assim.

No momento, não era do palco que eu estava gostando. Mas eu não tinha certeza de que essa era a terminologia correta. Olhando para trás, percebi que amava Bree antes mesmo do nosso primeiro beijo.

Ela se aproximou, colocou o queixo no meu peito e olhou para mim.

— Obrigada por esta noite, Eason. Foi, sem dúvida, o melhor encontro da minha vida.

Eu sorri, compartilhando exatamente do mesmo sentimento.

— Ainda não acabou.

Dezoito

BREE

Com a mão enfiada na cabeleira despenteada na cabeça de Eason, que estava entre minhas pernas, um segundo orgasmo me fez arquear o corpo. Me perguntei se ele conhecia meu corpo melhor que eu. Depois do orgasmo, me afundei nos lençóis novos e macios, e Eason me deu uma última lambida lânguida.

— Mmmm — ele murmurou. — Docinha. Toda minha.

Discutir sempre foi minha língua materna, mas não havia dúvida de que ele me dominava.

E quando pensei que não aguentaria mais carinhos ou euforia, ele subiu na cama e me penetrou com um controle devastador. Já tendo perdido a cabeça duas vezes naquela noite, tive ainda mais prazer em ver como esse homem lindo sentia o dele. No dia a dia, Eason era tranquilo e relaxado, mas na cama era completamente diferente. Ele era potente e forte, quase inabalável na maneira como possuía meu corpo. Era ousado e seguro, confiante em saber tudo do que eu precisava antes mesmo que eu pudesse antecipar. Era exigente e gentil, mas acima de tudo ele não se segurava.

Eason dava. Eu recebia.

Ele me penetrou com mais força, mais rápido. Eu implorei por mais.

— Isso — eu disse ofegante.

— Eu juro, Bree. Seu corpo foi feito pra mim. — Seus quadris se torceram quando ele me penetrou mais fundo. — Não posso segurar mais...

Eu o silenciei com um beijo.

— Shhh. Não segura. Vem com tudo. Vem.

Ele se desviou do beijo, se apoiou nos braços, olhou para baixo, onde nossos corpos colidiam um com o outro, e então pressionou a testa contra o meu ombro enquanto o gemido mais erótico ressoou em seu peito.

— *Cacete.*

Ele desabou em cima de mim enquanto metia e balançava com espasmos. Por mais horrendo e corrompido que o mundo pudesse ser, a visão de Eason se perdendo em um orgasmo seria para sempre uma das coisas mais puras e belas que eu poderia ver.

Zonzo e exausto, ele se deitou ao meu lado e ficou ofegante por vários segundos, seus lábios encontraram meu ombro mais de uma vez.

— Todas as minhas três opções de encontro terminariam assim?

Ele sorriu no meu ombro.

— Filme na Netflix começaria assim.

Eu ri, e ele estendeu a palma da mão no ar para mim.

— O que é isso?

— Não me deixe no vácuo, Docinho. — Ele estava ofegante, arfando enquanto tentava recuperar o fôlego. — Foi uma das minhas melhores performances.

Eu ia tocar a mão dele. Qualquer coisa para fazê-lo parar, mas parei no meio do caminho.

— Com uma condição. Para com esse negócio de Docinho.

— Ah, uma hora você se acostuma.

— Não.

— Não sei o que a glicose fez com você em uma vida passada, mas você deveria conversar com seu médico sobre isso. — Rapidamente, ele se inclinou e deu um beijo no meu pescoço, sua mão ainda balançando no ar. — Como devo te chamar, então?

Eu sorri; em anos não me sentia tão jovem. Eram esses momentos bobos e tranquilos que me tiravam da devastação do ano anterior, e eu adorava o fato de que, com tudo o que mudou, Eason e eu ainda éramos os mesmos. É, talvez não exatamente os mesmos. Talvez estivéssemos melhores.

— Que tal me chamar só de namorada? — eu disse, meio brincando.

Ele bateu a mão na minha tão rápido que ardeu. Depois de deitar no meu peito, Eason olhou para mim com o sorriso mais charmoso que eu já vi.

— Porra, é isso que eu chamo de acordo, Docinho.

— Ei. Você acabou de concordar em não me chamar mais assim.

— Desculpe. Tô tentando parar, mas não vai ser fácil. — Ele fingiu que ia morder meu nariz e, em vez disso, deu um pequeno beijo na ponta quando me encolhi. — Com toda essa sua doçura, você me dá dia-bree-te, mas vou tentar te chamar de namorada.

Eu suspirei.

— Você não disse *dia-bree-te*.

— O quê? — Ele riu. — É um problema sério de saúde, Bree.

Eu queria rebater, mas, por mais louco que ele pudesse ser às vezes, sempre me fazia rir.

— Ah, você tem um problema sério, é mesmo. Nessa sua cabeça ridícula. E pensar que as pessoas te pagam para escrever músicas.

— Sou muito habilidoso com as palavras. O que posso dizer?

Não importava o que ele dizia. Sinceramente, ele não precisava dizer nada. Eason era louco, mas da melhor maneira possível.

Uma parte de mim se preocupava em como as coisas mudariam entre mim e Eason quando nosso relacionamento ficasse mais sério. Eu estava com medo de perder o homem que se tornara não apenas meu melhor amigo, mas um elemento em minha vida pelo qual eu rezava quase diariamente para ser permanente.

No entanto, nada estava diferente.

Ele ainda era atencioso e gentil.

Solícito e altruísta.

O pateta mais sexy do mundo.

E eu era dele.

O que mais eu poderia pedir?

Eu me sentei com o som da porta do quarto se abrindo. Normalmente, isso não seria motivo para sobressalto. O passatempo favorito de Asher era me acordar antes do nascer do sol. Mas, naquela manhã, quando o leve rangido da minha porta me despertou, havia um homem seminu dormindo ao meu lado.

Merda. O que aconteceu com a droga do alarme? Olhei para o relógio e vi que eram apenas cinco horas — trinta minutos antes de o alarme tocar.

— Mãe?

— Oi, filhão. Acordou cedo.

Muito ciente de que eu usava o mínimo de roupas — calcinha e uma camisola de seda — vasculhei a ponta do colchão, vesti o roupão e joguei o edredom para trás enquanto saía da cama, esperando disfarçar Eason como uma montanha de coberta.

Não tive sorte quando essa montanha de coberta levantou e acendeu a lâmpada.

— O que foi? O que tá acontecendo? Você tá bem, Ash?

Asher parou. Ele segurava um pequeno bloco de desenho verde contra o peito. Sua sonolência se transformou em surpresa enquanto ele alternava o olhar de mim para Eason. Ele não disse nada na hora, mas juro que quase pude ver as engrenagens girando em sua cabeça.

Tá, então acho que estava na hora de contar às crianças. Eu meio que esperava ter mais um pouco de tempo com Eason do que *um* encontro, mas ele e eu tínhamos oficializado as coisas, e eu confiava em nós dois para priorizar as crianças se as coisas não dessem certo entre nós. Ele poderia ter entrado em uma hora pior. Mas Asher nos pegar juntos na cama com certeza mudou a dinâmica da conversa.

Olhei para Eason com uma expressão que dizia *no flagra*, e ele teve o bom senso de parecer constrangido.

— Você teve um pesadelo? — perguntei ao meu filho, tentando distraí-lo.

— O que o Eason tá fazendo aqui?

Obviamente, não tinha funcionado.

— Bem — eu comecei, pronta para falar sobre coisas de homens, mulheres e namoro.

Asher deu de ombros.

— Na verdade, acho que é melhor assim. — Sem dizer mais nada, ele subiu na cama e engatinhou até o espaço entre nós. — Chega pra lá — ele ordenou a Eason.

Eason obedeceu, mas me encarou com os olhos arregalados.

— Talvez eu deva ir fazer café? — Ele levantou o cobertor e teve uma visão panorâmica de nada além de uma cueca boxer preta e então se recostou na cabeceira da cama. — Ou não.

— Fica. Eu preciso falar com vocês dois mesmo — Asher disse, abrindo o bloco de desenho. Ele folheou as páginas até encontrar o que estava procurando e me lançou um olhar impaciente. — Vem. Não dá pra você ver daí.

Tá bom. Então íamos ficar na cama. Juntos. Às cinco da manhã, com o homem que ele considerou um tio durante a maior parte da vida, e agora era meu namorado.

Claro. Por que não?

Socorro.

Me sentei na beirada da cama, mas Asher não titubeou.

E puxou meu braço.

— Vem, mãe.

— Ash, filho. Talvez seja melhor a gente descer e conversar.

— Por quê? — Ele curvou o lábio. — Tá todo mundo aqui. As meninas ainda estão dormindo, não é?

— É, mas...

— Mãe, o Eason tá sem calça. Como ele vai descer?

Olhei para meu filho boquiaberta. Era muito cedo para esta conversa — na verdade, para qualquer conversa, mas especialmente para esta.

Eason tossiu para disfarçar uma risada.

— Talvez devêssemos ouvir o menino, Bree.

Sem argumentos — ou sem a capacidade cerebral cafeinada para poder processar —, voltei para a cama.

— Certo. Tá bem. O que foi, filho?

Asher pigarreou dramaticamente.

— As meninas e eu conversamos ontem à noite. — Ele virou a página do bloco para revelar um desenho em giz de cera de três crianças *tristes*. As meninas estavam chorando. Tudo estava escuro. O céu estava cinza e a grama, marrom.

Eason se inclinou e passou o braço em volta dos ombros de Asher, as pontas dos dedos roçando o meu braço.

— O que tá acontecendo aqui? — ele perguntou, a preocupação em sua voz era a mesma que preenchia o meu peito.

— Bom... — Asher respirou fundo. — Este é um desenho de mim, Madison e Luna agora. — Ele virou a página. — E aqui somos eu, Madison e Luna *com um gato*.

Todos os três estavam sorrindo. A grama verde se misturava às flores rosa e roxas, e o sol amarelo pairava alto no céu, cercado por nuvens azuis. Mas o centro da imagem era o gato laranja, aproximadamente do tamanho de um pequeno avião, se fosse desenhado na mesma proporção.

Eason e eu trocamos um olhar compreensivo, abrindo um sorriso. Baguncei o cabelo de Asher enquanto ele virava a página.

— Aqui somos nós com um gato preto. — Outra imagem brilhante e alegre. Ele virou a página outra vez. — E aqui somos nós com um gato marrom. — Desta vez, ele adicionou balões de texto que saíam da boca de Madison e Luna com *Hahaha*! E corações dentro. Ele virou a próxima página, um desenho brilhante deles com um gato branco. Neste, um boneco estava de pé nas nuvens. — E este é o papai no céu, muito, muito, muito longe da nossa casa. Então ele não é a-ger-lico a gatos. — Ele fez uma pausa e torceu os lábios, olhando para Eason. — Você não é a-ger-lico a gatos, é?

Eason riu.

— Alérgico. E não. Eu amo gatos.

Os olhos de Asher brilharam quando ele lançou um olhar quase extasiado em minha direção.

— Por favor, mãe. Por favor. Podemos ter um gato? A Madison e a Luna disseram que me ajudariam a levar ele pra passear e a dar comida também, pra você não ter que fazer nada.

— Gatos não passeiam com os donos. Além disso, as meninas não podem sair de casa sem um adulto. Não tenho certeza de que é um argumento convincente. Vamos falar sobre quem vai limpar a caixa de areia.

— Por favor. Por favor. Por favor. Eu vou cuidar dele. Eu prometo. Eu *juro*, mãe.

Eu ri e balancei a cabeça. O desespero e a empolgação dele justificavam aquela aparição às cinco da manhã.

— Ash, eu ainda nem tomei café. Podemos, por favor, deixar a conversa de gato pra depois do café da manhã?

— Não — ele choramingou. — Porque no café da manhã você vai querer falar que você e o Eason vão se casar.

Eu fechei a boca.

Mas Eason soltou um longo:

— Epaaaa!

— Espere, se Eason é meu novo pai, isso significa que ele pode dar um gato pra gente.

Ele se virou para Eason.

— Por favor. Por favor. *Por favor*. Eason. Só um gatinho. Eu nem me importo com a cor. Só quero um gato fofinho.

— Calma aí, garoto. Uma coisa de cada vez. Sua mãe e eu...

Ele ergueu o olhar para mim em um pedido silencioso de permissão, e eu assenti, confiando nele implicitamente.

Tá, tudo bem — eu também estava um pouco curiosa para saber como ele lidaria com isso.

— Sua mãe e eu estamos namorando, Ash. Não vamos nos casar. Pelo menos não agora. E talvez nunca. — Seus lábios se curvaram em um sorriso caloroso quando seus olhos se encontraram com os meus. — Mas eu tenho minhas esperanças.

Meu peito aqueceu enquanto eu olhava para ele. Depois de perder Rob, nunca pensei em cogitar a ideia de me casar de novo. Ainda assim, não podia negar que estar com Eason me deixava esperançosa.

— Por enquanto — Eason continuou — ela é minha namorada. Isso significa que estamos nos conhecendo e passando tempo juntos. Mas, Ash, se e quando sua mãe e eu decidirmos nos casar, e mesmo se não decidirmos, estarei aqui pra você sempre que precisar de mim. Mas eu nunca vou substituir seu pai, tá? Você já tem um pai incrível. Ele está no céu, mas isso não muda nada.

E, nesse exato momento, eu me apaixonei totalmente, completamente, perdidamente por Eason Maxwell.

Eu odiava Rob Winters. Eu me apegava às poucas lembranças positivas, a maioria com as crianças, mas, depois de ver as coisas egoístas e nojentas que ele e Jessica tinham feito sem pensar ou se importar conosco, aceitei o fato de que eu tinha me casado com um estranho.

E Eason... Meu Deus, pobre Eason. Ele ainda nem sabia se o ex-melhor amigo, que estava dormindo com sua esposa, era o pai de sua filha ou não. Eu não poderia imaginar que ele sentisse outra coisa senão desdém por Rob.

No entanto, lá estava ele, com o braço em volta dos ombros de Asher, preservando o lugar de Rob em sua vida porque era a coisa certa a fazer pelo meu filho.

Eu desviei o olhar e engoli em seco, esperando manter a emoção sob controle.

— Isso significa que agora vocês se beijam? — Asher perguntou.

— Isso — Eason respondeu.

— E dormem sem calça?

— Acho que sim. Mas não o tempo todo. Vamos avançar aos poucos e garantir que vocês se sintam confortáveis com isso. De homem pra homem, eu deveria ter vindo falar com você sobre as coisas primeiro. E peço desculpas por isso. Significaria muito pra mim se você me desse permissão para namorar sua mãe.

Sério. Esse homem poderia ser mais doce? Talvez ele fosse o verdadeiro docinho na relação.

— Eu gosto muito dela, Ash. Não farei nada pra machucar a sua mãe.

Tá, Eason beirava a perfeição. Era a deixa para eu abrir o berreiro. Continuei a olhar para a parede oposta para que eles não pudessem ver meu rosto.

Asher cantarolou por um minuto.

— Se eu disser que sim, isso significa que posso ter um gato?

— Não. Mas significa que você poderá comer panquecas com gotas de chocolate enquanto falamos do gato no café da manhã.

— Simmmmmm! — ele sibilou.

Eason riu, e, ainda incapaz de olhar para eles, ouvi o barulho de seu aperto de mão e a rotina de soquinhos.

— Tá bom, amigão. Agora vai indo lá e me dá alguns minutos pra me vestir e falar com a sua mãe. Vou descer pra fazer o café daqui a pouquinho. *Não* acorda as meninas. Tá?

— Tá bom. — Com dois saltos na cama e um baque alto no chão, ele foi embora.

— Fecha a porta — Eason pediu.

No segundo seguinte, eu ouvi o clique da maçaneta.

E, um segundo depois, os braços fortes de Eason me envolveram, me arrastando para o centro da cama. Ele rolou de costas e, como se eu fosse uma boneca de pano, me colocou com a cabeça em seu ombro e a perna sobre seus quadris, e só então ele soltou um longo suspiro.

— Tá bem. Fala comigo. Como foi pra você?

Eu só podia dar uma única resposta para ele. Secando as bochechas, inclinei a cabeça para trás para encará-lo.

— Você é incrível.

— Não sei, não. Acabei de me comprometer a não dormir sempre sem calça. Já tô me arrependendo.

— Eu tô falando sério, Eason. A maneira como você lidou com isso... Não deve ser fácil pra você falar de Rob depois de tudo o que aconteceu, mas o que você acabou de falar para o Asher... não tenho como agradecer.

Ele deu um beijo suave na minha testa.

— Não tem nada de proveitoso em ele saber quanto eu odeio o pai dele. Agora, ele confia em mim, então ele fala comigo. Se ele soubesse, sentiria que tinha que escolher um lado. Eu não vou jogar essa merda em cima dele. Rob e eu éramos melhores amigos. Nenhuma das crianças precisa saber por que isso acabou depois que ele morreu.

E se Luna fosse filha de Rob?

E se tivéssemos que contar a eles que o pai deles teve um caso com Jessica?

O que aconteceria?

Mas eu não disse nada disso. Eram problemas para outro dia, quando Eason finalmente estivesse pronto para saber a verdade. Esse dia chegaria, e não era minha função apressá-lo.

— Foi o que eu disse. Você é incrível.

Ele escorregou na cama e ficamos cara a cara. Eason abriu um sorrisinho.

— Que bom. Fica com isso em mente. Porque você sabe que vou dar um gato pra eles, né?

Deixei escapar um suspiro, mas foi só fingimento. Um gato não estava no topo da minha lista de prioridades, mas também não estava fora dela.

— Era o que eu temia.

Dezenove

BREE

Exausta era pouco para descrever como eu estava depois da semana que tinha tido. Já passava das nove da noite, era domingo, e eu estava chegando em casa do escritório. Isso já dizia tudo.

Mas a cereja do bolo foi receber uma chamada de um número da Prisma.

Eu suspirei e apertei o botão de atender na tela.

— Estou entrando na minha garagem agora. Você tem trinta segundos antes que eu entre em coma pelos próximos cem anos.

— Ele foi preso — disse Paul, o *novo* chefe do departamento de contabilidade da Prisma, nos alto-falantes do meu carro.

Era uma boa notícia, mas na verdade não resolvia os meus problemas.

— Por acaso ele tinha uma maleta com um milhão e setecentos mil dólares com ele?

— A resposta é não.

— Claro que não.

A Receita era provavelmente a instituição mais odiada do país e, depois de passar pelo processo de auditoria, eu achava que esse ódio era mais do que justificado. Mas, quando se tratava de descobrir que seu ex-chefe de finanças estava desviando fundos da empresa havia mais de três anos, eles eram surpreendentemente úteis. Os impostos que vieram com isso? Eu não amei tanto assim.

Entre contratar uma outra empresa para fazer uma auditoria interna, encontrar alguém para substituir Doug, o mais novo presidiário do estado, e depois passar o fim de semana inteiro com a polícia enquanto reuniam provas para abrir um processo contra ele, eu estava *exausta*.

Infelizmente, quando eu fazia hora extra, Eason tinha que fazer hora extra, o que significava que tínhamos que chamar Evelyn para que ele pudesse realizar os shows e trabalhar um pouco mais. Era um círculo vicioso de hora extra para todos nós. Isso também significava que, desde nosso encontro, uma semana atrás, eu não o tinha visto mais do que alguns minutos todas as manhãs.

Droga, era difícil ser mãe solo e trabalhar tentando encontrar tempo para transar com um pai solo que também trabalhava, enquanto as três crianças estavam em casa 24 horas por dia, sete dias por semana. Isso porque nós morávamos na mesma propriedade, então eu não conseguia imaginar como teria sido difícil se ele morasse do outro lado da cidade, como em um relacionamento normal.

Alguma coisa tinha que mudar.

Contamos às meninas sobre nosso relacionamento — não que elas entendessem. Mas Eason e eu não tínhamos vergonha de dar as mãos ou de trocar um ou outro selinho. Para uma carícia mais demorada, entrávamos na despensa enquanto as crianças estavam distraídas. Eu vivia para aqueles momentos roubados, quando me perdia em seus braços. Quase dominei a habilidade de abstrair "Baby Shark" tocando do outro lado da porta.

Entrei na garagem e estacionei o carro.

— Mais alguma coisa?

— Não. Com a saída de Doug e a auditoria oficialmente encerrada, vai ser mais tranquilo daqui pra frente.

— Não diga isso. Vai dar azar.

Ele riu.

— Certo, tudo bem. Estamos em um padrão de espera até o próximo desastre. Melhor assim?

— Bem melhor. Agora preciso ir. Me mantenha informada se souber de mais alguma coisa.

— Pode deixar.

— Tchau. — Encerrei a ligação e desliguei o motor. Depois de pegar minha maleta e três copos térmicos que eu levei comigo de um lado para o outro no trabalho durante todo o fim de semana, entrei em casa.

— Desculpa o atraso — gritei para Evelyn enquanto entrava na cozinha.

— Shhh — alguém disse, de longe, mas não era Evelyn, então um enorme sorriso apareceu em meu rosto.

Corri para a cozinha, deixei as coisas no balcão e chutei meus sapatos. Então fui encontrá-lo.

Atravessei rapidamente a sala de estar vazia, passei pelo corredor e cheguei à sala de brinquedos. Uma luz tremeluziu lá dentro, mas o cômodo estava silencioso. Entrei na ponta dos pés e encontrei Eason parado como um sentinela na frente da TV sem som. Todas as três crianças dormiam profundamente em uma pilha de pernas e braços emaranhados no sofá. Ele me olhou por cima do ombro, mas eu não estava nem um pouco pronta para a devastação em seu olhar que me deixou alarmada.

— O que aconteceu? — eu sussurrei, indo ao encontro dele.

— Nada. Tá tudo bem — ele murmurou, jogando um braço em volta dos meus ombros e me aninhando em seu peito para um longo abraço especial de Eason Maxwell.

Meu corpo desabou nos braços dele.

— Nossa, você me assustou. O que tá fazendo aqui? Pensei que você tinha um show hoje à noite.

— O bar perdeu a licença de bebidas. Cancelaram tudo e fecharam por alguns dias até resolverem o problema.

— Ah. Então, você tá *de folga*? — falei sussurrando, sem esconder a minha empolgação.

Seu peito tremeu com uma risada.

— Sim, Docinho. Eu tô de folga.

Eu o encarei com um olhar irritado, mas estava muito animada para me importar demais, então deixei passar.

— Isso é bom? Não é? Por que você tá aqui parado como se as crianças tivessem comido os seus biscoitos de novo?

Seu peito se expandiu com uma inspiração profunda, e seus lábios encontraram o topo da minha cabeça. Não foi um beijo. Não exatamente. Ele apenas pressionou os lábios na minha cabeça enquanto respirava no meu cabelo.

— Eason — eu perguntei quando minha euforia se transformou em preocupação.

— Olha pra eles — ele murmurou como se mal tivesse sido capaz de forçar as palavras de sua garganta.

E segui seu olhar e observei nossos filhos. Asher estava à esquerda, inclinado no braço do sofá, de boca aberta. Luna estava com a cabeça no colo dele, segurando um cachorro de pelúcia abraçado ao peito, e Madison estava deitada de bruços, com as pernas entrelaçadas com as de Luna enquanto o braço pendia do lado do sofá. Era raro eles apagarem ao mesmo tempo assim, mas não era inédito.

— Teve alguma mágica pra fazer eles dormirem?

Ele me deu um aperto.

— Quase. Nós comemos pipoca e assistimos a *O Mágico de Oz*.

Senti um buraco no estômago, desapontada por ter perdido o programa.

— Parece divertido.

— Foi mesmo. As meninas fizeram ooh e ahh quando viram a bruxa boa, e Ash riu tanto que quase fez xixi nas calças quando eu disse que ele parecia um membro do Pelotão do Pirulito.

Levei a mão à boca para abafar o riso.

— Eles não sabem como é a vida longe um do outro — Eason disse às pressas, como se a confissão queimasse seus lábios.

Minhas sobrancelhas se uniram e eu afastei a cabeça para ter uma visão melhor de seu rosto.

— E nunca precisarão saber. Não importa o que aconteça entre nós, Eason. Sempre seremos uma família, lembra? Fazemos isso juntos.

Ele balançou a cabeça.

— Não, não é isso que quero dizer. Se ela for irmã deles, eles vão querer saber.

Eu respirei fundo. De repente, aquele comportamento sombrio fez muito mais sentido. Eason não falou muito sobre a paternidade de Luna desde que saímos da cabana. Eu estava tentando dar a ele tempo e espaço para resolver isso em sua cabeça e em seu coração; no entanto estaria mentindo se não admitisse que tinha pensado bastante nisso nas últimas semanas. Mas essa era uma decisão que ele precisava tomar sozinho; minha curiosidade sobre o assunto não era importante.

Passei os braços em volta de seu pescoço.

— Você acha que quer fazer um teste de DNA?

— Não — ele sussurrou, com o olhar sombrio. — Pra falar a verdade, eu me convenci de que não precisava saber. Não faria diferença. Não vai mudar quanto eu a amo. Ou como ela estará cravada para sempre na essência do meu ser. Mas *eles* merecem saber. Já houve segredos e mentiras suficientes. Se ela é mesmo filha do Rob, não tenho ideia de como vamos fazer com que eles entendam, mas não quero que haja um dia em que ela sinta que foi traída, se perguntando por que eu não contei. — Sua voz falhou e ele levantou a mão, esfregando os olhos com o polegar e o indicador. — Meu Deus, por que essa porra é tão difícil?

— Porque você é um bom pai. — Eu segurei seu pulso e afastei sua mão do rosto. — E sabe que o modo como você vai lidar com isso agora terá um impacto na vida dela. Você tá tomando as decisões difíceis e carregando esse peso para que ela nunca precise. Dane-se o DNA. É assim que eu sei que você sempre será o *verdadeiro* pai dela. Não cabe a mim ter uma opinião, mas acho que você tá tomando a decisão certa.

— Como assim não cabe a você ter uma opinião? Meu Deus, Bree. Ela pode ser a *filha* do seu marido. *Você* vai ser capaz de olhar pra ela e não ver Rob e Jessica juntos?

O atencioso Eason. Seu mundo inteiro estava de cabeça para baixo, prestes a desabar, e ele estava preocupado comigo.

Na ponta dos pés, dei-lhe um beijo profundo e encorajador. Depois, mantive meu rosto perto, para que ele fosse sentindo minhas palavras conforme as ouvisse.

— Eu vejo você nela, Eason. A maneira como ela ri quando rouba um dos meus M&M's pensando que não estou olhando. O jeito como ela ama com todo o coração e sorri com todo o corpo. O brilho em seus olhos quando ela vê você sentado ao piano, pronta para dançar livre e despreocupada. Todas as coisas que amo nessa garotinha não têm nada a ver com o modo como ela foi feita, mas sim por causa de quem você a fez ser.

— Meu Deus — ele resmungou, com emoção, me envolvendo em um abraço tão apertado que eu não sabia se conseguiria respirar.

Mas, enquanto eu me sentia segura no calor dos braços de Eason, o oxigênio era um mero detalhe.

Eu deslizei a mão em suas costas.

— Vamos fazer isso. Juntos. E vamos deixar tudo certo pra eles. É o que fazemos, e não importa como, é o que continuaremos a fazer, tá bem? Eu tô com você, Eason. Eu tô aqui com você.

Seu abraço me aproximou ainda mais.

— Meu Deus, Bree. Eu te amo pra caralho.

Meu coração parou e agarrei a parte de trás de sua camisa. Eu não tinha ideia se isso era um *eu te amo* romântico ou uma apreciação genuína pelo meu apoio em um momento de necessidade, mas não importa de que forma veio, isso não mudava a verdade.

— Eu também te amo.

Seus braços se apertaram ao meu redor.

Ficamos ali no meio de uma sala de brinquedos bagunçada, abraçados, apoiando um ao outro e amando um ao outro apesar de tudo que a vida tinha jogado em cima de nós. Naqueles segundos, com todo o nosso mundo dormindo no sofá, parecia que talvez houvesse um propósito para o inferno que foi preciso suportar para nos encontrarmos.

— Fica comigo hoje? — eu sussurrei. — Luna pode dormir no quarto da Madison. Vamos dormir vestidos e definir um alarme pra que você possa acordar antes de Asher? Eu preciso muito de você hoje.

Ele ergueu a cabeça, seus olhos castanhos encontraram os meus com uma intensidade devastadora.

— Nada no mundo me manteria longe de você.

Minhas bochechas ficaram quentes e eu mordi o lábio para esconder meu sorriso.

— Então é melhor nos apressarmos e levar esses três pra cama antes que o universo tome isso como um desafio.

Eason não discordou e entrou logo em ação.

Vinte

EASON

— O que você tá fazendo? — Asher perguntou, ao me ver saindo da despensa.

— Hummm... — Eu me aprumei e rapidamente fechei a porta, me inclinando contra ela, aterrorizado com aquele olhar minucioso.

— Eu, hum, estava apenas... procurando uma guloseima.

— Qual guloseima?

— O que é isso, um interrogatório?

Ele inclinou a cabeça para o lado.

— Talvez. Você estava beijando a mamãe aí dentro de novo?

— Talvez.

Não era culpa minha. Bree tinha descido do quarto com uma calça jeans sexy pra caralho e uma regata que envolvia todas as suas curvas do jeito que eu gostava. Nós íamos sair assim que Evelyn chegasse, mas não havia possibilidade de eu conseguir manter as mãos longe dela por tanto tempo.

Ele me encarou por um longo instante, e não importava se ele era uma criança e pesava menos de vinte quilos, podia ser assustador — assim como a mãe. Por fim, ele me deu um breve aceno de cabeça como se fosse o poderoso chefinho.

— Posso comer doce depois do almoço?

— Claro. — Qualquer coisa para parar o interrogatório.

Ele sorriu.

— Tudo bem se a gente usar as almofadas do outro sofá para fazer uma cabana?

Dei de ombros.

— Por mim, tudo bem.

— Legal. — Ele saiu correndo.

Esperei ele desaparecer e abri a porta da despensa.

— Tudo limpo.

Do outro lado da porta, Bree desenroscou a tampa de um pote de proteína em pó.

— Não tenho certeza de que dar a ele uma boca cheia de cáries é a melhor maneira de lidar com a sua culpa por dar uns pegas na mãe dele. — Ela tirou de lá um saco de M&M's e jogou alguns na minha mão.

— Eu entrei em pânico, tá? Ele é um garoto bacana. Mas, agora que sabe sobre nós, às vezes pode ser seriamente assustador.

Ela riu e colocou o estoque secreto de doces de volta na prateleira de cima.

— Você sabe que ele está testando você, né? Para de agir de forma estranha quando ele nos pegar no flagra. Eu entendo não querer esfregar o relacionamento na cara dele, mas ficar dando doces não vai mudar o fato de que, em algum momento, ele vai ter que se acostumar a ver a gente se tocando.

— Bree, ele finge enjoo quando nós nos beijamos.

— Pois é. É o que as crianças fazem quando os pais se beijam. Confia em mim. Ele tá feliz por nós. E o gatinho que você prometeu adotar pra eles neste fim de semana vai ajudar.

— Certo, tudo bem. Eu só tava tentando evitar o constrangimento. Já temos agitação emocional suficiente por hoje.

A expressão dela se suavizou.

— Como você tá?

Eu encolhi um dos ombros.

— Só quero que isso acabe. De uma forma ou de outra.

— Papai! — Luna gritou, seus pés batiam no chão de madeira enquanto ela corria pelo corredor.

Madison riu e então gritou:

— Eee-sin!

Larguei a mão de Bree como se ela fosse uma batata quente e abri um sorriso, virando bem a tempo de vê-las contornar o balcão.

— Eu quero doce — disse Luna, dando um tapinha no peito.

Madison deu pulinhos ao lado dela.

— Eu também. Eu também!

Fechei a mão com o M&M's e escondi nas minhas costas.

— O quê? Quem disse que eu tenho doces?

— Asher. — Madison fez beicinho. Luna olhou para ela e a imitou.

Nós tínhamos feito um teste de DNA caseiro. Eu passei um cotonete na minha boca e outro na de Luna enquanto ela dormia e depois enviei pelo correio. Bree fizera o mesmo com Madison. Não bastava apenas saber se ela era minha ou não. Precisávamos saber se ela era de Rob. Pelo que eu sabia, Rob poderia ter sido um entre muitos. Minha confiança em Jessica era oficialmente inexistente.

Mas, naquele momento, enquanto eu olhava para elas, seus lábios inferiores projetados, os mesmos cachinhos castanhos e o mesmo nariz pequeno e arrebitado, não havia como negar que elas pareciam irmãs. Eu me resignei a pensar que não se tratava mais da dúvida de que Rob era ou não o pai dela. A questão era como lidaríamos com isso.

Os resultados haviam chegado por e-mail naquela manhã, mas eu ainda não tinha visto. Antes disso, tinha uma coisa que eu precisava fazer.

— Vocês têm que comer o almoço todo. Depois podem comer doce.

— Eba! — elas comemoraram, dançando e se abraçando.

Elas eram tão adoráveis, e tanto Bree quanto eu rimos.

Depois de três queijos quentes, um ramo de brócolis e suco natural de maçã equivalente a um pequeno pomar, Evelyn chegou, e então Bree e eu saímos aquela tarde. Não era uma grande noite de encontro, e eu tinha planejado ir sozinho, mas Bree insistiu em vir comigo. Comemos rapidinho em um pequeno restaurante italiano sobre o qual eu tinha ouvido ela e Jillian conversando ao telefone uma noite dessas. A comida estava boa, mas o clima não era dos melhores. Por mais que eu tivesse tentado me preparar na última semana, por saber que aquela noite era a noite, eu estava ansioso, e ficar sentado por tanto tempo me deixou louco.

Assim que chegamos ao estúdio de tatuagem, minha ansiedade diminuiu com a empolgação de uma tatuagem nova. Bree estava muito fofa, perambulando por lá, inspecionando toda a arte nas paredes. Eu imaginava que a sra. Certinha nunca tivesse entrado em um estúdio de tatuagem. E, para ser sincero, para mim era excitante que a primeira vez dela fosse comigo.

Parado sem camisa na frente do espelho, virei de um lado para o outro.

— O que você acha?

Ela inclinou a cabeça.

— É maior do que eu esperava.

Eu estava animado demais para fazer uma piada.

— Era a minha intenção. Não quero que ela tenha dúvidas de que ela é e sempre será minha quando vir a tatuagem.

Encontrei os olhos verdes de Bree no espelho.

— Então eu acho que é incrível.

— É?

— Não acho que você precise da tatuagem pra que ela saiba disso, mas, a julgar pelo seu olhar, isso te deixa feliz. Então, é *perfeito*.

Enquanto eu olhava para o estêncil roxo no meu peito, meu corpo vibrava de orgulho. Parecia perfeito também. Depois de dias planejando com um artista em meu estúdio favorito, nós finalizamos um desenho tridimensional de uma meia-lua vista através de um telescópio da Terra. O contorno traçava a curva do meu peitoral, e horas de sombreamento dariam vida às depressões e crateras na superfície da Lua. A parte de cima e a de baixo se enrolavam no formato característico de meia-lua, mas o centro se transformava no nome de Luna em letras maiúsculas na horizontal em meu coração.

Até então, minhas tatuagens se resumiam a um braço fechado com desenhos coloridos que eu tinha feito aos vinte, mas esta cobriria quase todo o meu peitoral. E eu adorava a ideia de ter minha filhinha ali, tão perto do meu coração.

Quis fazer a tatuagem antes de lermos os resultados do teste de DNA. Para marcar meu corpo da mesma forma que ela marcara minha alma no dia em que nasceu. Eu queria que ela soubesse que, genética à parte, eu sempre seria o pai dela e nenhuma porcaria de teste poderia me dizer algo diferente.

— Tudo bem. Vamos lá.

— Umm. — Bree passou os dentes pelo lábio inferior. — Quer saber, acho que vou ficar na recepção.

— Não veio pra me apoiar?

— Bem, eu tô apoiando. Mas talvez eu possa torcer por você lá fora. — Ela franziu o nariz de maneira adorável. — Agulhas não são mesmo a minha praia.

Eu teria implicado com ela, mas só estar ali já era uma coisa fora da zona de conforto de Bree. Rindo, eu a atraí para um abraço, tomando cuidado para não manchar o estêncil no meu peito.

— Você sabe que isso vai levar horas, certo?

— Sei. E eu vou ficar aqui o tempo todo. Se precisar de um café ou de uma conversa fascinante do lado de fora da porta, sou a pessoa certa.

— Vou me lembrar disso.

Ela inclinou a cabeça para trás e franziu os lábios, pedindo um beijo que eu nunca seria capaz de recusar.

— Eu te amo, meu amor.

Sua boca se abriu em um sorriso radiante que poderia iluminar os cantos mais escuros de qualquer lugar.

— Também te amo, Eason.

Passei quatro horas na cadeira e, quando terminamos, tivemos que agendar uma segunda sessão para finalizar o sombreamento. Mas a única parte que realmente me importava era ver o nome da minha filha no meu peito.

Enquanto eu dirigia para casa, fui tomado outra vez pelo medo. Concordamos em ler os resultados perto da lareira depois que as crianças fossem para a cama. Foi uma escolha lógica; era o lugar onde Bree e eu conseguíamos controlar o dano emocional. Era quase como um território neutro. Mas, assim que entramos na garagem, sabíamos que tínhamos que agir como se fosse apenas mais um dia normal e o relógio não fosse uma bomba-relógio em contagem regressiva para o meu pior pesadelo, a hora de dormir parecia dolorosamente distante.

Depois de estacionar na minha vaga em frente à casa da piscina, desliguei o motor, mas não fiz nenhum movimento para sair.

Como sempre, Bree sabia exatamente do que eu precisava e se sentou silenciosamente ao meu lado, com a mão entrelaçada na minha, enquanto eu organizava meus pensamentos.

Esfreguei minha palma livre na coxa por cima da minha calça jeans.

— Acho que só quero arrancar o Band-Aid. Eles merecem mais de mim do que que passar mais uma noite fingindo sorrisos com o estômago embrulhado. Estou pronto para que isso acabe. Tudo isso. Tem sido um soco no estômago depois do outro por muito tempo. Já chega. Quero que nosso tipo de problema seja qual gatinho vamos levar para casa e se Asher vai entrar pro time de futebol infantil este ano. Foda-se, Bree. Tenho medo de que, se continuarmos gritando para o passado, o futuro se torne apenas um eco.

— Eu sei — disse ela, soltando minha mão apenas o suficiente para envolver a dela em volta da minha nuca. Inclinando-se sobre o console central, ela aproximou a testa da minha. — É isso. Depois disso, eles não têm mais controle sobre nós. Vamos ler esses resultados e então seremos apenas eu, você e essas crianças construindo uma vida juntos daqui em diante.

Ela me soltou de repente, recostou-se na cadeira, levantou a ponta da camisa e abaixou o cós da calça jeans para revelar um pedaço de plástico transparente colado nas quatro pontas.

Era uma tatuagem pequena, mas nunca em toda a minha vida algo pareceu tão importante.

Em uma fonte de máquina de escrever preta, havia uma tatuagem de três letras simples divididas por dois pequenos corações.

A M L

Asher. Madison.

E Luna.

— Bree — eu murmurei, e uma emoção pura encheu a minha garganta. Estendi a mão para traçar os cantos, com cuidado para não tocar na pele vermelha e irritada. — Você fez uma tatuagem?

— Somos uma família, Eason. Independentemente do que diz o e-mail. Sua tatuagem é importante pra você porque a Luna sempre saberá que você a ama. A minha é importante pra mim porque você nunca terá que questionar como eu realmente me sinto. Essas crianças são a minha vida. Todas as *três*.

Meu peito ficou dolorosamente apertado quando a atraí para um abraço. Ela disse várias vezes que não importava se Luna era de Rob, e eu acreditei nela.

Mas isso era algo mais.

Isso era diferente.

Era uma prova indelével em seu corpo por todos os dias que viriam.

E isso significava mais para mim do que ela jamais poderia ter imaginado.

— Eu te amo muito.

— Somos você e eu, Eason. Vamos arrancar o Band-Aid, entrar lá, brincar com *nossos* filhos, dar a eles a melhor vida possível e nunca olhar para trás. — Ela se afastou, endireitando-se no banco, e estendeu a mão em minha direção. — Me dá o telefone.

Com o coração na garganta, sustentei seu olhar e passei o celular para ela.

Isso ia doer.

Isso ia me aniquilar.

Mas, com Bree, e sua mão na minha, não senti como se fosse sufocar com o peso daqueles resultados.

— Pronto? — ela perguntou, usando a mão livre para abrir meu e-mail no meu telefone.

— O máximo que posso.

Com uma estranha sensação de calma tomando conta de mim, abaixei a cabeça, olhei para o meu colo, pensando no rosto da minha filha sorrindo. Ela era feliz. Era saudável. Ela estava dentro daquela casa, esperando o *papai* voltar. Nada mais importava.

— Eason! — Bree disse, arfando.

Dei um aperto na mão dela.

Aí vem. Só espere, Eason. Está quase acabando.

Por um longo instante, ela ficou estranhamente quieta. Eu não tinha nem certeza de que ela estava respirando. O único som naquele SUV era meu coração batendo forte no peito.

Respirei fundo. *Não importa. Isso não muda nada.* Expirei todo apressado.

— Meu Deus! — ela praticamente gritou, e sua voz ecoou pelas janelas. E então Bree disse as palavras que de alguma forma curaram todas as feridas que eu tinha e viria a ter. — Ela é sua filha.

Minha cabeça se ergueu tão rápido que foi um milagre eu não ter quebrado o pescoço.

— O quê?

Ela soltou uma gargalhada, as mais belas lágrimas de alegria encheram seus olhos.

— Ela é sua filha. A Luna é sua filha. Olha. — Ela colocou o celular no meu rosto e, com toda certeza, com 99,999997% de probabilidade, eu era o pai de Luna.

Em total descrença, peguei o celular da mão dela e rolei para baixo, procurando os resultados em comparação com Madison. Talvez tenha havido um engano. Se eu baixasse a guarda e me permitisse acreditar nisso mesmo que por um minuto e estivesse errado, não sobreviveria àquela queda de volta à realidade.

A probabilidade de Luna e Madison compartilharem os pais era uma porcentagem de parar o coração, eufórica, grande, enorme, linda pra caralho de *zero por cento*.

— Porra — eu resmunguei, o alívio era tão impressionante que todo o meu corpo tremeu. — Ela é minha filhinha. Minha. Acabou, e ela é minha filha.

Eu voltei o olhar para Bree. Ela cobria a boca com a mão, e lágrimas escorriam de seus olhos, mas eu não precisava ver seus lábios para saber que seu sorriso era épico.

E, claro, eu sabia, quer ela admitisse quer não, que Bree também sentia muita turbulência emocional por causa desses resultados. Mas aquela felicidade resplandecente em seu rosto deslumbrante era por mim e, se eu já não estivesse perdidamente apaixonado por aquela mulher, esse teria sido o momento em que eu saberia que não havia como voltar atrás.

Bree e eu ficamos sentados no carro por um tempo.

Rimos. Nos abraçamos. Nos beijamos.

Simplesmente saboreamos um sentimento não familiar de boas notícias.

E, quando finalmente terminamos, saímos e dissemos a Rob e Jessica o maior vai-se-foder que tínhamos a oferecer.

Entramos para encontrar a *nossa* família.

Vinte e um

BREE

Pelas seis semanas seguintes, a vida foi boa. Não. Esquece o que eu disse. A vida foi *incrivelmente* boa.

Passada a auditoria da Receita, as coisas na Prisma desaceleraram. Contratei uma nova equipe de suporte para me dar mais flexibilidade e felizmente voltei a trabalhar das nove às cinco sempre que possível. Eason ainda se apresentava bastante, mas, com o verão terminando, seus shows eram quase totalmente limitados aos finais de semana.

Finalmente levamos as crianças ao abrigo para encontrarmos um gato. Foi fácil escolher. Um gatinho preto e branco nos adotou assim que entramos pela porta. Ele brincou com Asher, perseguindo-o como um cachorro, e depois ficou pendurado como uma boneca de pano enquanto Luna e Madison o carregavam pela sala de visitas do abrigo. E, sim, tudo bem, eu não queria de fato um gato, mas, enquanto Eason preenchia a papelada, o gatinho, para o qual escolhemos o nome Oreo, que, sim, era pouco original, se enrolou no meu colo para tirar uma soneca. Foi amor ao primeiro miau.

No fim de semana seguinte, Eason voltou ao estúdio de tatuagem. Quando não apareceu em casa depois de cinco horas, tive a leve suspeita de que ele estava fazendo mais do que apenas um retoque na lua de Luna. Como eu suspeitava, naquela noite, enquanto nos preparávamos para dormir, ele revelou uma orbe colorida que cobria seu peitoral direito. Os nomes de Asher e Madison se enrolavam nos raios do sol em tons brilhantes de vermelho e laranja. Eu posso ter chorado, talvez. Eu ria, mas ainda estava chorando. Não pude evitar; a tatuagem era linda — assim como Eason.

Toda essa felicidade ao nosso redor foi uma boa mudança para nós. Eason e eu voltamos a jantar em família, revezávamos para colocá-los na cama e depois curtíamos as nossas noites tranquilas ao redor da lareira. Mas, agora, Eason não ficava do outro lado do sofá. Ou, se ele se sentasse lá, minha cabeça geralmente estava deitada em seu colo, seus dedos emaranhados no meu cabelo enquanto ele sorria para mim.

Estar apaixonada por Eason Maxwell foi a coisa mais fácil que já fiz. Passei tantos anos tentando construir a vida perfeita com o marido perfeito, os filhos perfeitos e a empresa perfeita. Mas alcançar a imagem da perfeição não é o mesmo que encontrar a felicidade genuína.

Eu pensei que tivesse sido feliz com Rob. Achei que tivesse encontrado a pessoa certa para mim, minha alma gêmea, o amor da minha vida. O que encontrei foi um vigarista, um manipulador e mentiroso. Mas, mesmo se tirasse tudo isso da equação, sabendo o que eu agora sabia sobre como era ter um homem que realmente me apoiava — um homem que sempre manteve a família no centro de seus pensamentos e intenções, com sonhos tão grandes e que inspirava todos a sua volta —, eu ainda escolheria Eason. Em qualquer circunstância.

Por mais clichê que pareça, Eason fez de mim uma pessoa melhor. No fundo, eu ainda era eu mesma — teimosa e reservada com um nível de espontaneidade de menos quatro mil. Mesmo assim, Eason me entendia. Ele era o oposto de mim — divertido, alegre e descontraído. Ele não me julgava ou tentava me mudar; me aceitava por quem eu era, não importava quanto isso possa ter sido difícil às vezes. Ele ria quando eu ficava tensa. Me apoiava quando eu ficava sobrecarregada. Fazia amor comigo como se eu tivesse sido feita só para ele.

E, com o passar das semanas, uma calma gloriosa se instalou em nossa vida, e comecei a acreditar que talvez Eason também tivesse sido feito para mim.

— Mmm — cantarolou, limpando uma gota de ketchup no canto da boca. — Está... *delicioso* — ele mentiu, acenando com a cabeça para cada uma das crianças.

Luna e Madison apenas ficaram sentadas olhando para ele, com os lábios curvados, sem acreditar em uma palavra.

— Está bom! — Asher concordou, com a comida derramando de sua boca. Nosso menino estava crescendo, pelo visto. Ele já havia comido metade do hambúrguer.

Quando as meninas começaram a catar as batatas-doces fritas, Eason se inclinou para mais perto de mim e sussurrou:

— Que gororoba é essa?

— É um hambúrguer vegetariano.

— Eu sei. Mas aprendi a gostar dos seus hambúrgueres vegetarianos, e eles não são assim. — Ele levantou o pão de cima e tirou um talo verde, deixando-o cair intencionalmente no canto do meu prato. — O que eu fiz pra você? Aspargos? No hambúrguer? Isso é uma violência desnecessária, amor.

Eu dei risada.

— Não tinha feijão-preto suficiente. Eu tive que ser criativa. Veja, Asher gostou.

— É, mas faz anos que me preocupo com as papilas gustativas dele. — Eason deu outra mordida, acrescentando outro murmúrio de aprovação para garantir.

Ele estava certo. Os hambúrgueres estavam péssimos, e não havia hummm suficiente no mundo para fazer as meninas comê-los. Mas, se eu fosse ao mercado, perderia o esconde-esconde com as crianças e, para falar a verdade, eu estava cansada de perder as coisas boas.

Durante anos, eu fui dona de casa e passava vinte e quatro horas por dia com meus filhos. Não era glamoroso, e eu costumava implorar, negociar e roubar para ter um único minuto para mim. Mas eu amava. Eu amava meus filhos. Eu adorava vê-los crescer. Adorava ser a pessoa que lhes ensinava os números e o alfabeto. Foi o trabalho mais difícil que já tive, isso incluindo construir uma empresa multimilionária do zero. Cada pirraça, birra ou crise de choro ficava por minha conta. Mas o mesmo acontecia quando eles se aconchegavam depois que se cansavam e com as risadas quando eu os empurrava para o alto no balanço do parquinho.

Eu sentia falta desses dias. Asher estava na primeira série agora, e Madison e Luna se importavam mais com vestidos bonitos e laços de cabelo do que com chocalhos e cobertores. Por mais que eu quisesse que continuassem bebês para sempre, eles precisavam crescer. Eu odiava que tudo acontecesse tão rápido.

Então, naquela noite, estávamos comendo aqueles nojentos hambúrgueres vegetarianos de feijão-preto e aspargo porque eu me recusava a perder qualquer outra coisa. E não me senti nem um pouco culpada por isso.

Dei uma mordida no meu hambúrguer, estremecendo e depois sorrindo enquanto mastigava.

O celular de Eason começou a tocar, e ele olhou para a tela, franzindo as sobrancelhas.

— É um número de Los Angeles. É melhor atender. Pode cuidar da tropa?

— Posso. E, quando você voltar, esses três pratos estarão limpos. — Estariam limpos porque eu planejava jogar os hambúrgueres no lixo e fazer sanduíches de manteiga de amendoim, mas ele não precisava saber disso.

Ele se curvou, beijou o topo da minha cabeça e pediu licença para ir para o outro cômodo enquanto respondia:

— Olá... sou eu.

Asher não apenas terminou o hambúrguer dele, mas comeu também o resto do meu. Eason estava certo. Eu precisava marcar uma consulta para ele com o médico para investigar sua evidente falta de gosto. Quando as meninas terminaram de comer os sanduíches, enquanto Eason ainda não havia voltado, ofereci a eles uma sobremesa de pirata. Eram três tigelas de água cheias de frutas, e eu dei a eles pequenas espadas de plástico para usar como espetos. Era uma versão menor, sem toda aquela saliva, da brincadeira de pegar maçãs com a boca. Eles adoravam.

Enquanto riam tentando pegar a sobremesa, parti para encontrar meu homem.

Rastreei a voz de Eason até a área de estar formal na parte da frente da casa.

— Mhm. Sim, claro. — Seus olhos encontraram os meus assim que entrei. O cabelo dele estava bagunçado, como se ele tivesse passado os dedos por ele, mas foi a palidez de seu rosto que fez meu coração parar.

— O que foi? — eu formulei com os lábios sem emitir som.

Balançando a cabeça, ele levantou um dedo me dizendo para eu esperar.

— Não, isso não é um problema. — Seu pomo de adão balançava

enquanto ele engolia em seco. — Sim. Não, eu agradeço. Isso... — Ele riu e, embora soasse genuíno, havia ali mais emoção do que humor. — Obrigado. — Ele finalmente abriu um enorme sorriso branco. — Mal posso esperar. Certo. Até lá, então. Boa noite. — Com um toque na tela, ele desligou. Ou pelo menos eu acho que desligou. Eason levou o celular ao ouvido outra vez, dizendo — Olá. Olá. Alguém aí?

— O que está fazendo? — perguntei. — Quem era?

— Só um segundo. — Com a cabeça baixa, ele continuou apertando botões no celular, e só então notei suas mãos trêmulas. — Meu Deus, como se desliga essa coisa?

Eu dei vários passos largos em direção a ele.

— Eason, querido. O que está acontecendo?

— Só um segundo. Só um segundo. Só um segundo. — Ele caminhou até o sofá e puxou uma das almofadas, escondendo o celular embaixo dela. Ainda não satisfeito, pegou as outras duas almofadas e as empilhou em cima da primeira.

— Tudo bem — disse ele, finalmente se virando para mim.

— Por que você está enterrando o celular?

— Porque eu estava tentando muito fingir calma e não queria que Levee Williams me ouvisse gritar... — Ele respirou fundo e então gritou a plenos pulmões. — Eu vou tocar no Grammy, porra! — Ele correu para a frente e me agarrou em um abraço de urso.

— Cacete! Está falando sério? — Eu ri quando ele nos girou em um círculo.

— Ela ia fazer um dueto de "Turning Pages" com Henry Alexander para uma apresentação especial, mas ele está doente, e ela precisa de alguém que conheça a música para conseguir substituir o cara em pouco tempo. Meu nome surgiu em uma conversa e, como ela mesma começou como compositora, achou que seria perfeito. Ela quer que eu me apresente com ela. No Grammy. Na frente de todos que são relevantes na indústria da música. Em dois dias!

— Espere. Dois dias? Tipo dois dias, dois dias?

— É. Este domingo. Vão reservar os primeiros voos da manhã. — Seu peito arfava quando ele terminou de falar, mas ele não me soltou.

O que ele fez foi me beijar — tirando o meu fôlego.

— Por que estão gritando? — Asher perguntou, correndo até nós, e as duas meninas empunhando espadas em miniatura vinham bem atrás.

Eu não tinha ideia de como começar a explicar a eles sobre quanto isso era importante para Eason.

Eu estava lá fora com ele na noite em que a música estreou na rádio. Vi sua expressão solene quando anunciaram o nome de Levee. O brilho em seus olhos quando ele descobriu que eu tinha ido à estação de rádio e pedido que creditassem a ele como o compositor.

Esta era sua chance depois de mais de uma década de sonhos. Foi um auge quando ele assinou um contrato com uma gravadora. E um desastre quando perdeu o contrato. Não tenho muito orgulho disso, mas admito que não tinha apoiado Eason naquela época, então, embora tivéssemos conversado muito sobre isso, eu só podia supor o sofrimento que ele experimentou durante esse período de sua vida.

Eu via quanto ele trabalhava. Quantas horas ele passava, noite após noite, ao piano ou com o violão na mão. Chegava em casa exausto depois de um show e acordava apenas algumas horas depois para colaborar comigo e cuidar das crianças. A audácia das pessoas que fechavam as portas quando ele tentava se tornar um artista e perguntavam se ele havia escrito algo novo.

Era um trabalho exigente e apaixonado.

Provações e tribulações.

Ele atingia o fundo do poço e depois se levantava.

Mas não havia como fazer as crianças entenderem nada disso.

Então falei algo que elas com certeza compreenderiam.

— Eason vai aparecer na TV!

Todos eles começaram a gritar e pular conosco. Eason me colocou no chão, mas só para que ele pudesse pegar todas as três crianças em um abraço gigante. Suas perninhas balançavam enquanto ele as sacudia de um lado para o outro.

Dizem que tudo acontece de uma vez. Por dois anos, esse foi exatamente o caso para nós. Drama e tragédia, um após o outro. Primeiro com Luna, agora com isso — era bom ver que a alegria também vinha de uma vez.

E, mesmo tão absolutamente feliz como eu estava por ele, a Bree Planejadora despontou com força total.

— Meu Deus, Eason, o que você vai vestir? Vamos. Você tem que começar a fazer as malas. Eu ajudo.

Ele colocou as crianças no chão e andou em minha direção.

— Como assim *eu* tenho que começar a fazer as malas? *Nós* temos que começar a fazer as malas.

Eu me aprumei, e ele me pegou em seus braços, com aquele sorriso sexy para mim.

— Você perdeu o juízo se acha que vou a Los Angeles pro maior dia da minha carreira sem você.

Eu olhei para ele aterrorizada.

Esse homem. Esse homem incrível, lindo e talentoso — ele obviamente não me conhecia.

Eu não poderia planejar uma viagem para o Grammy até a manhã seguinte.

Não tínhamos babá para as crianças. Eu não tinha vestido. Nem sapatos. Minhas unhas estavam horrorosas, e meu cabelo precisava de um corte. Eu tinha trabalho na segunda-feira. Reuniões na agenda. Asher tinha aula. E, sinceramente, vale a pena mencionar mais uma vez: eu não tinha vestido.

Mas, por outro lado, o mesmo homem maravilhoso, lindo e talentoso que eu amava com todo o meu coração e todo o meu ser acabava de receber a maior oportunidade de toda a sua vida.

E ele me queria lá com ele.

Portanto, mesmo que eu tivesse que ir de jeans e com o cabelo em um rabo de cavalo, carregando os três filhos nas costas como uma mula de carga, eu entraria naquele avião bem cedo na manhã seguinte.

Porque, se Eason me quisesse lá, era lá onde eu estaria.

— Tá bem — eu disse respirando fundo. — Nesse caso, você pega as malas no sótão, e eu ligo pra Evelyn, pra ver se ela pode ficar com as crianças.

Ele abriu um sorriso tão largo que juro que pensei que fosse engolir seu rosto.

— Só isso? Não vai pirar porque está em cima da hora?

— Ah, estou pirando neste exato momento, na minha cabeça. Mas te amo e estou muito orgulhosa de você e vai ser uma honra acompanhá--lo. — Soltei um suspiro dramático. — E vamos ser realistas: um astro do rock sexy me pedindo pra ser sua acompanhante no Grammy não é exatamente uma dificuldade.

As crianças simularam enjoo enquanto nos beijávamos; não deixamos de sorrir quando nossos lábios se uniram.

Pois é... o ditado estava certo. Tudo, definitivamente, acontece de uma vez, e eu estava muito feliz por viver isso com Eason Maxwell.

Vinte e dois

EASON

Em teoria, dois dias não pareciam muito tempo para se preparar para a maior celebração da música.

Na realidade, o tempo era ainda menor do que eu imaginava.

Como sempre, Evelyn foi incrível. Assim que Bree contou a ela sobre a minha oportunidade, ela largou tudo para cuidar dos nossos filhos enquanto estávamos fora.

Bem cedo na manhã seguinte, com as malas tão cheias que tivemos de pagar à companhia aérea uma pequena fortuna em taxas de excesso de peso, Bree e eu partimos para a Califórnia. Assim que saímos do avião, tudo aconteceu no mais absoluto turbilhão.

Dois carros esperavam por nós quando chegamos. Bree foi levada para o hotel, e bendita seja Levee Williams, que providenciou que seu estilista pessoal levasse Bree para fazer o cabelo e as unhas e depois às compras. Eu odiei ter que me separar dela. Não dava a mínima se tivesse que passar o dia segurando sua bolsa enquanto ela experimentava todos os vestidos de Los Angeles. Queria estar lá com ela. Mas, com trinta e seis horas até o show, eu não tinha muita escolha.

Depois que ela subiu no banco de trás de um Escalade preto, me inclinei para lhe dar um beijo.

— Vejo você hoje à noite, tá?

— Estarei no quarto do hotel. Com sorte, ficarei irreconhecível.

Eu ri e a beijei mais uma vez.

— Então fique nua pra que eu te reconheça. Memorizei cada curva desse seu corpo, Docinho.

Bree colocou a mão em volta do meu pescoço e agiu como se fosse me enforcar por usar o apelido que ela odiava. Mas não disse uma palavra sobre isso.

— Você vai arrasar. Tenta não ser muito incrível pra Levee não ficar tão mal, tá?

Eu ri, mas tanto amor cresceu em meu peito que era incrível eu ainda conseguir respirar.

— Vou tentar.

Ela roçou o nariz no meu.

— Eu te amo, Eason.

Não havia uma palavra forte o suficiente para descrever o que eu sentia por Bree, então me contentei com as que eu tinha.

— Também te amo.

O resto do meu dia foi uma loucura. Passei quatro horas ensaiando com uma mulher chamada Jo, enquanto pelo menos oito homens e mulheres desconfiados se juntavam em um canto. Levee era dona da gravadora Downside Up Records, então presumi que era dela a palavra final, mas eu tinha uma leve suspeita de que, quando Levee pediu por mim — Eason Sr. Ninguém — para substituir o superastro Henry Alexander, essa ideia não tinha agradado a todos em sua equipe. No entanto, se eles queriam "Turning Pages", uma canção de amor, perda e superação — uma canção que escrevi muito antes de conhecer a verdadeira profundidade de qualquer um desses sentimentos —, então ninguém no mundo poderia torná-la mais autêntica do que eu.

Toquei em uma sala cheia de burburinhos. E eu não dava a mínima para o que eles estavam dizendo. Segui meu coração e deixei a música falar por si. Quando finalmente terminei, todos concordaram em trocar o arranjo para que eu pudesse tocar piano em vez de substituir Henry no violão. Eu sabia tocar os dois instrumentos, mas, se eu quisesse que o mundo se lembrasse do meu nome, minha melhor aposta seria por trás das teclas de marfim.

Depois que todos pareciam satisfeitos por eu não ser um desastre completo, fui levado ao Staples Center, passei pelo figurino, depois pelo cabeleireiro e pela maquiagem, e então segui pelo corredor da imprensa. Eles não tinham ideia de quem eu era, e a maioria nem tentou fingir que sabia. Praticamente todas as perguntas giravam em torno de como eu conhecia Levee. E, na verdade, eu não a conhecia.

Ela não apareceu o dia todo, mas, quando me deixaram no hotel naquela noite, recebi uma dúzia de mensagens de várias pessoas descrevendo minha agenda lotada para o dia seguinte, que começaria bem antes do nascer do sol.

Foi surreal.

Estressante.

Intimidante pra caralho.

E eu adorei cada minuto.

Bree estava dormindo quando voltei para o nosso quarto. Eu estava tão cansado que nem tive energia para aproveitá-la em uma cama de hotel a três mil quilômetros das crianças.

— Mmm — ela cantarolou quando me deitei sob as cobertas atrás dela. — Como foi?

— Uma loucura. Incrível. Exaustivo. — Beijei o ombro dela. — E, agora, perfeito.

— O mesmo pra mim — ela murmurou, rolando, descansando a cabeça no meu peito, e voltando a dormir.

Eu não sabia como ela fazia isso.

Eu já estive em relacionamentos antes. Caramba, eu tinha sido casado.

Mas era diferente com Bree. Depois de um dia com várias vitórias, vivendo a vida com a qual sonhei durante a maior parte da minha existência, voltar para casa, para ela, ainda era minha parte favorita.

— Eason! Eason, aqui.

Apertei a mão de Bree e ergui a outra para acenar para a fila de paparazzi acampada do lado de fora da festa de Levee. Nenhuma pessoa sabia quem eu era quando acordei naquela manhã, mas, depois que as maiores estrelas do mundo me aplaudiram de pé, meu nome estava circulando.

E, para alívio de Bree, nenhum deles havia me chamado de Easton ainda.

A apresentação foi um grande sucesso e uma experiência quase religiosa para mim. Quando as luzes se acenderam e revelaram Levee em um vestido longo de baile de gala feito para simular as páginas de um livro, a enorme cauda ocupando metade do palco, e eu vestindo uma calça jeans preta de grife e um colete cinza justo, as mangas da minha camisa de botão branca enroladas até os cotovelos, ganhei vida atrás de um piano de cauda ônix.

Havia uma razão para Levee ser conhecida como Princesa do Pop. Ela se portava com a graça de alguém que era parte da realeza, equilibrada com autoridade e experiência. Mas, nos bastidores, ela era pé no chão e muito gentil. Nos primeiros vinte minutos depois de nos conhecermos, ela fez várias perguntas sobre minha família e então se aproximou para ver as fotos das crianças no meu celular.

No palco, nossas vozes se combinaram perfeitamente, sua marca pessoal de sensualidade harmonizando com meu estilo de soul ousado. "Turning Pages" já era muito popular, e eu me preocupava em atender aos padrões estabelecidos por Henry Alexander, mas, se eu falhei de alguma forma, ninguém deixou escapar.

— Isso é bizarro — disse Bree enquanto um enorme segurança abria a porta para nós, sem fazer perguntas.

Segurei a mão dela e sorri.

— Eu sei. Já passou da meia-noite, e ainda não viramos abóboras. Quem diria?

Ela riu enquanto observamos os artistas mais importantes da indústria da música.

Bree de repente congelou e me parou abruptamente.

— Meu Deus, aquele é Shawn Hill? Aaaai, Jesus do céu, é ele.

Rindo, eu me inclinei para ela.

— É, e depois desse gemido seu namorado decidiu que nós ficaremos deste lado da festa pelo resto da noite.

— Eu não tô sugerindo que a gente o convide pra um ménage no nosso quarto de hotel. Talvez apenas uma foto pra eu enviar para a Jillian. Ela me deu uma lista de pessoas para as quais devo passar o número dela neste fim de semana.

Eu curvei o lábio.

— E Shawn Hill, de 22 anos, está na lista?

Bree deu de ombros.

— O que posso dizer? Ela gosta de homens mais jovens. E, agora que você tá fora do mercado, ela tá caçando de novo.

— Então devemos definitivamente ir até lá e avisá-lo.

Passei o braço pelos seus quadris e coloquei os lábios em sua orelha.

— Por acaso, mencionei que você está incrível?

Ela sorriu para mim.

— Acho que uma vez ou umas setenta e cinco.

Bree sempre foi linda; não importava o que ela estivesse vestindo: roupas suadas de treino, ternos ou apenas jeans e regata. Mas o vestido vermelho de costas nuas com uma fenda alta em uma das pernas definitivamente dava pro gasto. Assim como o vestidinho preto decotado que ela havia escolhido para a festa depois da cerimônia.

— Bem, agora são setenta e seis. — Eu sorri. — Você está...

— Eason, você veio — disse Levee, parando ao nosso lado, segurando a mão de um homem que tinha grossas tatuagens em ambos os braços.

— Ei, parabéns pelo prêmio de Álbum do Ano.

Ela colocou um cacho castanho esquivo atrás da orelha.

— Obrigada. Ainda não faço ideia de como "Turning Pages" não conseguiu algo. Mas, depois da apresentação desta noite, tenho certeza de que as indicações do ano que vem serão muito diferentes. Meu telefone tá uma loucura; todo mundo tentando descobrir quem você é e onde eu estou escondendo você.

— Se for um executivo de uma gravadora em qualquer continente, incluindo a Antártica, diga para verificarem a pilha de demos dos últimos cem anos. Tenho certeza de que estou lá em algum lugar.

Ela riu melodicamente.

— Entendo. Confie em mim. Também passei meu tempo nas trincheiras. — Ela inclinou a cabeça para o homem ao seu lado e disse: — Este é o meu marido, Sam. Sam, este é Eason Maxwell.

Eu estendi a mão.

Ele apertou minha mão com firmeza.

— Prazer em conhecê-lo. Você foi incrível.

— Foi a sua esposa. — Soltei sua mão e puxei Bree para o meu lado novamente.

— Essa é minha namorada, Bree. Bree, Levee e Sam.

Levee sorriu para Bree.

— Ouvi muito sobre você hoje. Acho que seu namorado deve gostar um pouquinho de você.

Bree inclinou a cabeça para trás e sorriu para mim.

— Bem, o sentimento é muito mútuo. Eu meio que talvez goste dele também.

— Por favor. Ela me ama. Sério, é tipo uma obsessão. Mas acho que ela pode estar a fim do Shawn Hill ali. — Dei uma piscadela, e Bree me beliscou.

— Bem, tenho a sensação de que o resto do mundo está esperando por Eason Maxwell agora. — Levee riu. — Ei, tô feliz por ter encontrado você. Na verdade, estávamos de saída.

— O quê? Por quê? A festa não é *sua*?

— Éééééé — ela falou lentamente, observando o salão. — É bom para a minha imagem, mas essa não é mais a minha praia. — Ela deslizou sob o braço do marido e aninhou-se em seu peito. — Hoje em dia, sou daquelas que preferem mais vestir um roupão, beber uma taça de vinho, pedir serviço de quarto enquanto reviram a sacola de brindes.

Bree levou a mão ao ouvido.

— Desculpe. Você disse sacola de brindes?

Levee estalou o dedo e apontou para Bree.

— Já vi que você é das minhas. Não se preocupe. Vai estar no seu quarto quando você voltar. Escuta, já que estamos aqui, não tenho dúvidas de que as ofertas começarão a chegar pra você amanhã. Mas Henry e eu adoraríamos que você se juntasse a nós na Downside Up.

Todo o meu corpo se transformou em pedra, e o oxigênio que circulava livremente no salão desapareceu de repente.

— Tipo... como compositor?

Ela sorriu.

— Claro, se você tiver umas letras sobrando. Mas eu estava pensando mais na linha de um artista solo.

Bree agarrou minha mão e deu um aperto forte, do qual eu estava apenas vagamente consciente pela onda de adrenalina rugindo em minhas veias.

— Eu... hum...

Ela varreu o ar com a mão.

— Não responda agora. Você deve falar com vários agentes, empresários e advogados primeiro. Mas fiquei muito impressionada com você esta noite, Eason. Sem compromisso. Tenho algumas semanas de folga. Talvez, em vez de ir pra casa amanhã, você pudesse passar por San Francisco por algumas semanas. Eu adoraria usar esse seu cérebro em algumas músicas em que estou trabalhando. Poderíamos até colaborar e talvez lançar um single pra você enquanto o mundo ainda está querendo saber mais sobre Eason Maxwell.

— Uau. Isso parece incrível, mas não sei se posso ir a San Francisco. Eu tenho filhos. Bree precisa voltar ao trabalho e...

— Ele estará lá — interrompeu Bree, e a ponta de seu salto alto esmagou dolorosamente o dedo do meu pé. — Apenas diga onde, e ele estará lá.

Levee sorriu.

— Essa moça é esperta. Dê ouvidos a ela. Foi bom ver vocês dois. Boa sorte na caça ao tesouro na sacola de brindes mais tarde.

— Obrigada — respondeu Bree. — Por tudo. Foi uma experiência incrível para nós dois.

— Disponha, mas eu estaria mentindo se agisse como se estivesse fazendo um favor a você. Você vai fazer sucesso, Eason. Estou apenas tentando me adiantar. Nos falamos em breve.

Ela olhou para o marido.

— Pronto?

Sam ergueu o queixo para nós. Em seguida, jogou o braço em volta dos ombros da esposa e, juntos, eles caminharam em direção à porta.

Fiquei como uma estátua, tentando processar tudo o que tinha acabado de acontecer. Um potencial contrato de gravação com a Downside Up. Um convite para colaborar com Levee. Caramba, até mesmo a perspectiva de ela "usar o meu cérebro" poderia me dar um crédito de coautor em seu próximo álbum. Tudo isso era muito bom. Mas eu não tinha ideia de como poderia me ausentar por algumas *semanas* para fazer isso acontecer. Um longo fim de semana, tudo bem. Bree podia segurar as pontas, e sempre podíamos contar com Evelyn para ajudar. Mas *semanas*? No plural. Logística à parte, eu não sabia como me sentia por ficar tanto tempo longe de Luna.

O tapinha de Bree no meu peito me tirou dos meus pensamentos.

— Você tá louco? Quando Levee Williams pede pra você trabalhar com ela, você não diz — ela fez uma voz grave para um tom profundo que não soava nada como eu, ou pelo menos eu esperava que não, porque eu pareceria muito burro — "Ah, não sei. Bree tem que trabalhar. Quem vai tomar conta das crianças?" — Ela me deu outro um tapa. — Tá louco?

Eu ri e levantei minhas mãos em sinal de rendição.

— É verdade.

— Não é, não. Eason, quando fizemos esse acordo sobre você cuidar das crianças, foi pra que você tivesse tempo à noite para se dedicar à música. A oportunidade que acabou de ser apresentada a você era literalmente *o objetivo*. Agora as regras podem mudar.

— Ainda tenho responsabilidades. Eu tenho uma filha que...

Ela apontou para a tatuagem no quadril.

— *Nós* temos uma filha, Eason. E sou completamente capaz de lidar com as responsabilidades enquanto você estiver fora. Mas você tem que ir. Cuidar da nossa família é cuidar de si mesmo. Depois de todos esses anos, este é o seu momento. Não ouse ignorar isso em nome da responsabilidade. Somos uma equipe, lembra? Você faz a sua parte em San Francisco, e eu faço a minha em casa, tá bem?

Com um aperto no peito, olhei para ela no meio daquela festa de celebridades, sentindo cada pedacinho do impostor que eu era, mas ainda sabendo que era o homem mais sortudo dali.

Com os braços ao redor de seus quadris, eu a puxei contra meu peito.

— Tudo bem, mas o que vou fazer sem você por duas semanas?

Ela sorriu e passou as mãos nos meus braços até chegar ao meu pescoço.

— Agora *sobre isso* eu não tenho certeza. Mas pense em como vamos nos divertir quando você chegar em casa. Todo aquele...

O tenor de um homem interrompeu nossa conversa.

— Desculpe. Você é a Bree?

Levantei a cabeça, e Bree se virou nos meus braços. E ele mesmo, Shawn Hill, estava parado na nossa frente, com o peito nu coberto apenas por uma jaqueta de couro. Tinha o cabelo loiro comprido e esvoaçante e os olhos mais azuis que eu já tinha visto, e não parecia nem um pouco com o nerd que eu era quando tinha a idade dele, mas um modelo adulto que nunca tinha ouvido um não de uma mulher na vida.

— Ahhhh — murmurou minha *namorada*, que não estava balbuciando nem babando nem um pouco.

Ele sorriu para ela, tão hipnotizante que, por um segundo, eu temi que ela estivesse planejando jogar o sutiã nele.

— Oi, eu sou Shawn. A Levee me mandou uma mensagem dizendo que eu deveria vir falar com você.

Eu queria ficar com ciúmes. Depois de Jessica e Rob, minha capacidade de confiar deveria ser nula. Mas aquela era Bree, e ela estava tão impressionada que era hilário. E mesmo sabendo que Shawn poderia ter caído de joelhos por ela ali mesmo, isso não teria importância.

Bree era minha.

Do jeito que sempre deveria ter sido.

Passamos o resto da noite na festa. Conhecendo pessoas. Fazendo amigos. Tirando fotos e enviando para Jillian. Fomos embora para o hotel por volta das quatro da manhã e, felizmente, Bree ignorou a sacola de brindes, e nós fizemos amor até o sol nascer.

Ela voou para casa na manhã seguinte, exausta, saciada e sozinha, enquanto eu seguia para San Francisco, com os sonhos na ponta dos dedos e todo o meu coração em Atlanta.

Vinte e três

BREE

— Ecaaaa! — Luna riu, empurrando o slime em um pequeno pote de plástico para fazer um barulho alto de *fllllarp*.

— Mãe, mãe, mãe. Ouve o meu! — Asher exclamou.

Todos eles riram histericamente. Sério, independentemente da idade das crianças, aparentemente sons de peido são sempre engraçados.

Nunca querendo ficar para trás, Madison começou a enfiar freneticamente o slime dela no potinho, gritando:

— Minha vez!

— Tá, espere aí, Mads. Venham todos. Vamos tirar uma foto para Eason. Vem, Luna. Papai precisa ver seu lindo sorriso. — Me apoiando no balcão com os cotovelos para firmar os braços, apontei a câmera do celular para eles, que estavam sujos de cola escolar e corante para alimentos. Suas camisetas estavam arruinadas, e eu tinha a sensação de que passaria dias limpando os balcões, mas eles estavam felizes.

E porque estavam felizes, eu também estava feliz.

Nas quase duas semanas sem Eason, nós estivemos ocupados. Fizemos slime, pintamos apanhadores de sol e fizemos carimbos com batatas. Nós passamos quase todas as tardes no parque e, à noite, ensinávamos Oreo a pegar um ratinho de feltro. Eu comprei um trampolim para o quintal, e nós usamos mais giz na calçada do que eu imaginava ser possível.

E adorei cada minuto.

Um dia depois que cheguei de Los Angeles, levei Madison e Luna para o escritório, enquanto Asher estava na escola. Passei algumas horas resolvendo pendências enquanto Jillian mantinha as meninas entretidas.

Depois, enviei um e-mail para toda a empresa para avisá-los que tiraria férias por algumas semanas — a partir daquele exato momento. Devo ter recebido cinquenta respostas nos primeiros dois minutos: e-mails, telefonemas, chefes de departamentos passando no escritório com uma lista de perguntas. Eu não respondi exatamente a ninguém. Em vez disso, fechei meu computador, peguei minhas meninas e fui buscar Ash na escola, e nós quatro saímos para tomar smoothies sem um único arrependimento.

Eu poderia ter contratado uma babá temporária em uma agência. Poderia ter trabalhado em casa, acordando bem cedo e dormindo muito tarde. Mas, no fundo, nada disso parecia certo para mim.

Eu tinha feito um discurso para Eason sobre como cuidar da família significava cuidar de si mesmo. E lá estava eu, uma hipócrita, em um trabalho que passei a desprezar quando tudo o que eu realmente queria era estar em casa com meus filhos. As pessoas tinham opiniões muito convictas sobre o antigo debate mãe que trabalha versus mãe dona de casa. Mas, para mim, não havia uma resposta certa. Ou resposta errada, para dizer a verdade. A questão era o que funcionava melhor para cada família.

E, nos últimos meses, ver meus filhos crescerem no espaço de uma a duas horas que eu tinha com eles todas as noites simplesmente não estava mais funcionando para mim.

— Xis! — as crianças gritaram, mas não consegui tirar uma foto, porque meu celular acendeu com uma chamada do FaceTime.

Um enorme sorriso se espalhou nas minhas bochechas. Apertei o botão de atender e perdi o fôlego quando aquele rosto bonito encheu a tela.

— Oi! — eu disse, virando o celular para que as crianças pudessem vê-lo também.

— Papai!

— Eason!

— Eeeee-sin!

A casa não era a mesma sem ele. Era muito entediante. Muito quieta. Muito saudável. Quem iria imaginar que um dia eu sentiria falta dele contrabandeando biscoitos?

Ele ligava sempre que podia, mas, com a diferença de fuso horário na Costa Oeste, era mais difícil. Mesmo assim, não havia um dia em que ele não tivesse tempo para pelo menos ver como a gente estava.

— Papai, onde você tá? — Luna perguntou, levantando-se no banquinho como se isso a levasse para mais perto dele.

— Ainda tô em San Francisco. — Ele se virou, exibindo a mesa de som em um estúdio vazio. — Todo mundo saiu para o almoço. O que vocês estão fazendo? — Ele se inclinou para perto, com seu cabelo loiro caindo nos olhos cansados. — Isso é slime?

Asher se lançou para a frente e pegou o celular da minha mão.

— Ouve isso. — Equilibrando o celular sem muito cuidado, ele começou a enfiar o dedo no potinho. Logo em seguida, Luna e Madison se juntaram a ele em uma sinfonia de sons de peidos.

— Uau! — Eason exclamou. — Aposto que sua mãe tá adorando isso.

— Demais — respondeu Asher.

Para falar a verdade, ele não estava errado.

Depois disso, as crianças se revezaram carregando o celular pela casa, conversando com Eason e mostrando tudo, desde as mesmas fotos que haviam mostrado a ele no dia anterior até uma meia solitária que Luna viu Oreo carregar pela casa. Cerca de meia hora depois, Madison trouxe meu celular de volta e desapareceu na sala de brinquedos com Luna.

Eu me acomodei no canto do sofá, levantei a tela na minha linha de visão e perguntei:

— Sobrou algum tempo para mim?

Ele se recostou no sofá e balançou as sobrancelhas.

— Para você, eu tenho a eternidade.

— Que boa lábia. Você deveria usar isso em uma música.

Ele arqueou a sobrancelha.

— Quem disse que não usei?

Eu suspirei.

— Então, como tá indo por aí? Me diz, sr. Famoso. Já comprou uma mansão e resolveu nos abandonar pela vida de celebridade?

Levee não estava errada sobre o mundo ter notado Eason Maxwell. Durante vários dias depois do Grammy, o nome de Eason ficou estampado em todas as mídias sociais. As mulheres estavam enlouquecendo por ele. Fotos dele sorrindo para Levee no palco geraram fofocas. As imagens dos paparazzi deles saindo para jantar e deixando os estúdios Downside Up juntos apenas alimentaram o frenesi da mídia. As coisas ficaram tão feias que, no final de sua primeira semana em San Francisco, o marido de Levee, Sam, me ligou para saber como eu estava. Ele era um cara muito legal, que me garantiu que nada estava acontecendo e que era assim que as coisas se davam na indústria. Principalmente com alguém tão novo e cativante quanto Eason.

Para falar a verdade, a fama recém-descoberta de Eason foi um pouco difícil de engolir. Fotos nossas no tapete vermelho estavam circulando e, embora eu tenha imprimido e emoldurado algumas, cortei estrategicamente todas as manchetes do nosso "caso de amor polêmico".

Ao procurar o passado de Eason, a imprensa sensacionalista descobriu sobre o incêndio. Ah, que dia delicioso deve ter sido para eles, quando mostraram uma foto minha, de Rob, Eason e Jessica em um evento beneficente de arrecadação de fundos que a Prisma realiza uma vez por ano ao lado de uma imagem da casa demolida de Eason e Jessica. Eles insistiram no fato de que Rob tinha sido o melhor amigo de Eason e até conseguiram encontrar um vídeo de celular em que eu segurava Luna e forçava um sorriso fora do funeral de Jessica como "prova" de nossa traição.

Eles não sabiam sobre o caso de Rob e Jessica.

Também não sabiam que Eason e eu mal éramos amigos antes do incêndio.

Eles não entendiam que nosso amor tinha nascido lento, como as estações, e fora construído sobre uma base de honestidade e confiança.

Ninguém entendia, mas em poucos dias Eason e eu fomos rotulados de *traidores* e *tabus*.

Foi muito estressante, e Eason perdeu a cabeça, mas eu bati o pé quando ele quis voltar para casa mais cedo. As pessoas sempre falavam e faziam suposições, mas, no final das contas, a única coisa que importava era que Eason e eu sabíamos quem éramos, como nos apaixonamos e para onde o futuro nos levaria.

O que mais o deixava magoado era que um dia as crianças iriam ler aquela merda toda, mas, se fizéssemos nosso trabalho direito, quando o dia chegasse, eles nunca teriam que questionar a verdade.

— Não, estou pronto para abandonar a vida de celebridade para voltar para casa, para você — Eason resmungou. — Meu Deus, eu queria que você estivesse aqui, Bree. E as crianças. Faz apenas algumas semanas, mas eu juro. Parece que Luna vai pedir o carro emprestado em breve.

— Acho que é com Asher que você precisa se preocupar. Tem uma garota na turma dele, e ele vive me dizendo que ela é tão bonita que faz seu estômago doer.

Ele soltou uma risada.

— Ah, cara, então é sério. Tô um pouco sentido que ele não tenha me dito nada sobre ela.

— Tenho certeza de que ele está apenas esperando você chegar em casa. Falando nisso... Alguma pista de quando será?

Ele soltou um grunhido baixo.

— Tá bem, o que você quer primeiro? A notícia boa ou a ruim?

Senti um buraco no estômago. A única boa notícia que eu queria era que ele entrasse por aquela porta, e presumi que, quaisquer que fossem as más notícias, não era algo que favoreceria isso.

— Vamos eliminar logo as más notícias.

— Desde que assinei com a Downside Up, Levee me colocou em contato com o produtor dela. Ele é incrível. Entende completamente meu ponto de vista. Trabalhamos em um gancho hoje que eu não conseguia terminar, e ele o resolveu em menos de dois minutos.

Eu torci os lábios.

— E por que isso seria ruim?

— Ele quer que eu volte ao estúdio para refazer algumas partes do que Levee e eu fizemos. E ele tá certo. Tem muito a cara dela e não tanto a minha. Vai demorar mais duas semanas, pelo menos. Talvez um mês, se eu conseguir o tempo de estúdio. Tenho escrito como um louco e tenho material mais do que suficiente para um álbum completo. Só preciso de uma ajudinha para ajeitar tudo.

Sim, um mês parecia uma eternidade do jeito que eu sentia falta dele. Mas ele também estava sentindo muita a minha falta e das crianças, então ele não precisava que eu o fizesse sentir culpa.

— Eason, não são más notícias. Você tem um contrato com uma gravadora importante que tá investindo tempo e dinheiro pra que você trabalhe com um dos melhores produtores. A gente sabia que a distância seria difícil, mas não são problemas ruins de se ter.

Ele trocou o celular de uma mão para outra, passando a mão livre no cabelo.

— Eu sei. Eu sei. Só me sinto mal por deixar você sozinha com as crianças. Você terá que voltar ao trabalho alguma hora. Talvez a gente devesse falar sobre contratar uma babá. Eu posso pagar por alguém em tempo integral. Eu sei que deixo você em uma situação difícil estando aqui e lamento que você tenha que cuidar de tudo.

— Quer parar com isso? Eu não tô em apuros. Eu tô fazendo o que precisa ser feito pela nossa família. Da mesma forma que você fez quando eu trabalhava oitenta horas por semana durante a auditoria da Receita. Para de se sentir culpado por ter sucesso. Se você quer saber a verdade, eu tô pensando em *não* voltar para o trabalho.

Suas sobrancelhas se uniram, e ele se sentou curvado para a frente.

— Espere aí. O quê? Isso é por minha causa?

Joguei a cabeça para trás.

— Não, é por minha causa. Tenho pensado sobre isso. Eu odeio perder a infância das crianças. Nós só temos alguns anos com eles, e logo todos estarão na escola e serão descolados demais pra sair com a velha mãe. Talvez só então eu volte ao trabalho. Meu coração simplesmente não tá mais lá. Eu trabalhei à beça para construir aquela empresa. Talvez seja hora de entregar as rédeas a outra pessoa e seguir os meus sonhos.

Sua expressão suavizou, e ele se inclinou para a câmera.

— Bree, não tô fisicamente aí agora. Mas eu apoio você. Se é isso que você quer, nunca mais volte para a Prisma. Eu posso assumir as contas. Eu meio que falhei com a Jessica nesse sentido, mas é diferente desta vez. Não vou perder o contrato. Eu posso cuidar da gente agora. De todos nós. Eu juro que posso.

Meu querido Eason. Depois de tudo, ele ainda sentia que não tinha feito o suficiente.

— Em primeiro lugar, você não falhou com a Jessica. Jessica falhou com ela mesma. Apesar do que ela nos levou a acreditar, ela não era uma florzinha indefesa ao vento. Ela poderia ter arrumado um emprego, mas escolheu passar o tempo livre com Rob em vez de cuidar da família. Você não vai carregar os fracassos dela como se fossem seus.

— Amor — ele sussurrou, com a emoção se expandindo na garganta.

— Em segundo lugar — continuei —, você *tem* cuidado de nós. Desde o primeiro dia. E isso não tem nada a ver com quem tava pagando a hipoteca. As crianças e eu não estaríamos aqui, tão felizes e amados, sem você. Seu coração é maior que o de qualquer homem que já conheci, e, considerando quantas vezes foi arrancado do seu peito, isso diz muito. Não preciso que você cuide da gente. Ainda terei a Prisma. Eu só não serei a única a comandá-la. Mas, se isso é algo que você precisa fazer por si mesmo para finalmente ver todo o seu trabalho valer a pena, vou transferir todas as contas para o seu nome esta noite. Não preciso de dinheiro, Eason. Eu preciso de você. Isso é tudo que eu sempre vou precisar.

— Droga, Bree. Como você sempre sabe exatamente o que dizer?

— É uma pequena habilidade que aprendi com você. Agora, se essa foi a má notícia, pode contar a boa.

Um lado de sua boca se ergueu. O amor resplandecia tanto em seus olhos que eu podia sentir o calor tangível através da tela do telefone.

— Chego em casa amanhã.

Meu coração pulou na minha garganta.

— Sério?

Ele riu.

— Sério. Eu tenho uma semana antes que tenham tempo para mim no estúdio. Então, tô voltando pra casa, pra minha mulher e pros meus filhos. Nunca estive tão animado na vida.

— As crianças vão pirar. Vamos fazer uma surpresa.

— E você? Tá animada?

Inclinei a cabeça de maneira provocativa.

— Por quê, superastro Eason Maxwell? Tá querendo um elogio?

— Não preciso de elogio. Preciso dos meus filhos e, depois que eles forem para a cama, preciso de você em uma lingerie indecente. Se vou me ausentar por um mês, precisamos passar a semana inteira enchendo minha cabeça com lembranças de você nua o suficiente pra me ajudar.

Eu assenti, mordendo o lábio inferior.

— Eu posso fazer isso.

Meu Deus, eu podia fazer muuuuito isso.

— Que bom. — Ele deu uma piscadinha. — Vou te enviar os detalhes do meu voo. Agora, eu tenho que ir antes que todo mundo volte e eu esteja sentado aqui, duro como uma pedra. Amo você, amor.

— Também te amo, Eason.

Vinte e quatro

EASON

Meu Uber me deixou na casa da piscina, e eu deixei as malas do lado de fora da porta. Segurando uma enorme pelúcia de unicórnio, uma de gato, uma picareta de plástico do Minecraft e um pote contendo todos os m&m's vermelhos que pude encontrar em San Francisco, me esgueirei pelos fundos da casa. Conforme planejado, Bree ficou com as crianças fora de casa, desenhando no chão do pátio com giz. Só de ver aquelas três cabecinhas juntas, uma onda de contentamento me envolveu.

Com os cabelos ao vento, Bree se levantou enquanto eu entrava pela porta dos fundos. Como se fosse a primeira vez que eu a visse, e não quase a milionésima, meu estômago deu um nó. Duas semanas não parecia muito tempo, mas, depois de vivermos juntos e passarmos todos os dias perto um do outro por dois anos, puta merda, como eu senti falta daquela mulher. Só FaceTime não estava adiantando.

— Oi — ela murmurou, e a pura alegria daquele lindo rosto entrou no meu peito.

Levei o dedo aos lábios para pedir silêncio.

Ela tirou o celular do bolso de trás e os chamou:

— Crianças, olhem pra mim. Vamos tirar uma foto dos nossos desenhos de giz e enviar para o Eason.

— O meu é o melhor! — Asher exclamou. — Tira uma foto do meu.

As meninas riram, brincando de espada com o giz, mas com as centenas de fotos que Bree me enviou enquanto eu estava fora, elas já sabiam de cor o que fazer e posaram para a foto.

— Digam xis — Bree orientou.

— Xis — todos cantaram.

Depois de deixar os brinquedos e, com muito cuidado, pôr os m&m's de Bree no chão para que nada quebrasse, eu me aproximei, agachei e disse:

— Xis.

Depois disso, ouvi o coro dos gritos mais lindos da minha vida. O rosto de Asher, quando ele se virou, era impagável: com a boca aberta, e os olhos do tamanho de pires.

Madison foi a primeira a se jogar em meus braços, gritando:

— Eeeee-sin!

Luna, minha bebê, ficou lá batendo palmas e tagarelando:

— Papai em casa. Papai em casa.

Eu era homem. O exemplar impecável da mais pura e absoluta masculinidade. Ou pelo menos foi o que eu disse a mim mesmo quando me olhei no espelho. Mas, na verdade, chorei como se tivessem construído uma fábrica de cebola na casa ao lado quando todos eles me atacaram. Caindo de bunda, eu me tornei o cara mais feliz que já se viu no fundo de uma montanha de crianças.

Por vários minutos, foi um caos, todos falando ao mesmo tempo, um milhão de perguntas e histórias passando por seus lábios mais rápido do que meus ouvidos podiam processar. Por mais que eu amasse meus filhos, eu precisava muito pôr as mãos em uma certa pessoa. Felizmente, havia um método infalível de escapar da montanha de crianças, e eu tinha planejado com antecedência.

— Quem quer uma surpresa? — perguntei.

Eles saíram de cima de mim no instante seguinte, pulando e gritando:

— Eu!

Depois de levantar, eu caminhei até a pilha de presentes.

— Tudo bem, meninas. Estes podem parecer bichos de pelúcia normais, mas são muito mais que isso. Tem bebês dentro deles. — Seus suspiros de surpresa fizeram aqueles brinquedos bizarros valerem cada centavo. — E não me perguntem se eu espiei dentro deles porque eu não fiz isso. Mas também não me perguntem como um unicórnio teve um bebezinho coelho. Aqui, Luna, a Patinha Fofinha Colorida E Brilhante é sua. — Entreguei a ela o unicórnio, que era mais ou menos do mesmo tamanho que ela.

— Bigada, papai!

Eu a beijei no topo da cabeça. Meu coração estava tão cheio que eu não tinha ideia de como ainda cabia em meu peito.

— E, Mads, isso significa que a Sra. Bigode de Botas de Glitter é toda sua. — Passei o gato para ela, e juro que seus olhos estavam tão arregalados que parecia que eu havia lhe dado o mundo. Ela colocou a Sra. Bigode debaixo do braço e deu um longo abraço em minhas pernas, expressando sua gratidão sem palavras.

Mas foi o exuberante "Isso!" de Asher! o que mais me fez rir.

— Isso significa que a picareta é minha — disse ele, pulando em um pé, erguendo os punhos. — Era o que eu queria. A picareta.

Rindo, balancei a cabeça e fiz uma reverência, oferecendo-a a ele com as duas mãos.

— Boa mineração, Ash.

— Obrigado! — ele agarrou a picareta e disparou para as árvores no pátio lateral, e as garotas se jogaram aos meus pés, tirando os coelhos híbridos de dentro do unicórnio e do gato, fazendo uuus e aaaas para cada um.

Eu tinha cerca de cinco minutos antes que o efeito da novidade passasse, então peguei o pote de M&M's e fui cumprimentar a minha mulher como devia.

Ela levantou a mão para bloquear o sol enquanto eu caminhava até ela, com um sorriso contorcendo um lado de sua boca.

— Isso aí é...

Eu não a deixei terminar de falar. Antes, segurei-a pelos quadris e a puxei para mim, e dei beijo muito esperado naquela boca sexy dela.

— Mmmmm — ela cantarolou, enlaçando o meu pescoço.

— Parece que você sentiu minha falta, Docinho.

Ela franziu a testa, mas era exatamente a reação que eu esperava, então funcionou.

— Não senti falta de você me chamando de Docinho. Mas talvez eu tenha sentido sua falta... *um pouco*. São pra mim? Ela apontou o queixo para o pote do tamanho de um galão com uma tampa preta de metal.

— O quê? Isso aqui? Não, é meu. Mas eu guardei pra você um saco Ziploc com todas as outras cores.

Ela me beliscou na cintura.

— Tá bem, tá bem. Pode ficar com eles. Não precisa partir pra agressão.

Meu coração parou quando ela pegou o pote das minhas mãos. Eu não deveria estar nervoso. De jeito nenhum Bree comeria M&M's antes do jantar. Pelo menos, não em um dia bom. Mas vê-la segurar aquele pote causou uma euforia que nunca pensei que sentiria novamente.

— Caramba, tá pesado — disse ela. — Você realmente separou esses M&M's todos? — Ela ergueu o pote na direção do sol e o girou na mão. — Deve ter mil aqui.

Dei de ombros.

— Três mil novecentos e noventa e nove para ser exato. Eu comi o último para dar uma sensação de autenticidade.

Ela riu e ficou na ponta dos pés para outro beijo. Um beijo que eu não neguei a ela.

— Isso é para substituir todos os meus que você roubou?

Balancei a cabeça de um lado para o outro.

— Mais como uma entrada nos pagamentos. Um dia a gente chega lá.

Rindo, ela deitou o rosto no meu peito, e por vários minutos nós ficamos ali, e nosso peito subia e descia em respirações sincronizadas. Não precisávamos dizer nada. Não havia expectativas ou pressão. Apenas tê-la em meus braços era o suficiente para mim.

Meu Deus, como era bom estar em casa novamente.

— Mãe! — Asher gritou. — O que tem pra jantar?

Luna se levantou.

— Eu quero jantar.

— Eeeeeu tambéééém — Madison concordou.

E, assim, nosso pequeno momento de silêncio acabou. Mas o caos era tão bom quanto.

— Tudo bem. — Soltei Bree e bati palmas. — Vamos jantar fora e depois talvez ir a um fliperama e depois ao parque de trampolim e a qualquer outro lugar que encontrarmos no caminho.

As crianças comemoraram como se estivéssemos mantendo-as cativas, como se nunca tivessem visto a luz do dia.

Bree estalou os dedos.

— Todo mundo precisa limpar o giz antes e deixar o brinquedo novo no quarto.

Elas entraram em ação, virando para os lados, discutindo sobre quem tinha giz de qual cor primeiro, e eu joguei meu braço em volta dos ombros de Bree e sorri, aproveitando cada segundo.

Ela inclinou a cabeça para trás para me fitar, ainda segurando o frasco ridículo de M&M's, me enchendo de ânimo.

— Eason, você acabou de chegar em casa. Tem certeza de que quer sair? Eu ia fazer uma comida simples pra você relaxar. Você deve estar exausto de viajar o dia todo.

Com certeza estava exausto, mas tinha grandes planos com Bree naquela noite.

— Eu estive pensando. Se ficarmos aqui e tivermos uma noite tranquila e preguiçosa em família, aqueles três vão estar bem alertas quando a hora de dormir chegar. Vamos acabar passando horas respondendo a perguntas, dando beijos de boa-noite e enchendo copos de água. Luna não vai querer me deixar ir, então terei que me deitar com ela. Sabemos por experiência que, quando me coloco na posição horizontal, acabou pra mim. Vou dormir, e a noite terminará antes mesmo de começar.

Inclinei a cabeça na outra direção.

— Ouuuu saímos para um restaurante do tipo hibachi, onde o chef cozinha na nossa frente, fazendo eles pensarem que comer frango grelhado com brócolis é legal. Em seguida, vamos ao fliperama, deixamos que eles corram até cansarem, enquanto você e eu entramos em uma competição *mais ousada* de Skee-Ball, na qual o perdedor deve pagar ao vencedor umas safadezas com a boca mais tarde. Em seguida, levamos as crianças ao parque de trampolim, deixamos que pulem até as pernas não aguentarem mais e voltamos para casa com três crianças exaustas que vão desmaiar antes mesmo de colocá-las na cama. Deixando-nos completamente sozinhos, pra você pagar a prenda do jogo que perdeu no início da noite.

Eu sorri.

— Uau. Alguém aí pensou mesmo nisso.

Eu encolhi um dos ombros.

— O que posso dizer? Tive muito tempo livre separando quatro mil M&M's vermelhos.

Era mentira. Eu os tinha encomendado pela internet, mas esse era um segredo que ela não precisava saber.

Ela deixou escapar uma risada alta e balançou a cabeça.

— Tá, tudo bem. Eu senti mais que um pouco de saudade de você.

Ela não precisava dizer. Eu via em seus olhos todos os dias que passara longe. Ouvia em sua voz quando ela sussurrava "eu te amo". E sentia no jeito como ela ainda estava me segurando forte, protegida em meus braços.

Bree e eu nos dividimos para aprontar as crianças. Luna e Madison estavam penduradas em minhas pernas enquanto subíamos as escadas. Então, enquanto Asher se vestia, ele insistiu que eu ficasse do lado de fora da porta para que pudesse me dar todos os detalhes sobre Abigail, a garota que fazia seu estômago doer.

Adorei estar em LA e San Francisco. O sol, a energia — havia algo em saber que eu estava andando pelas mesmas ruas, visitando os mesmos restaurantes e, em mais de uma ocasião, fugindo dos mesmos paparazzi de todas as lendas que vieram antes de mim.

Mas era mágico ver as crianças baterem palmas quando o chef fez um vulcão de cebola e ouvir Bree dar risada enquanto eu perdia Skee--Ball de propósito, jogando todas as bolas na rampa de dez pontos, porque tinha toda a intenção de terminar a noite com a boca entre as pernas dela. Eu tinha sonhado com uma vida sob os holofotes, mas havia uma felicidade imensurável em aumentar o volume do rádio e cantar a plenos pulmões para manter as crianças acordadas no caminho de volta para casa.

Meu plano de deixar todo mundo exausto tinha funcionado um pouco bem demais, porque, quando voltei para o quarto depois de ler uma história para as meninas e trancar a casa, Bree tinha dado uma de Eason Maxwell e estava dormindo de lado, com o mais leve indício de renda preta aparecendo nos ombros.

Depois do dia que tivemos, e por finalmente estar em casa, eu não poderia nem ficar desapontado. Eu a deixaria dormir um pouco. Sexo de madrugada definitivamente tinha suas vantagens.

Enquanto estava lá, olhando para ela, ri do pote de M&M's vermelhos intocados na mesa de cabeceira. Eu só sabia que eles estavam intactos porque ela ainda não havia encontrado o anel de noivado lá dentro. Mas ela ia achar.

Talvez numa tarde, enquanto eu estivesse no chuveiro, ela pegasse um punhado de M&M's e gritasse.

Talvez ela fosse pegar alguns escondida pela manhã, e eu acordasse e a encontrasse olhando para mim com lágrimas nos olhos.

Talvez ela o encontrasse na próxima semana, quando eu voltasse para a Califórnia. Um pedido de casamento à distância não era o ideal, mas o elemento surpresa que ela tanto odiava definitivamente valeria a pena.

Era cedo demais? Pelos padrões da maioria das pessoas, provavelmente sim. Mas não para mim. Eu a encontrara. A pessoa para mim. Eu não estava nervoso nem com medo. Não tinha dúvidas ou apreensão. Eu sabia, com cada partícula do meu ser, que Bree tinha nascido para ser minha. Nosso vínculo podia ter sido forjado por meio de uma tragédia, mas nosso amor floresceu na paciência, no respeito genuíno e na compreensão.

A vida nunca foi fácil, e a nossa foi mais difícil do que a da maioria. Por mais horrível que possa ter sido às vezes, havia beleza a ser encontrada ao olhar para trás, para toda a dor, sofrimento e devastação, sabendo que sairíamos do outro lado melhores e mais apaixonados do que eu jamais imaginara ser possível.

Então, quando adormeci na cama com ela naquela noite, com um sorriso no rosto, amor no peito, contentamento correndo em minhas veias, não fazia ideia de que nossas maiores provações ainda estavam por vir.

— Mãe! — Asher gritou, e seu terror era palpável quando ele veio correndo para o quarto.

Eu me ergui em um salto, assim como Bree, com a mesma rapidez, ao meu lado.

Jogando as cobertas para trás, eu pulei da cama; três passos largos me levaram até ele.

Ele se lançou em meus braços no segundo que cheguei perto o suficiente. Seu corpo inteiro tremia da cabeça aos pés.

— O que foi? — Por instinto, coloquei-o na cama e comecei a revistá-lo freneticamente, procurando por ferimentos. Era a única explicação que meu cérebro sonolento poderia formular.

Bree acendeu a luz e, em seguida, aproximou-se de nós, analisando o filho de cima a baixo. Nenhum de nós dois encontrou qualquer motivo físico que pudesse explicar aquela histeria. Segurando cada lado do rosto branco fantasmagórico do filho, Bree se agachou na frente dele. — Respira, filho. Tá tudo bem. A mamãe tá bem aqui. Tá tudo bem. Você teve um pesadelo?

Ele balançou a cabeça, e as lágrimas grossas fluíam continuamente de seus olhos aterrorizados.

À distância, ouvi Madison começar a chorar; o caos claramente a tinha acordado também. Meu coração já começava a desacelerar. Meu cérebro chegou a um acordo de que não havia perigo imediato com o qual meu sistema nervoso precisasse lidar.

Respirando fundo, eu olhei para Bree.

— Você lida com isso. Eu cuido das meninas.

— Não dá! — Asher gritou. — Ele a levou! Ele a levou!

— Quem? — Bree perguntou.

No instante seguinte, todo o meu mundo parou.

— Luna! Papai a levou!

— Asher, filho — Bree o acalmou. — Isso não é possível. O pai de Luna está bem aqui.

No meio da tragédia, é estranho as coisas que ficam gravadas na memória.

Eu me lembrava de quando percebi que apenas Madison estava chorando no outro quarto.

Me lembrava de entrar no quarto e encontrar a cama de Luna vazia.

Me lembrava da busca frenética enquanto gritava por Bree, e meu coração ainda agarrado à esperança de que Luna tivesse acabado de sair da cama e descido as escadas.

Mas cravado em minha alma pelo resto de meus dias estaria o som de Asher gritando:

— Não foi o pai dela! Foi o *meu* papai!

Vinte e cinco

BREE

— Encontre a minha filha! — Eason vociferou para Hoffman, o detetive de cabelos grisalhos, enquanto pelo menos meia dúzia de policiais percorriam nossa casa.

— Sr. Maxwell, garanto que temos uma equipe de oficiais no caso. Se ela estiver fora desta casa...

— Não diga *se* — ele esbravejou. — Não se atreva a dizer *se*. É da minha filha que a gente tá falando. Sabemos que ela tá fora de casa. Agora, faça a droga do seu trabalho e traga minha filha pra casa.

Eram apenas dez da manhã, mas já era o dia mais difícil da minha vida.

Uma sinfonia inesgotável tocava em nossa cabeça.

Onde ela estava?

Ela estava segura?

Ela estava com medo?

Ou meu maior medo: era tarde demais?

Por mais de seis horas, Eason e eu estivemos em um estado constante de pânico. O tempo passou, e os segundos pareciam horas. Assim como os estágios do luto, o processo emocional de descobrir que alguém sequestrou sua filha enquanto ela dormia tranquila sob seu teto, a apenas alguns metros da porta do seu quarto, começou com a negação.

Parecia impossível acreditar que alguém a havia levado — as alegações de Asher de que Rob tinha feito isso eram ainda mais descabidas.

Mesmo assim, Eason saiu pela porta dos fundos, que estava destrancada, correu pela casa e vasculhou as áreas ao redor enquanto eu chamava a polícia. Enquanto esperávamos que eles chegassem, Eason correu de um lado para o outro, irado, chamando o nome dela. Asher e Madison estavam chorando, então eu os arrastei comigo temendo deixá-los fora de vista. Primeiro, eu passei na piscina. Por mais pavor que eu tivesse de encontrar nosso doce bebê na água, o medo aumentou ao não encontrá-la.

Enquanto estava fora da casa, eu notei que a porta da casa da piscina estava semiaberta. O alívio fez minha cabeça girar quando corri, esperando que ela tivesse acordado desorientada e saído à procura do pai. Eason me encontrou lá; seu cérebro seguiu o mesmo caminho que o meu.

Havia tantos fatores que não tínhamos considerado naqueles primeiros minutos procurando por ela.

Como ela poderia ter passado pela grade de proteção para bebê no topo da escada?

Como poderia ter destrancado a porta dos fundos?

Por que o alarme não disparara?

Mas, no desespero, não conseguíamos pensar de forma lógica.

Luna não estava na casa da piscina.

Nem no quarto dela.

Nem no quarto de Eason.

Nem em lugar algum.

E, a cada segundo que passava, minha ansiedade aumentava.

Mas, quando estávamos saindo da casa da piscina, ouvindo o barulho das sirenes à distância, Eason notou um papel dobrado no banco do piano.

Havia duas linhas digitadas em preto. Nada peculiar, mas o que estava escrito era completamente devastador.

Pague $ 5 milhões para tê-la de volta

E um número qualquer de vinte e seis dígitos.

Só isso.

Nenhuma instrução ou explicação.

Apenas uma exigência e cinco vidas que nunca mais seriam as mesmas.

Eu já tinha visto Eason arrasado e despedaçado.

Já o vira sangrando e envolto pelo fogo.

Já o vira depressivo e emocionalmente destruído.

Mas, ao cair de joelhos, com as mãos trêmulas, e o inimaginável acontecendo, o homem que eu amava tinha sido obliterado.

Nós a havíamos perdido.

Quando a polícia chegou, os agentes separaram Eason e eu para um interrogatório quase imediatamente. A próxima reação de Eason foi a raiva. Por mais de duas horas, eu o ouvi esbravejando na cozinha. A agonia absoluta em sua voz era como a dor no meu peito.

Eles me fizeram perguntas, mas eu não tinha muitas respostas.

Estávamos dormindo. A casa estava bem trancada. Ainda assim, alguém entrou e levou a nossa menina.

As imagens de segurança da câmera na frente da casa não mostraram nada. Nenhum carro entrando ou saindo da garagem. Nenhuma figura sombria se aproximando na escuridão. Também não havia nada nas câmeras laterais. A única pista que tínhamos vinha dos fundos da casa, que mostrava um clipe de três segundos de uma pessoa vestida de preto, usando uma máscara de esqui e luvas. Não conseguimos nem distinguir se era um homem ou uma mulher antes que os fios fossem cortados, desativando a câmera completamente.

E também havia Asher, que jurou de pés juntos, veementemente, que acordou e viu seu pai, que estava morto, carregando Luna pelo corredor.

Depois de várias horas sendo interrogados separadamente pela polícia, não estávamos nem perto de encontrar Luna. Eason estava acabado, completamente inconsolável, e eu senti como se tivesse voltado ao passado, quando tudo doía e nada fazia sentido. Finalmente, eles nos reuniram na sala de estar. Uma policial ficou com as crianças na sala de brinquedos e, por mais que me destruísse ouvir o choro abafado de Asher, ele não precisava fazer parte disso.

— Minha filha tá em algum lugar com Deus sabe quem. Por que você tá parado na minha casa agora falando *se ela estiver fora*? — Eason disparou.

— Respire — eu insisti, parando ao lado dele. Seu coração estava tão acelerado que eu podia senti-lo batendo contra as costelas. — Apenas deixa ele falar, tá bem?

Ele enfiou a mão no topo do cabelo, e os músculos do seu pescoço ficaram tensos, mas fechou a boca para permitir que o detetive continuasse.

— O que eu estava tentando dizer é que temos uma equipe inteira trabalhando para encontrar sua filha. Sei que o agente Garrett, do departamento, esteve aqui mais cedo e falou com vocês separadamente sobre possíveis suspeitos e os perigos de pagar o resgate.

Fechei os olhos e baixei a cabeça, pensando nos tons castanhos de Luna. Por Luna, para acabar com o pesadelo, eu teria pagado qualquer quantia do mundo. Nenhum de nós tinha cinco milhões à mão. Mas, com tempo suficiente, eu acreditava que poderia ter acesso a esse valor. Poderia vender a casa, limpar todas as contas bancárias, contas de aposentadoria e carteiras de investimentos que eu tinha. Só vender a Prisma me renderia dez vezes esse valor.

No entanto, com nossas chances de encontrá-la com o limite de vinte e quatro horas diminuindo a cada segundo, tempo era a única coisa que não tínhamos.

Mesmo que conseguíssemos arranjar o dinheiro, o agente Garrett e a sua equipe eram terminantemente contra o pagamento do resgate. Disseram que não havia garantia de que os sequestradores devolvessem Luna e, às vezes, isso os tornava gananciosos e violentos, exigindo ainda mais.

Então havíamos perdido Luna.

Alguém a havia levado.

E estávamos em um impasse, sem poder recuperá-la.

Eu preferia estar de volta ao incêndio.

Eu preferia estar de volta *dentro* do incêndio.

Eu preferia estar *em chamas* a não saber se veríamos nossa filhinha outra vez.

E, com base na agonia estampada em seu rosto, Eason diria o mesmo.

— Então o que a gente faz agora? — Eason perguntou; sua raiva estava se transformando em desespero.

O detetive Hoffman levantou a calça azul-marinho e seu distintivo apareceu no quadril.

— Estamos trabalhando com o FBI para trazer sua filha para casa. Mas vou ser sincero com você. Não temos muitas informações para usar aqui. Estamos investigando algumas teorias. A primeira é a de que existe alguma relação com o seu novo status de celebridade. Talvez algum fã obcecado ou alguma coisa do gênero. O fato de o bilhete ter sido deixado no seu piano tem relevância. E, se as duas garotas estavam dormindo no mesmo quarto, isso definitivamente explicaria por que só pegaram sua filha e deixaram a garota Winters para trás.

— Um estranho não saberia qual delas é minha filha — Eason esbravejou. — Eu não sou famoso. Me apresentei no Grammy uma vez, e tiraram algumas fotos minhas com Levee Williams, mas a foto da minha filha não está espalhada pela internet. As fotos que algumas pessoas desenterraram eram de quando ela era um bebê. — Ele caminhou até uma mesa encostada na parede e pegou uma foto emoldurada de Madison e Luna posando na frente da árvore de natal. — Olhe pra elas. Diga se, em um quarto escuro, com duas camas lado a lado, você conseguiria distinguir quem é quem.

Esse definitivamente era um bom argumento. Havia uma razão para termos passado tanto tempo questionando a paternidade de Luna. Ambas tinham aproximadamente a mesma idade, o mesmo tamanho e a mesma cor de cabelo. O castanho dos olhos era diferente, mas não o suficiente para alguém de fora ser capaz de diferenciá-las.

— Tudo bem — o detetive admitiu. — Essa teoria também não explica como essa pessoa entrou em sua casa. Não há sinal de entrada forçada e, de acordo com sua empresa de segurança, seu alarme foi desativado com um código predefinido. O que me faz pensar que estamos lidando com alguém que conhece você.

— Mas ninguém tem o *nosso* código — eu argumentei.

Ele arqueou a sobrancelha peluda e grisalha. — Pare um minuto e pense bem. Alguma babá ou empregada doméstica? *Ninguém* mais tem o código do seu alarme?

— Não — Eason respondeu com firmeza. — Vocês já descartaram a nossa babá, Evelyn. Ela é a única pessoa que entra em nossa casa e até ela tem um código exclusivo. Não foi o mesmo que usaram para desarmar o alarme.

Eu não queria dizer. Pareceria ridículo, e eu me sentiria ainda pior, mas aceitaria a humilhação se isso pudesse trazer Luna de volta.

— E o Rob?

Eason baixou o olhar para encontrar o meu. Sua boca era uma barra diagonal de raiva, mas ele não fez uma objeção, e ficou claro para mim que ele tinha pensado nisso também.

O detetive soltou um grunhido gutural e olhou por cima do meu ombro.

— Escuta. Falo isso do alto dos meus quase quarenta anos de experiência. As crianças não são as melhores testemunhas oculares. Quando coisas traumáticas acontecem, sua mente tem dificuldade para superar o medo, então o cérebro delas preenche os detalhes na tentativa de entender a situação. Não é incomum que as crianças...

Eu dei um passo na direção dele.

— Mas faria sentido.

Ele inclinou a cabeça.

— Um homem morto voltando à vida para sequestrar uma criança que não é dele? Isso faz sentido para você?

— Ei — Eason grunhiu. Sua paciência já estava esgotando. — Cuidado com a porra do tom.

Ele ergueu as mãos em sinal de rendição.

— Sem intenção de desrespeito. Apenas estou tentando mostrar a realidade.

— Nada é real nessa porra! — Eason explodiu.

— Olha. — Eu me coloquei entre os dois, com a mão no peito de Eason, que subia e descia em um ritmo de maratona. — Parece insano. E impossível. Mas, apenas para considerar todos os cenários, vamos pensar sobre isso. Rob sabia onde estão todas as câmeras desta casa. Ele mesmo mandou a empresa de segurança instalá-las. O código do alarme não mudou desde que ele se foi. E Eason jura que trancou as portas, mas a porta dos fundos estava destrancada, e a casa da piscina estava escancarada. Alguém deve ter a chave. — Engoli em seco e balancei a cabeça. — As chaves de Rob estavam no bolso dele na noite em que ele morreu e, pelo que sei, nunca foram recuperadas.

O detetive Hoffman respirou fundo. A calma que faltava a mim e a Eason ele tinha de sobra. — Mais uma vez, sra. Winters. Digo isso com o maior respeito. Não vamos perseguir um homem morto.

— Nem eu — retruquei. — Mas meu filho não é um mentiroso. Ele tá tremendo e chorando o dia todo, pensando que um fantasma levou a sua irmã. Acho que todos podemos concordar que não foi o Rob, mas e se fosse alguém próximo a ele? Meu ex-marido não era um homem fiel.

Temos provas de que ele estava dormindo com a esposa de Eason... na minha cama. E se ele tivesse outra pessoa? E se, antes de morrer, ele tivesse dado a alguém a chave da casa, o código do sistema de segurança, um caminho para evitar as câmeras de segurança — e não porque planejassem sequestrar nosso filho, mas porque estavam tentando evitar ser pegos tendo um caso na minha casa? — As lágrimas que deveriam ter se esgotado havia muito tempo encheram meus olhos. — Eu não sei quem Asher viu, tá? Mas imploro que não descarte a ideia de que o Rob ainda possa ser o responsável por isso. — Um soluço escapou da minha garganta quando terminei.

— Vem cá — Eason sussurrou, passando o braço em volta dos meus ombros e me abrigando em seu peito.

Sempre me senti segura nos braços de Eason. Mas aquilo não dava para ser acalmado ou contido.

Já havíamos passado pelo inferno, e lá estávamos nós. Nossos pesadelos se tornaram realidade mais rápido do que nossos sonhos jamais poderiam.

— Só precisamos ter ela de volta — eu disse ao detetive. Meus apelos foram abafados pelo peito forte de Eason. — Por favor, nos ajude a encontrá-la.

Vinte e seis

EASON

Letárgico e ao mesmo tempo travado, sentindo a maior dor que já havia experimentado, eu passei o resto do dia no piloto automático.

Meu coração pulsava.

Meus pulmões se expandiam.

Mas a minha mente estava perdida em um mar de *e se*.

Nenhuma dessas preocupações poderia ser dita em voz alta por medo de que o universo me ouvisse e as considerasse um desafio. O mundo estava cheio de pessoas doentes e perversas.

E agora uma dessas pessoas estava com a minha filha.

Bree chamou um chaveiro para trocar todas as fechaduras da casa. A porta da garagem havia sido reprogramada, e a empresa de segurança viria na manhã seguinte para instalar novas câmeras dentro e fora.

Mas, até que isso fosse feito, nenhum de nós se sentia seguro. Talvez nunca nos sentiríamos. Mas não queríamos ficar muito longe. Passei o dia olhando para a porta, enquanto a polícia tirava fotos e examinava cada centímetro da nossa casa. Eu estava à beira de um precipício, sabendo que alguém a tinha levado, mas ainda havia uma parte de mim que esperava que ela tivesse apenas saído sozinha e a qualquer momento fosse voltar para casa.

Ela não ia voltar. Eu sabia. Mas, no momento, a esperança era o remédio que eu preferia.

Felizmente, Evelyn morava na mesma rua e nos procurou naquela tarde. Ela passou o dia com os policiais esquadrinhando a casa dela e, assim que a inocentaram como suspeita em potencial, ela abriu as portas para nós.

A casa de Evelyn era mais perto do que um hotel, caso precisássemos voltar para casa rapidamente, e Asher e Madison a adoravam, então eles também se sentiriam confortáveis lá. A polícia achou que era uma boa ideia sair de casa por algumas noites também, por isso, com o coração na mão, fizemos as malas e deixamos o último lugar onde eu tinha dado um último beijo de boa-noite na minha filha.

Bree e eu não perdíamos as crianças de vista, mas Evelyn fez o jantar, distribuiu lanches e, com uma brincadeira de esconde-esconde, até distraiu Madison, que não parou de perguntar por Luna o dia todo.

Mas Asher não quis participar e, quando chegou a hora de levá-los para a cama naquela noite, ele continuava ansioso.

— Eu não menti! — Asher clamou, agarrando-se ao pescoço de Bree.

— Eu sei — Bree acariciou a parte de trás de seu cabelo escuro.

— As pessoas podem voltar do céu?

Afundei na beirada da cama, coloquei os cotovelos nos joelhos e abaixei a cabeça.

— Não, meu amor. Não podem — Bree respondeu, com a outra mão no meu joelho inquieto.

— Então como ele tava lá? — Ele de repente levantou a cabeça, e uma nova onda de pânico apareceu em seu rosto. — Ah, não. E se ele levou a Luna de volta pro céu com ele? Talvez a tia Jessica tenha sentido falta dela.

Esse pensamento alojou uma pedra na minha garganta, e quase me fez sufocar. Eu tive que me levantar e caminhar até a porta ou arriscaria desabar bem na frente dele.

— Isso não é possível, filho — Bree sussurrou. — Olha pra mim, Ash. Nós acreditamos em você. Você viu alguém, e sei que nunca mentiria sobre isso. Mas ele estava de máscara, certo? Talvez fosse apenas alguém que parecia...

— Era o papai! — ele gritou, e o desespero frenético tomou conta de sua voz. — Eu vi muito bem antes de ele fugir. Eu me lembro de como o papai era e sei que era ele.

Respirei fundo, segurando o ar até meus pulmões doerem. A dor no meu peito tinha sido tão excruciante o dia todo que a queimação momentânea da privação de oxigênio parecia um alívio. Virando na ponta dos pés, eu o olhei diretamente nos olhos.

— Eu acredito em você, Ash.

Eu não acreditava nele. Mas ele precisava crer que sim.

Aquele garoto.

Aquele garoto, com um coração de ouro que sempre teria um pedaço meu, me olhou bem nos olhos e então acabou comigo.

— Desculpa, Eason. Desculpa por não ter impedido o papai. Fiquei com medo porque pensei que era um fantasma.

No instante seguinte, ele estava nos meus braços. Como um bebê, ele cruzou os braços em volta do meu pescoço e as pernas em volta da minha cintura, chorando no meu ombro por algo que ele nunca deveria ter que suportar. Eu sabia muito bem como era falhar com alguém que você ama. E carregar a culpa por uma coisa totalmente fora do seu controle. Esse tipo de arrependimento eu não queria que meu filho experimentasse.

Segurei-o com força, com meus antebraços cruzados em suas costas.

— Você fez tudo certo hoje de manhã. Você tem sete anos. Não é seu trabalho impedir um intruso em nossa casa. Você me entende? Você fez a coisa certa. Foi até nós e nos acordou. Nós soubemos cedo que ele a levou, e isso vai ajudar a polícia a encontrar a Luna. Você fez bem, amigão. Muito bem.

Ele continuou a chorar, e os soluços que revolviam seu pequeno corpo me despedaçaram profundamente. Bree estava do outro lado do quarto, com lágrimas que escorriam pelo rosto, mas nenhum de nós sabia o que fazer.

E, para falar a verdade, a parte mais difícil era que não havia mais nada a fazer.

Só podíamos esperar e rezar para que a encontrassem.

Depois de alguns minutos, Bree o tirou de meus braços e, juntos, eles se deitaram na cama. Evelyn preparou dois de seus quartos de hóspedes para nós e, a princípio, eu iria dormir com Asher enquanto Bree ficaria com Madison. Mas ele precisava da mãe por um tempinho.

E eu precisava de um momento de silêncio para lembrar como respirar.

Passei pelo outro quarto de hóspedes e espiei lá dentro. Madison já estava dormindo, esparramada na cama. Ela tinha idade suficiente para perceber que a melhor amiga não estava lá, mas não percebia o medo e o pânico que nos espreitavam como um vórtice ao nosso redor. Enquanto a observava dormindo sem nenhuma preocupação, fiquei imensamente grato por pelo menos uma de nós poder descansar.

Muito silenciosamente, fechei a porta do quarto dela, puxei o celular do bolso de trás e me sentei no chão. Devo ter recebido um milhão de notificações de mensagens. A notícia se espalhou quando a polícia ativou o alerta de crianças desaparecidas e todos, desde velhos amigos de bar até Levee e Sam, estavam me mandando mensagens, oferecendo qualquer ajuda que pudessem. Eu não respondi a nenhum deles. Eu não precisava que me mandassem um cozido, ou beber uma cerveja ou, no caso de Levee, que me enviassem um guarda-costas.

Eu só precisava da Luna. Eu não tinha ideia de como sobreviveria à noite sem ela.

Clicando duas vezes no botão verde de chamada, levei o telefone ao ouvido. Eu nem precisei discar o número dele. Foi a única pessoa para quem liguei o dia todo. O detetive Hoffman e os membros do Departamento de Polícia de Atlanta que estavam em nossa casa, para o caso de aquele babaca tentar voltar, eram ótimos. Mas eu sabia que a força-tarefa do FBI estava trabalhando arduamente em toda a cidade.

— Agente Garrett — ele respondeu.

— Por favor, me diga que você tem alguma novidade — eu implorei.

Ele suspirou.

— Como você está, Eason?

— Nada bem. Você tem que me dizer alguma coisa. Eu tô desmoronando.

Depois de cantarolar com simpatia, ele disse:

— Não encontramos a Luna. Vou começar dizendo isso. — Outra faca da realidade me apunhalou no estômago. — Mas na verdade eu estava indo encontrar vocês. Temos uma pista do número no bilhete. Não é um número de conta bancária. É para uma conta privada de criptomoeda. O proprietário é anônimo, virtualmente indetectável.

— Porra — eu sussurrei.

— Mas, embora não possamos rastrear o proprietário, analisamos alguns de nossos bancos de dados e conseguimos uma pista sobre outra conta de criptomoeda que recebeu fundos da conta dele há algum tempo.

Meu coração parou, e eu me aprumei. Não tínhamos achado Luna, mas pelo menos era alguma coisa.

— Isso é bom, certo?

— É um ponto de partida, com certeza. Você conhece alguém chamado S. Barton?

— Não soa familiar. Por quê?

— Porque, menos de vinte e quatro horas antes de sua casa explodir, o homem que sequestrou sua filha mandou meio milhão de dólares para ele.

Meu coração parou, e um calafrio percorreu meu corpo.

— O que foi que você disse?

— É isso mesmo. Estamos investigando. Vou passar no departamento de polícia para pegar o relatório do inspetor de incêndio e depois vou até você. Aguente aí. Vejo você e Bree em trinta minutos.

Ele desligou, mas minha mente disparou mais rápido do que nunca. Podia ser uma coincidência. Pessoas de todo o mundo viviam a vida fazendo transações, comprando e vendendo tudo e qualquer coisa nesse mundo antes, durante e depois do incêndio.

Mas quais eram as chances de essas pessoas sequestrarem minha filha tempos depois?

Andei pelo corredor pelo que pareceu uma eternidade, embora, provavelmente, tenha ficado por ali cerca de dez minutos antes de Bree finalmente sair do quarto. Um olhar para mim, e ela ficou alerta.

— O que foi?

Eu parei e agarrei minha nuca.

— O agente Garrett está vindo.

No corredor estreito, ela correu os poucos passos em minha direção.

— Eles a encontraram?

Balancei a cabeça, incapaz de verbalizar uma única palavra da verdade.

— Eles conseguiram encontrar alguém que havia recebido dinheiro da conta do resgate. Meio milhão de dólares um dia antes do incêndio.

— O quê? — ela arregalou os olhos. — Isso é...

— Suspeito pra caralho — eu concluí para ela. — Um cara chamado S. Barton.

— Quem é esse?

Incapaz de ficar parado, voltei a andar de um lado para o outro no corredor.

— Não faço ideia. Garrett disse que eles estão investigando, mas...

— Espere. — Ela estreitou os olhos para um espaço vazio acima da porta. — Barton.

— Foi o que ele disse.

Ela estalou os dedos duas vezes e, então, sem dizer outra palavra, entrou com pressa no quarto em que Madison estava dormindo.

Eu a segui, soltando um grito abafado:

— Ei, shhhh, ela tá dormindo.

Depois de pegar a bolsa do computador que trouxera de casa, Bree saiu em silêncio do quarto tão rapidamente quanto entrou. Com agilidade, pegou o laptop e então passou a bolsa para mim.

— Procura a minha chave de acesso.

Ela se sentou no último degrau, digitando senhas e ligando o computador. Eu vasculhei o fundo da bolsa e encontrei o pequeno dispositivo do tamanho de um pen drive que ela usava para acessar a Prisma com segurança de casa.

— O que você tá fazendo?

— Tinha um Barton na Prisma. Mas não me lembro do primeiro nome dele.

Com o coração acelerado, passei a chave digital para ela e encaixei meu corpo grande ao lado dela no topo da escada.

— Você acha que pode ser ele?

— Não sei. É o único Barton que eu conheço. — Ela continuou olhando para a tela, enquanto seus dedos voavam pelo teclado.

— Lembra quando voltei a trabalhar depois do incêndio? Um cara da manutenção não apareceu para trabalhar por um mês inteiro, até que alguém percebesse e o cortasse da folha de pagamento.

Eu não me lembrava nem um pouco disso. Mas eu estava em cima da tela dela como se pudesse magicamente desbloquear o universo e rezei com toda a minha alma para que pudesse.

De repente, ela se aprumou e se inclinou para a tela.

— Steven Barton. S. Barton... ele trabalhava na Prisma.

Ela virou a tela na minha direção, e lá estava ele. Um homem de cabelo castanho-escuro e barba espessa, que eu não reconheci. Steven Todd Barton, o próprio cretino, que possivelmente sabia quem tinha levado minha filha.

Eu levantei num pulo.

— Qual é o endereço dele?

Ela continuou clicando freneticamente na tela.

— Bree, a porra do endereço dele?

— Não sei. Tô procurando. Ele não parece ter um. A seção de endereço está toda apagada. — Ela balançou a cabeça. — Não é possível. Ligue pra Jillian. Todo mundo tem um endereço registrado. É política da empresa.

Jillian atendeu depois de um toque.

— Olá?

— Por que o Barton não tem um endereço? — Eu disse, exasperado.

— O quê? — ela perguntou, completamente perplexa.

Bree estendeu a mão e pegou o celular do meu ouvido. — Oi, Jill, é a Bree. Ouça, eu tô olhando pro cadastro de um ex-funcionário. O endereço dele tá apagado. Por quê? — Ela apertou o botão do viva-voz e colocou o telefone ao lado dela para poder usar as duas mãos.

A voz de Jillian encheu o corredor.

— Muitas vezes, quando os funcionários simplesmente se demitem ou são demitidos, eles se esquecem de nos enviar o novo endereço. Quando chega a época dos impostos, nós enviamos cartas para os endereços antigos com o aviso *não encaminhe*. Assim, os correios nos enviarão de volta com o endereço correto, e poderemos atualizar no sistema. Se você clicar nas setas amarelas, deve mostrar o endereço mais recente que temos registrado.

— Ah, já vi as setas amarelas. — Outro clique. — É. Tá. Entendi.

Eu li por cima do ombro dela o endereço de três linhas que ficou registrado na minha mente.

— Alguma notícia da Luna? — Jillian perguntou.

— Estamos trabalhando nisso. — Bree encerrou a ligação, mas eu já tava na metade da escada. — Aonde você tá indo?

— Richmont Way, 891.

— Você não pode ir lá — ela sibilou. Seus pés batiam na escada enquanto ela corria atrás de mim, mas eu não diminuí o passo. — Você nem sabe se é o mesmo cara.

— Vou arriscar mesmo assim. — Cada passo em direção à porta me deixou ainda mais determinado.

— Eason — ela chamou. — Espera, vamos ligar para o agente Garrett.

— Assim que pegarmos a porra da estrada. — Parei ao passar por Evelyn, que estava sentada na poltrona reclinável. — Você pode cuidar das crianças um pouco?

Ela se sentou e chutou o apoio para os pés para fechá-lo, com os olhos arregalados.

— Claro. O que tá acontecendo? Eles a encontraram?

— Ainda não. — Peguei minhas chaves do bolso e enfiei os pés em um par de botas na porta dos fundos, sem me preocupar com os cadarços. — Mas estamos trabalhando nisso.

Bree me perseguiu até o meu Tahoe e, embora eu amasse aquela mulher, minha já escassa paciência estava diminuindo.

— Eason, para — ela ordenou, se colocando entre mim e a porta do carro.

— Porra, eu não posso parar! Você me entende? — eu me enfureci. — Alguém tá com a minha filha. Alguém que eu não conheço. Alguém que poderia, neste exato segundo, estar machucando ela, abusando dela. — Eu me aproximei dela e acrescentei, com os dentes cerrados: — Podem estar matando a Luna. Ficar parado não é mais uma opção. Se esse Steven Barton acabar sendo o cara errado, então não tenho nada a perder, além de uma viagem pela cidade. Mas, se for o cara certo... — Levantei a camiseta para revelar meu peito coberto pela lua. — Eu ganho todo o meu mundo de volta. Então, você pode sair da frente e me deixar ir ou entrar na porra do carro, mas, de um jeito ou de outro, com ou sem você, vou encontrar minha filha.

Ela me olhou no fundo dos olhos, pensando na coisa certa a fazer. Eu estava além de tudo isso. Bree não era precipitada ou imprudente. Ela era equilibrada demais para ser controlada pelo desespero. Mas era também a minha alma gêmea, a mãe da minha filha — que se dane o DNA — e a mulher mais inteligente que já conheci.

A prova disso: ela entrou no carro.

Vinte e sete

BREE

— Não se atreva a ir até lá! — O agente Garrett gritou tão alto que eu nem estava segurando o telefone e ouvi claramente do outro lado do Tahoe.

— Tarde demais. Já tô aqui — disse Eason, com o foda-se ligado no máximo. Ele encerrou a ligação e colocou o telefone no porta-copos. O celular acendeu imediatamente com uma nova chamada recebida, mas era certo dizer que Eason havia terminado de falar.

Estendi a mão pelo console central e apertei sua coxa.

— Eason, querido. Podemos parar só por um instante? É bem possível que esse sujeito não tenha nada a ver com a Luna.

— Essa parece a vizinhança de um funcionário de manutenção de nível operacional pra você? — ele perguntou, seguindo o GPS nas ruas bem cuidadas e alamedas charmosas pelas quais passávamos.

Não. Certamente *não*. O lugar era lindo, com casas bem espaçadas, diferentemente de alguns dos bairros mais novos nos subúrbios de Atlanta, onde as casas praticamente se amontoavam umas sobre as outras. Havia casas grandes com amplos gramados verdes que ficavam afastadas da rua. Postes de luz antigos iluminavam as calçadas e havia até uma ciclovia que dava para uma área arborizada. As casas não eram tão grandes quanto a nossa, mas o bairro era impressionante.

— Talvez os pais dele morem aqui ou...

— Ou talvez ele tenha comprado a casa com o meio milhão que recebeu para incendiar minha casa e matar duas pessoas.

Meu estômago se revirou. Era a teoria que ele levantara enquanto ziguezagueava pelo trânsito no caminho, e eu tinha que admitir que a data do pagamento parecia muito suspeita, mas a polícia nunca havia considerado o incêndio criminoso.

Eason estava à beira da insanidade, e a adrenalina girava em sua mente em todas as direções possíveis. Eu compreendia. Eu estava desesperada também. Mas, se eu não pudesse fazê-lo esperar pela polícia, poderia pelo menos dissuadi-lo de fazer alguma coisa que pudesse nos afastar ainda mais da possibilidade de encontrar Luna.

— Nós não sabemos isso — eu disse a ele. — E, se você for até lá com acusações, talvez nunca saibamos. Estou com você mil por cento aqui. Mas os nervos estão à flor da pele, e não podemos perder o foco. Steven Barton recebeu dinheiro do homem que está com Luna. Só precisamos de um nome, Eason. Guarde o resto do interrogatório para os policiais.

As articulações de sua mandíbula palpitaram, e seus olhos permaneceram fixos na estrada, mas, mesmo com tanta raiva e medo como ele estava, Eason sabia que eu tinha razão.

— Procure pelo oitocentos e noventa e um — disse ele, e não era uma ordem e ele não falou de forma brusca, então presumi que eu o tinha convencido.

Pouco depois das dez, entramos no acostamento de uma casa de tijolos aparentes de dois andares. A luz da varanda estava acesa, assim como várias outras lá dentro, tanto no andar de cima quanto no andar de baixo, então, se Barton estivesse lá, não teríamos que acordá-lo.

Eason saiu primeiro do carro, e tive que correr para acompanhá-lo. Ele foi batendo o pé até a escada que levava a um enorme alpendre que circulava a casa. Ali, havia pelo menos meia dúzia de cadeiras de balanço brancas e plantas penduradas que se alinhavam na frente. Uma casa tão normal associada a tantos horrores.

Meu coração estava na garganta quando Eason tocou a campainha. Tentei aparentar calma, mas a adrenalina dele me contagiou enquanto estávamos lá, esperando impacientemente, rezando com esperança de que este homem pudesse nos levar a Luna.

Depois de vários segundos sem resposta, Eason bateu com força usando o punho.

— Calma — eu sussurrei, contornando a cadeira de balanço para espiar dentro de uma janela. Móveis modernos de couro escuro decoravam a sala de estar, enquanto as notícias locais passavam por uma grande tela plana montada acima da lareira.

— Você tá vendo alguém? — ele perguntou.

— Não, mas a tv tá ligada.

— Então tem alguém aí. — Ele sacudiu a maçaneta, e soltou um grunhido quando ela não cedeu. — Foda-se. Vou dar a volta por trás.

— Eason... — Eu comecei a repreendê-lo; tinha um sermão inteiro na ponta da minha língua, mas se desfez antes mesmo de sair da minha boca.

De repente, ouvimos um grito agudo de dentro da casa, e senti que atingiu meu corpo com a força de uma marreta.

Não era Steven Barton.

Não era um homem.

Mas não havia como errar. Eu reconheceria aquela voz em qualquer lugar.

E eu não fui a única.

— Luna! — Eason gritou, batendo com o ombro na porta.

As costas largas de um homem apareceram enquanto ele corria pelo corredor com nossa filhinha balançando nos braços. Os olhos castanhos dela colidiram com os meus por cima do ombro dele. Eu não conseguia ouvir sua voz abafada, mas o som de sua doce voz dizendo "Bwee" ecoou na minha cabeça mesmo assim.

— Ela tá lá! — eu gritei, consumida pelo pânico. — Eu acho que ele vai sair com ela por trás.

Eu corri para a parte de trás da casa. Eason foi mais rápido, e passou correndo por mim, batendo os pés na varanda de madeira. Com as duas mãos no corrimão, Eason se lançou sobre ele e desapareceu da minha vista.

— Ei! — ele esbravejou. — Parado aí, porra.

Meus ouvidos explodiam enquanto eu contornava a casa para chegar à escada dos fundos, descendo de dois em dois degraus. Cheguei bem a tempo de ver Eason se jogar e enfrentar o homem barbudo que segurava Luna.

Luna voou de seus braços e caiu com força na grama, e um gemido de dor escapou de sua garganta.

— Pega ela! — Eason gritou para mim, enquanto se agarrava ao homem, que se debatia sob ele para fugir. Socos foram trocados, grunhidos e xingamentos ecoavam pela noite silenciosa.

Com o coração na garganta, corri para Luna. Seus braços já estavam esticados o mais alto que ela conseguia, estendendo-se para mim. As lágrimas pingavam abundantes de seu queixo. No meio do caminho, eu a peguei, e a coloquei no meu quadril, mas ela se arrastou para a frente, tremendo enquanto abraçava meu pescoço.

— Eu quero o papai! — ela choramingou.

— Shhh. Tudo bem. Eu tô aqui com você — eu a acalmei, acariciando suas costas com a mão.

A coisa certa a fazer era pegar Luna e ir embora. Eason podia cuidar de si mesmo. Eu disse aos meus pés para se moverem. Meu cérebro praticamente gritou. Mas, por alguma razão, não conseguia parar de olhar para o homem que Eason tentava segurar.

Eu não reconheceria Steven Barton. Eu nunca tinha visto mais do que uma foto dele no meu computador. O cabelo era castanho-escuro como o dele. Assim como a barba espessa.

Mas isso não explicava por que os cabelos da minha nuca se arrepiaram.

— Seu filho da puta — Eason grunhiu, rolando em cima dele e com a mão em sua garganta. Usando os joelhos, Eason o imobilizou no chão, recuou o punho e então parou. Completamente. Da cabeça aos pés. Todo o seu corpo, que estava tenso, tomado pela raiva e devastado pela adrenalina, apenas...

Travou.

Assim como meu coração, enquanto o mundo inteiro, mais uma vez, pegava fogo ao nosso redor.

Seu nome deslizou pelos meus lábios em um sussurro violento.

— Rob?

Vinte e oito

EASON

— Mas que merda é essa? — sussurrei, com o punho apontado para o rosto do meu ex-melhor amigo, que caía vacilante ao meu lado.

Meu ex-melhor amigo *morto*.

— Sai de cima de mim, porra! — ele se sacudiu embaixo de mim, com o sangue do lábio pingando na barba.

Eu balancei a cabeça, vendo, mas sem conseguir acreditar que o homem respirando na minha frente poderia mesmo estar vivo.

Sendo bem sincero, eu odiava Rob por muitas coisas que descobrira desde sua morte, mas uma pequena parte de mim se iluminou, e estava quase *feliz* em ver o homem que eu considerara meu irmão por tantos anos vivo novamente.

Mas então lembrei que ele havia levado minha filha.

Com as duas mãos em volta de seu pescoço, bati sua cabeça no chão, bramindo:

— Você tá morto! Nós enterramos você!

Seus lábios se curvaram num sorriso sinistro.

— Não. Enterraram Steven. O imbecil mereceu morrer. Detonou o explosivo no porão cedo demais. Aquele amador de merda acabou com a minha vida.

Eu pisquei. Literalmente nada naquele momento fazia sentido. Eu tinha tantas perguntas, mas minha mente não conseguia se concentrar em uma por tempo suficiente para fazer qualquer uma delas. Foi o choro de Luna atrás de mim que finalmente me tirou do choque.

Olhei para cima e vi minha mulher segurando-a a alguns metros de distância, com o rosto pálido, como se tivesse visto um fantasma. Na verdade, era o que ela tinha visto. Mas Bree estava com a minha filha, minha bebê, que estava segura em seus braços, fora do alcance de quem quer que fosse esse louco abaixo de mim. Mesmo com toda aquela merda acontecendo ao meu redor, consegui suspirar aliviado.

Bree começou a dar um passo à frente, mas se deteve. O choque a impedia de se aproximar.

— Como você escapou? — Sua voz estava trêmula, mas as palavras eram claras. — Ninguém sobreviveria à segunda explosão.

— Ninguém deveria ter sobrevivido à *primeira* — disse Rob em um tom sarcástico. — E, enfim, cá estamos nós.

Eu não queria tirar os olhos de Luna, com receio de que, se desviasse o olhar, seria jogado de volta no pesadelo de não saber onde ela estava. Mas foi a risada maníaca de Rob que me deu calafrios na espinha, forçando-me a voltar a atenção para ele.

— Meu Deus, isso é tão poético. Eason, você deveria escrever uma música sobre essa merda toda. Talvez seja boa, pela primeira vez na vida.

Foi um golpe baixo vindo do homem que passara anos me incentivando a perseguir meus sonhos. E, quanto mais ele falava, mais ficava claro que aquele homem não existia mais.

Talvez nunca tivesse existido.

— Tem ideia de como foi difícil encontrar alguém disposto a matar vocês dois? Passei meses desviando dinheiro da Prisma. Planejei cada porra de detalhe, inclusive a parte em que a Jessica ficaria só relaxando na piscina, ou, melhor ainda, de joelhos, me tratando como a porra de um rei. — Mesmo com as mãos em sua garganta, ele conseguiu virar a cabeça para olhar para a esposa dele. Não. Nada disso. Olhou para a *minha* mulher. — Sua apólice de seguro de vida nos daria a vida que *eu e ela* merecíamos. Meio milhão de dólares desperdiçados com Steven Barton e, no final, ela foi a única que morreu. — Ele soltou um grunhido baixo, sofrido.

O ar ao nosso redor ficou estático e, naquele momento, prendendo-o ao chão, onde ele deveria estar a dois metros de profundidade, pude sentir o fogo lambendo meu pescoço outra vez.

O medo quando acordei coberto de escombros.

A dor quando cortei as mãos, procurando por Jessica nos destroços.

235

A agonia insuportável quando eu consegui escapar, sabendo que havia falhado com minha esposa e melhor amiga.

— Foi você? — eu disse, furioso. As peças de sua mentira se encaixavam quase tão rápido quanto meu punho, que desceu em seu rosto. — Você tentou me matar?

Ele grunhiu com a força do meu soco, mas seu sorriso viscoso se alastrou pelo rosto.

— Bem, tecnicamente, apenas Bree deveria morrer. Foi a Jessica quem colocou você na parada. Meu Deus, como ela te odiava.

Eu queria sufocá-lo até a morte. Minha visão afunilou enquanto o sangue rugia em meus ouvidos. Com aquelas confissões odiosas me atingindo repetidamente, eu poderia ter feito isso sem a menor gota de culpa.

Não dava para matar um homem que já estava morto, certo? Mas eu estava confuso; precisava de respostas mais do que de vingança.

— Mas que merda, Rob! Você dorme com a minha esposa, se apaixona, ou o que quer que estivessem fazendo. Depois você finge sua própria morte e *também* sequestra minha filha? Quem é você?

— Eu não precisaria sequestrar a Luna se aquela vadia ali não tivesse demitido minha fonte de renda.

Bree arregalou os olhos, e eu queria ir até ela, e segurar tanto ela quanto Luna em meus braços enquanto tentávamos juntar as peças daquele quebra-cabeça doentio e distorcido, mas não podia arriscar dar a Rob a chance de escapar.

— Bree, tira a Luna daqui! — eu gritei para ela. Meus olhos ainda estavam fixos em um rosto que era tão familiar quanto estranho. Eu podia ouvir os passos dela, mas, em vez de se afastarem, eles se aproximaram.

— Quem você tinha na Prisma? — ela perguntou.

— Não fique tão surpresa. Provavelmente muita gente lá ficaria feliz em me ajudar a destruir você. O Doug foi o primeiro que peguei roubando dinheiro. E agora com certeza ele vai me dedurar assim que o julgamento começar. Os cinco milhões eram a minha última chance de uma viagem só de ida para o México. — Ele se contorceu embaixo de mim. — Dá o fora. Não consigo respirar.

Eu me inclinei em direção ao seu rosto, e uma gota do meu suor escorreu em sua testa.

— Que bom. Bem-vindo ao inferno que vivemos nos últimos dois anos. — Mas eu me questionei brevemente se tinha sido mesmo um inferno. Agora eu tinha a melhor família, a melhor mulher e a carreira com a qual sempre sonhara. O sofrimento tinha valido a pena.

— Ah, fala sério. Não foi tão ruim assim — ele riu. — Você não demorou pra entrar na minha vida — ou na minha esposa. — Rob desviou os olhos de mim e aquele filho da puta nojento *piscou* para Bree. — Achei que ela ainda deixaria você na casa da piscina, mas, depois daquela apresentação no Grammy, acho que ela promoveu você pro andar de cima. — Ele riu e cuspiu na minha cara. — Nunca pensei que você chegaria lá, muito menos com a minha esposa e essa boceta gelada dela.

— O quê? — Bree murmurou.

— Eu disse "a sua boce...

Ele não terminou a frase porque eu o acertei na boca outra vez. Eu não era um homem violento, mas, caramba, como era bom sentir os ossos dos meus dedos estalando contra aquele rosto.

— Porra, para de me socar! — ele bramiu, sacudindo os quadris. — Ou juro por Deus que vou quebrar seu pescoço.

Foi a minha vez de rir, embora eu não tivesse nem metade da nojenta presunção dele.

— Você já tentou me matar uma vez, imbecil. Por acaso deu certo?

Bree mais uma vez entrou naquela conversa ridícula.

— O Doug desviava dinheiro pra você?

Rob riu.

— Ele já fazia isso havia anos. Quando me ferrei no incêndio, disse a ele que, se eu me desse mal, ele também se daria. *Aí* o dinheiro passou pra mim.

— Por quê? — Bree perguntou, e a dor tão evidente em sua voz fez meu sangue correr quente.

— Por que o quê? A porra do plano não funcionou. O que você quer? A porra da casa explodiu cedo demais. Não precisa ser um gênio pra entender. Saí pelos fundos, mas minha vida acabou no minuto em que vi vocês dois na frente da casa. Aquele trabalho todo não ia ser em vão. Com Steven morto, voltei pra casa dele e resolvi recomeçar. Usei o dinheiro pra comprar algo que não fosse uma merda de cabana em ruínas e fiquei por perto para ficar de olho no Doug. A última coisa que eu precisava era aquele bocó com peso na consciência.

— Sabia que existe uma coisinha chamada divórcio, certo? — ela esbravejou.

— Certo. Pra você tomar a minha empresa e usar as crianças pra me controlar pelo resto da vida? Nem fodendo. Casado ou não, prefiro morrer a viver mais um dia com as minhas bolas na sua mão. E que surpresa. Aqui está você, me fodendo de novo. Eu só precisava de uma saída.

— Não. Você precisava de uma saída sem parecer um fracassado! — ela sibilou, embalando o rosto de Luna na curva do pescoço. — Seu pobre e precioso ego. A Prisma estava no vermelho. Seu plano pra acabar comigo e com Eason saiu pela culatra. Você matou sua namorada. Tudo o que você tocou foi um fracasso depois do outro.

— Cala a porra da sua boca! — ele exclamou, lutando embaixo de mim, mas eu o mantive preso.

— Eu vou calar a porra da sua boca — eu murmurei, com a garganta parecendo ter engolido uma lâmina de barbear. — Você pensou que, agora que tenho algum dinheiro, poderia sequestrar a minha filha pra ganhar a liberdade?

— Ah, Eason. Você sempre foi ingênuo pra caralho. Acha que aquela garota ali é sua filha? Com que frequência você e Jessica transavam? Uma vez por mês? Comigo, era todo dia. Algumas vezes quando você estava no cômodo do lado. Por que você acha que a Luna se parece tanto com o Asher e a Madison? Odeio abrir o jogo pra você, mas Luna Maxwell é na verdade Luna Winters.

Foi a minha vez de oferecer um sorriso presunçoso.

— Ah, Rob — eu o imitei. — Você sempre foi egocêntrico pra caralho. Jessica pode ter dito que a Luna era sua, mas você nunca fez um teste de DNA, não é? Você me chama de ingênuo, mas bastou uma mulher pôr seu pau na boca sempre que você queria pra você simplesmente acreditar em qualquer merda. Encontramos seu outro celular. Os textos, as porras das fotos. Sabíamos sobre o caso de vocês e que você pensou que Luna fosse sua filha biológica. Só que não fui tão estúpido a ponto de acreditar cegamente em uma coisa que me contaram.

Eu apertei os dedos em sua garganta e me aproximei tanto do rosto dele que nossos narizes se tocaram. Com o maior prazer que eu já havia experimentado, disse a ele a verdade.

— A Luna é *minha filha.*

Seus olhos se arregalaram e, pela primeira vez desde que todo esse cenário insano começou, ele parecia chocado.

— Você tá mentindo.

— Desculpa. Ao contrário da Jessica, o DNA não mente. E você quer saber minha parte favorita? Agora, Bree é minha também. Seu filho Asher? Meu. Madison? Minha. Uma vida livre e tranquila, não apodrecendo em uma cela na cadeia? — Baixei a voz e declarei: — *Minha.* Então me diga Rob. Quem é o vencedor nesta situação?

Com toda a adrenalina que bombeava em minhas veias, o que me libertou não foi o som satisfatório de carne contra carne que ouvi quando soquei o homem que virou nosso mundo de cabeça para baixo. Foi a maneira como o rosto de Rob passou pela gama de emoções quando ele percebeu que havia jogado fora sua vida por uma mulher que não fez nada além de manipular todos nós.

Alguns minutos antes eu queria matá-lo, e, para falar a verdade, o desejo ainda borbulhava na minha mente. Mas a doce vitória de saber que eu tinha conseguido dar a notícia que o deixou arrasado era toda a justiça de que precisava.

Bree e eu ficamos em silêncio depois disso. Ela finalmente levou Luna para a frente da casa e esperou pela polícia. Rob gritou muito enquanto esperávamos. Bradou e xingou. Lançou insultos e ameaças de morte como se fossem sua segunda língua. Mas nada disso importava mais.

Porque, de uma vez por todas, Rob Winters não tinha mais importância.

O agente Garrett e sua equipe chegaram logo. Assim que consegui me livrar daquele psicopata delirante, dei a volta pela casa para encontrar a minha filha.

Luna se jogou nos meus braços, ainda chorando baixinho. Seu calor imediatamente descongelou o gelo que se formara em minhas veias no segundo em que descobri que ela estava desaparecida.

— Shhh, o papai tá aqui com você. Já acabou.

Mesmo na frente da casa, nós podíamos ouvir Rob tentando se livrar dos policiais, gritando comigo e com Bree como se de alguma forma tivéssemos causado sua queda e desgraça.

Logo depois do incêndio, passei muito tempo me culpando pelas coisas que não podia controlar. Eu sofrera a perda de uma esposa que nunca me amou e de um homem que se fez passar por meu melhor amigo, mas estava pronto para me matar para agarrar alguma ideia idiota que ele tinha de uma vida perfeita.

Por muitas noites, fiquei acordado na cama, revivendo repetidamente o incêndio na minha cabeça, com o sabor amargo da culpa abrindo um buraco no meu estômago porque pensei que tinha salvado a mulher errada.

Mas, com minha filha no colo e Bree ao meu lado enquanto voltávamos para casa, para nossa família, eu sabia que tinha salvado exatamente a pessoa certa.

Vinte e nove

BREE

— Viu minhas chaves, Docinho? — Eason perguntou, preenchendo o vão da porta com os ombros largos.

Revirei os olhos para aquela insistência em usar aquele apelido bobo. Ele só me chamava assim quando estava tentando me irritar. E, assim que Eason conseguia a reação que estava buscando, ele se inclinava e me dava um beijo de tirar o fôlego. Ser chamada de Docinho era um pequeno sacrifício a fazer.

Olhei para ele do chão, onde eu estava fechando uma caixa de calcinhas.

— No gancho na porta dos fundos. Tive que levar o Tahoe para a garagem quando os empacotadores chegaram. — Fiz uma pausa e tentei reprimir um sorriso. — E para de me chamar de Docinho.

— Você sabe que eu não posso fazer isso. — Sorrindo de orelha a orelha, ele começou a me rondar. Segurando a parte de trás da minha cabeça, ele abaixou para finalizar a nossa dinâmica de Docinho.

Mordi seu lábio inferior, pedindo mais, e Eason nunca foi de me negar nada. Ele abriu a boca, e sua língua serpenteou pela minha num emaranhado muito breve.

Com um grunhido baixo, ele perguntou:

— Não vão levar as camas hoje, né?

Deixei escapar uma risada e segurei seu rosto.

— Não, estão apenas empacotando as coisas. Os caminhões de mudança estarão aqui amanhã. Mas o mais provável é tomarmos um banho depois que as crianças dormirem.

Fazia duas semanas que Rob tinha sido preso.

Duas semanas em que tentávamos compreender por que ele tinha feito o que fez.

E tentávamos aproveitar o tempo sem que as lembranças daquelas horas sem Luna assolassem nossos pensamentos.

Descobrir a traição de seu marido, que estava apaixonado por sua melhor amiga, era como um punhal no coração. A realidade de que eles nos odiavam tanto que estavam dispostos a nos matar era mais como ser atropelado por um trem.

Com Rob sob custódia, Doug abriu o bico e o jogou tão fundo na lama que o afundou de todas as maneiras possíveis.

Com base no depoimento de Doug à polícia, ele confessou ter apresentado Steven Barton a Rob, mas alegou inocência em relação a tudo o que aconteceu depois disso. Contudo, o fato de ele ainda enviar dinheiro todo mês a um homem que supostamente estava morto dizia o contrário.

Se Rob não tivesse agido como um maníaco ganancioso e sedento de poder e ido atrás de Luna, provavelmente poderia ter se safado de tudo isso também.

Ainda me incomodava o fato de que ele tivesse escolhido levá-la em vez de Asher ou Madison — os filhos que ele criou desde o nascimento. Mas, por outro lado, ele pensou que Luna era sua filha com sua preciosa Jessica.

Era pura especulação, já que Rob havia se recusado a cooperar com a polícia. Mas pensei que uma parte de Rob só queria punir Eason. Vê-lo bem-sucedido naquele palco do Grammy, sabendo que seus sonhos estavam se tornando realidade, enquanto Rob estava sozinho escondido, seu bom nome em uma lápide, deve tê-lo consumido em um frenesi de inveja.

Rob sempre pareceu apoiar a carreira musical de Eason, mas, analisando o passado, eu estava começando a pensar que a amizade deles só existia porque Rob sempre esperou que Eason fracassasse. Rob podia desempenhar o papel de herói, encorajando Eason, dizendo que ele podia conquistar o mundo, enquanto encontrava paz em sua suposição de que Eason nunca seria capaz de superá-lo em nenhum aspecto da vida.

Até que ele o superou.

E Rob chegou ao fundo do poço.

Para falar a verdade, o complexo de inferioridade de Rob compunha a maior parte de seus problemas. Ele conseguiu esconder bem, mas não suportava a ideia de sua esposa ser mais bem-sucedida que ele. Antes de deixar o meu cargo para cuidar de Asher, eu ganhava mais dinheiro que Rob. Ocupava uma posição mais elevada que ele. A Prisma era minha e, embora eu visse nosso trabalho como uma parceria, claramente não era assim para ele. Nunca pedi a Rob para ficar na minha sombra, mas ele provou ser apenas um homem inseguro, com medo da escuridão lançada pelo brilho da esposa.

Eason e eu ainda tínhamos muitas perguntas. A maioria começava com *por quê*. Mas, independentemente de quantas respostas obtivemos ou, como se viu, não obtivemos, as ações insanas e perturbadas de Rob e Jessica nunca fariam sentido.

Juntos, Eason e eu poderíamos aceitar isso. Éramos adultos com contas de terapia altíssimas. Para as crianças, ainda era difícil. Luna tinha pesadelos, a ponto de Eason levá-la para o nosso quarto. No fundo, isso tinha tanto a ver com os medos dele quanto com os dela. Mas estávamos todos superando isso juntos.

Enquanto Asher ficou aliviado ao descobrir que não tinha visto um fantasma e parecia aceitar nossas profusas desculpas por não levar suas acusações mais a sério, foi difícil saber a verdade sobre o que seu pai havia feito. Contamos a ele com a maior delicadeza possível depois de consultar um psicólogo infantil, mas não havia como enfeitar esse tipo de depravação. Sua enxurrada de perguntas sobre o céu se transformou em questionamentos sobre se papai voltaria no meio da noite para levá-lo ou a Madison. Ou se Rob podia fazer nossa casa pegar fogo da cadeia. Garantimos a ele que nenhuma dessas coisas era possível, mas ele perguntou se poderia dormir em nosso quarto por um tempo. E, por mais que Madison parecesse estar lidando muito bem com tudo, não íamos deixar minha filhinha de fora.

Todas as noites, nós cinco nos amontoávamos naquela cama. Quase não dava para dormir, com cotovelos em minhas costelas e, em mais de uma ocasião, Eason topava com um pé em suas partes privadas. Mas estávamos juntos e seguros, então os poucos minutos de descanso que tivemos foram os mais tranquilos de todos.

Sempre fui inflexível em dar às crianças uma sensação de estabilidade depois que Rob morreu. Mas, quando essa estabilidade foi manchada pelo medo e pelo trauma, era hora de partir.

Eu não tinha intenção de voltar a trabalhar na Prisma. E apenas parte disso foi por causa da relação da empresa com o atentado de Rob contra nossas vidas. O maior motivo foi: eu simplesmente não queria voltar.

Depois de tudo que passamos, minha família precisava de mim mais do que nunca. E, verdade seja dita, eu precisava deles cem vezes mais.

Assim que o FBI encerrasse a auditoria, eu venderia a empresa. Os negócios iam bem, embora a notícia do retorno de Rob dos mortos tivesse chegado à mídia e manchado nosso bom nome. Mas ainda tínhamos muitas ofertas rolando de todo o mundo.

Sem mais nada nos segurando em Atlanta, Eason e eu tivemos uma longa conversa. A carreira dele estava começando a decolar e, para isso, ele deveria estar em Los Angeles. Nós só precisávamos estar com ele.

E, assim, a decisão foi tomada. Em menos de vinte e quatro horas nossa pequena família partiria para a Califórnia.

O homem dos meus sonhos sorriu para mim.

— Mmm, eu tomaria outro banho com você. — Ele beijou meus lábios outra vez e então se levantou. — Se os empacotadores estão aqui, por que você está sentada aí guardando as coisas?

— Ah, tá. Por que você não chama um deles e pede pra empacotar as minhas calcinhas?

Ele soltou um suspiro horrorizado.

— Nenhum homem vai tocar nas calçolas da minha mulher.

Eu caí na risada.

— Ei! Eu também tenho lingerie sexy.

— É, mas você sabe como essas calcinhas brancas de vovó me deixam. — Ele mordeu o lábio inferior e arqueou as sobrancelhas.

Meu Deus, como eu amava aquele homem ridículo.

Eu avancei para cima dele, mas ele pulou para fora do meu alcance, rindo.

Quando finalmente ficou sério, Eason apoiou as mãos nos quadris.

— Estou vendo que você ainda não abriu o pote de M&M's vermelhos.

Segui seu olhar para a mesa de cabeceira e dei de ombros.

— Não ando muito a fim de doces ultimamente, acho.

— Hmmm. — Ele voltou aquele olhar sexy para mim. — Acha que vai abrir antes de partirmos amanhã?

Eu o olhei com desconfiança.

— Eu não tinha planejado fazer isso.

— Crianças, mamãe tem doces! — ele gritou olhando diretamente para mim. — E agora?

— Eason! Tá quase na hora do jantar. E se quiser que eles durmam pra, mais tarde, você tomar aquele banho sexy, não tenho certeza de que os doces vão te ajudar.

— Hmmm, acho que não pensei nisso. Tarde demais agora. — Ele encolheu os ombros, indiferente, enquanto o som de uma manada subiu as escadas.

Asher chegou primeiro.

— Eu quero doce.

Madison foi a próxima, com as mãos levantadas acima da cabeça.

— Eu. Eu. Eu.

Luna puxou a retaguarda.

— Eu *preciso* de doces!

Eason pegou o pote de M&M's da mesinha de cabeceira e trouxe para mim. Quatro mãos ansiosas se estenderam na minha frente. Isso mesmo. *Quatro*. A mão de Eason estava na frente e no centro.

Tirando a tampa do pote, eu balancei a cabeça.

— Dois para cada um.

— Dois! — Asher reclamou. — Eason prometeu dez!

Ele esbarrou em Asher com o quadril.

— Rapaz, não cria problemas pra mim.

Asher riu, caindo para o lado, com a mão ainda estendida enquanto se levantava.

— Psh. Dez? Eason estava contando lorotas de novo. — A tampa se soltou, e eu a levantei. — Porque com certeza...

E, então, todas as palavras deixaram de existir.

Tá. Bem, talvez houvesse uma.

— Eason! — eu sussurrei. As lágrimas brotavam nos meus olhos enquanto eu olhava para um lindo anel solitário com um diamante em formato de esmeralda.

— Você escondeu no pote de m&m's? — Asher perguntou. Pelo visto, já sabia parte do plano.

Eu ergui a cabeça e encontrei Eason de joelhos no meio das crianças, que não abaixaram as mãozinhas, mesmo quando ele começou a falar.

— Eu te amo desde antes de saber que te amava. Eu te amo desde antes de poder te amar. E continuarei te amando todos os dias pelo resto da eternidade. Não posso dizer que a vida sempre será fácil. Vamos ser sinceros, ainda vou te chamar de Docinho às vezes.

Eu ri, e uma lágrima rolou pela minha bochecha.

Ele enxugou a lágrima antes de continuar.

— Mas posso dizer que sempre estarei aqui pra você de todas as maneiras que precisar. Serei seu melhor amigo. Seu maior fã. O homem que te deixa louco de maneiras boas e ruins. Não importa como você precisa de mim ou mesmo se você precisa de mim. Eu ainda estarei aqui, me considerando o homem mais sortudo do planeta enquanto vivermos esta vida juntos. — Ele tirou o anel de diamante do pote e o estendeu à sua frente. — Bree, você vai me dar a maior honra da minha vida e se casar comigo?

Esse.

Homem.

Eu pensei que minha vida havia acabado no dia do incêndio, mas mal sabia eu, quando acordei em seus braços fora daquele feroz inferno, que era apenas o começo da eternidade.

Era de longe a pergunta mais fácil a que eu responderia.

— Sim — eu sussurrei. Fiquei de joelhos e joguei meus braços em volta de seu pescoço, repetindo: — Sim, sim, sim, sim.

Ele deslizou o anel no meu dedo e soltou uma gargalhada, levantando-se comigo em seus braços.

— Ela disse sim! Isso significa que eles vão se casar — Asher explicou às meninas.

Uma rodada de aplausos e risos irrompeu ao nosso redor enquanto Eason salpicava meu rosto com beijos.

Um pensamento me ocorreu, e eu me inclinei para olhar em seus olhos.

— Há quanto tempo o anel estava no frasco?

Ele sorriu com orgulho.

— Desde que eu o trouxe da Califórnia.

— Você não ia me contar?

— Bem, eu sei como você adora uma surpresa.

Eu ri.

— Gostei desta.

— Que bom. Não quero ouvir um único pio sobre eu comer seus M&M's vermelhos de agora em diante. Eu já teria comido o pote inteiro.

Por mim, ele poderia pegar todos os M&M's do mundo. Ele poderia até me chamar de Docinho, mas eu não ia dizer isso a ele.

— Eu te amo muito.

Ele abriu o sorriso mais bonito que eu já vira na vida, e, tratando-se de Eason, isso já dizia muito.

— Eu também te amo.

Epílogo

EASON

DOIS ANOS DEPOIS...

— E os indicados para Álbum do Ano são... — um homem anunciou, mas eu estava muito ocupado olhando para minha esposa para me concentrar no palco.

— Fala comigo — eu sussurrei.

Bree soltou um suspiro controlado e agarrou minha coxa com tanta força que doeu.

— Relaxa. A câmera vai focar em você.

— Não dou a mínima para a câmera se...

As notas de abertura do meu hit número um foram tocadas no Staples Center enquanto o apresentador, que só então reconheci como Shawn Hill, anunciou minha indicação: — *From the Embers*, Eason Maxwell.

Eu me endireitei na cadeira e abri um sorriso que torci para parecer mais genuíno do que realmente era.

Levee se virou em seu assento na nossa frente e me lançou um sorriso radiante.

— Já é seu.

Eu não tinha tanta certeza quanto ela. Por outro lado, eu também não sabia se isso tinha importância.

Depois que nos mudamos para Los Angeles, a vida mudou completamente. E isso era ótimo. Não que eu não tivesse boas lembranças de Atlanta: brincar com as crianças no quintal, me apaixonar por Bree perto da lareira, ver as crianças se divertindo enquanto Oreo subia pelas cortinas como um gato alucinado. Mas nada disso precisava acabar por causa da nossa localização. Todas as pessoas com quem compartilhei essas lembranças ainda estavam comigo — incluindo o felino louco.

Demorou cerca de duas semanas para encontrarmos a nossa casa dos sonhos na Califórnia. Custou uma fortuna em comparação com o mercado imobiliário da Georgia, mas meu adiantamento da Downside Up era mais do que suficiente. Bree adorou o portão de segurança na entrada da garagem e as câmeras por todo canto, e as crianças adoraram a piscina — ou, mais precisamente, o toboágua da piscina. Só por elas terem adorado, eu já adorava também. Todos saímos ganhando.

Assim que pegamos as chaves, contratei uma empresa para construir uma lareira maior e melhor — principalmente porque não tinha fogo. Dois sofás curvos cercavam um círculo de tijolos, mas o queimador era o centro de uma fonte de água invertida. O barulho era baixo o suficiente para que eu ainda pudesse ouvir Bree cantarolando com satisfação, mas relaxante o bastante para que pudéssemos ficar sentados lá por horas em noites estressantes, perdidos em nossos pensamentos sozinhos — juntos.

Mesmo após termos nos mudado, demorou um pouco para as crianças se ajustarem à vida depois do dramático retorno de Rob. Aos poucos e com calma, Luna voltou a ser a criança atrevida e indomável que sempre foi. Sem sair de seu lado, Madison sorria e dava risadinhas com ela. A recuperação emocional de Asher foi um pouco mais difícil. Ele não confiava em ninguém. Questionava tudo. Só o período de adaptação da escola nova quase acabou com ele. Observar meu menino extrovertido e apaixonado se fechar em si mesmo me fez odiar Rob Winters ainda mais. Considerando que eu já odiava aquele canalha com a ira de um tigre raivoso, nem precisava dizer mais.

Apenas seis meses depois, quando Rob aceitou um acordo judicial para uma sentença de prisão perpétua a fim de evitar uma possível pena de morte, Asher pareceu finalmente relaxar. Antes de deixarmos Atlanta, o requerimento de Bree para que seu casamento fosse anulado foi aprovado — imediatamente. Mas, melhor ainda, como parte da sentença de Rob, o juiz também o privou de seus direitos parentais.

Foi nesse dia que tudo mudou para Asher. Saber que Rob estava na prisão era uma coisa, mas ter certeza de que ele nunca sairia era outra. No entanto, as lágrimas em seus olhos e o alívio em seu rosto quando explicamos que Rob não seria mais seu pai legalmente curaram feridas dentro de mim que eu nem tinha percebido que ainda carregava. Saber que Asher tinha sentido aquele medo, que ficou preocupado em ter que ir visitar o homem que havia sequestrado sua irmã e com medo de que ele de alguma forma voltasse para buscá-lo, me destruiu de diversas maneiras.

Todos os pedaços do meu coração se encaixaram quando ele olhou para mim e perguntou: — Isso significa que você pode ser meu pai de verdade agora?

Não consegui dizer sim rápido o suficiente, mas também não consegui dizer nada por causa da emoção alojada em minha garganta. Segurei *meu filho* nos braços e balancei a cabeça pelo menos uma dúzia de vezes. Bree logo pediu licença e, pouco depois, eu a encontrei sentada no chão da despensa, chorando e separando os M&M's vermelhos de seu estoque secreto.

— Você pode ter todos os M&M's vermelhos pelo resto de nossa vida por isso — ela murmurou.

Eu não dava a mínima para os M&M's vermelhos — eu roubava todos mesmo. Mas adotar Asher e Madison não foi um favor ou uma boa ação que merecesse uma recompensa. Eles eram *meus filhos*. Ponto-final. Fim da história.

Bree e eu ainda não tínhamos nos casado quando isso aconteceu. Tínhamos planejado fazer uma pequena viagem de férias em família para a Jamaica na primavera, quando tivesse espaço na minha agenda. Mas, assim que o cartório abriu no dia seguinte, lá estávamos nós, nos degraus da frente. Se queríamos tornar nossa família oficial, tínhamos que fazer direito.

Perante um funcionário do condado, usando um vestido de verão branco, enquanto eu vestia uma calça de jeans e uma camisa de botão azul-clara — sem gravata —, Bree Winters se tornou Bree Maxwell. E então, quatro meses depois, após uma pilha de papelada de um quilômetro de altura, um juiz concedeu nosso pedido de adoção, tornando-me o pai legal de Asher Maxwell, Madison Maxwell e, claro, de sua brilhante e estonteante irmãzinha, Luna Maxwell.

Mas, no momento atual, eu estava mais preocupado com a estreia do nosso quarto filho no meio do Grammy.

Assim que a câmera mudou para o próximo indicado, meu sorriso desapareceu, e eu me virei para Bree.

250

— Você tem que me dizer. Qual é o intervalo das contrações?

Seus lábios se comprimiram.

— As desta manhã ou as de agora?

— Você estava tendo contrações de manhã? — eu assobiei. — Meu Deus, Bree. O que é que a gente tá fazendo aqui, então?

Ela cruzou os braços sobre o peito, descansando-os em cima da barriga redonda, e me lançou meu olhar favorito.

— Não sei você, mas estou prestes a ver meu marido ganhar um Grammy. — Ela fez uma pausa, fechando os olhos com força, antes de inspirar profundamente por entre os dentes.

Em qualquer outro dia, em que o nascimento da minha filha não corresse o risco de ser um evento televisionado, eu teria me emocionado com o apoio dela. Naquele dia, com ela grávida de trinta e oito semanas e tendo contrações, eu estava comovido para dar o fora dali. — Tá bem. Vamos lá. Vou levar você pro hospital.

Puxando o braço da minha mão, ela inclinou a cabeça.

— Quer parar? Eu tô bem. As contrações ainda não são regulares. Mas, mesmo se eu estivesse parindo, a chance de eu deixar você perder isso é zero. Então sente-se, relaxe, sorria e aproveite o momento pelo qual você trabalhou tanto.

Cerrei os dentes.

Bree era a mulher mais teimosa e ferozmente independente que já havia conhecido. E, embora essas fossem qualidades que em geral eu admirava, com os nervos revirando meu estômago, elas não eram meus atributos favoritos no momento.

— Eu juro. Se você entrar em trabalho de parto e Shawn Hill conseguir olhar embaixo do seu vestido enquanto sou forçado a trazer nosso filho ao mundo, nunca vou te perdoar.

Ela riu baixinho.

— Ótimo. Bem, agora você arruinou meu plano. Todo mundo sabe que não há nada mais sexy do que o parto.

Não menos nervoso, eu sorri para ela.

— Estou de olho em você, Maxwell.

Ela riu de novo, mas terminou com outra careta.

— Não são contrações regulares, hein?

Apertando a mandíbula fechada, ela balançou a cabeça. Teimosa. Pra. Caramba.

Apenas um ano antes, estávamos na mesma premiação com três indicações minhas para Melhor Artista Revelação, Música do Ano e Gravação do Ano. Eu não ganhei nenhum prêmio, mas, com minha música em todas as estações de rádio do país e uma turnê esgotando tão rapidamente, era difícil sentir outra coisa senão gratidão.

Para Bree e para mim, ter outro bebê foi uma decisão fácil. Eu sempre quis ter uma família grande e, embora às vezes parecesse exatamente assim com os três que já tínhamos, a ideia de adicionar outro era mais tentadora do que qualquer um de nós poderia resistir. Com minha turnê terminando e o trabalho já começando no meu próximo álbum, era o momento perfeito.

Embora nossa situação atual não fosse nada agradável.

— E o vencedor é... — A voz de Shawn Hill ressoou, forçando minha atenção de volta ao grande palco.

Depois da minha primeira derrota naquela noite, eu disse a mim mesmo que uma vitória não importava. Eu trabalhava fazendo música. Era um trabalho mais do que suficiente para sustentar minha família, e minha carreira havia alcançado níveis com os quais eu nem sonhava. Eu tinha uma esposa linda que me amava e me apoiava completamente e com todo o seu ser, três filhos lindos e saudáveis em casa e outra que, com alguma sorte, aguentaria firme até chegarmos ao hospital.

Apesar do caos e da tragédia do meu passado, eu tinha uma vida que amava. Ganhar um Grammy não mudaria nada disso.

Mesmo assim, ainda soou como a melodia mais doce quando ouvi:

— *From the Embers*, Eason Maxwell!

Uma onda de emoção me atingiu, prendendo-me ao meu assento, então tudo o que vi foi Bree quando ela jogou o braço em volta dos meus ombros. Os maiores nomes de toda a indústria aplaudiram e aclamaram. Levee e Sam se levantaram, gritando meu nome e me dando tapinhas no ombro, mas foi a voz de Bree em meu ouvido que fez minha garganta apertar.

— O mérito é todo seu. Mesmo quando as pessoas lhe disseram para desistir e o mundo literalmente pegou fogo ao nosso redor, você continuou. E *você* fez isso, Eason. Tudo isso.

Quando todas as outras palavras falharam, consegui sussurrar:

— Eu te amo.

— Eu também te amo — ela disse antes de me soltar. — Agora, vá lá pegar seu Grammy.

Com as mãos trêmulas e os pulmões ofegantes, me levantei, dando um beijo em seus lábios antes de ir para o palco. Shawn me entregou meu prêmio, e parei um momento apenas para admirá-lo, absorvendo o peso dele nas mãos. Eu já tinha visto um Grammy várias vezes em estúdios e na casa de Levee; havia até réplicas vendidas em lojas de presentes pela cidade.

Mas nenhum deles era meu.

Eu engoli em seco e rezei para que meu cérebro encontrasse as palavras. Então olhei para a multidão. Meu olhar se concentrava em Bree e Levee, ainda de pé, quando meu produtor, Lincoln, se juntou a mim no palco. Fizemos toda a rotina de aperto de mão, abraço, tapinha nas costas antes de eu passar o gramofone dourado para ele e pegar o microfone.

— Eu, hum, ganhei a vida na última década escrevendo letras de música. Mas não escrevi um discurso para esta noite porque achei que podia dar má sorte. — Esfreguei as mãos suadas, sem ter a menor ideia do que fazer com elas sem um instrumento para preenchê-las. — Estou meio que arrependido agora.

A multidão riu, e aproveitei o momento para limpar a garganta.

— Quero começar agradecendo a minha esposa. Sei que muitos de vocês já ouviram partes da nossa história, mas, para aqueles que ainda não ouviram, darei uma versão resumida. Alguns anos atrás, houve um incêndio em minha casa. Foi horrível. Vidas foram perdidas. Os caminhos foram mudados pra sempre. E a mídia noticiou que eu tinha salvado a vida daquela linda mulher ali. — Fixei os olhos em Bree, derramando cada partícula do meu amor em palavras. — Mas a verdade é que ela me salvou.

Lágrimas enchiam seus olhos quando ela me soprou um beijo.

— Sem aquela mulher, não haveria Eason Maxwell. — Sorri e balancei a cabeça de um lado para o outro. — Pode haver um Easton Maxwell, mas essa é uma história para outro dia.

As lágrimas finalmente escaparam de seus olhos quando ela riu.

— Acho que só quero agradecer. À minha antiga gravadora, que permanecerá anônima, por ter me abandonado há tantos anos. A Levee e a toda a equipe da Downside Up, por apostarem em mim. A Asher, Madison e Luna, vocês três são o maior sonho que já tive. Obrigado por me deixar ser seu pai. Foi uma jornada louca e, agora, se me derem licença, está prestes a ficar muito mais louca. Minha esposa maravilhosa e solidária não mencionou que vem tendo contrações o dia todo. Acho que é hora de levá-la para o hospital.

Meu produtor devolveu o prêmio para mim, e eu o ergui no ar e terminei meu discurso totalmente improvisado, mas direto do fundo do meu coração.

— Então, obrigado. Além disso, eu não deveria contar a ninguém, mas é uma menina. — Eu sorri e atirei uma piscadela para Bree, e, mesmo que ela estivesse me olhando feio, o sorriso em seus lábios me dizia que eu não estava muito encrencado.

A multidão explodiu em aplausos, todos de pé, com os olhos voltados para Bree. Assim como deveriam ser.

Eu posso até ter criado a música.

Mas Bree sempre seria a estrela do nosso show.

Oito horas depois, Ava Grace Maxwell nasceu, a cara das duas irmãs, e completando a família que havíamos forjado depois das cinzas — do jeito que sempre deveria ser.

TIPOGRAFIA Adriane por Marconi Lima
DIAGRAMAÇÃO acomte
PAPEL Pólen Natural, Suzano S.A.
IMPRESSÃO Gráfica Bartira, agosto de 2023

A marca FSC® é a garantia de que a madeira utilizada na fabricação do papel deste livro provém de florestas que foram gerenciadas de maneira ambientalmente correta, socialmente justa e economicamente viável, além de outras fontes de origem controlada.